國家出版基金資助項目

國家社會科學基金重大招標項目（16ZDA174）

國家出版基金項目

詹福瑞　陳紅彦　主編

分門纂類唐歌詩

國家圖書館藏清抄本

歷代唐詩珍稀選本彙編

（唐宋金元卷）

㊳

鳳凰出版社

圖書在版編目（CIP）數據

分門纂類唐歌詩：國家圖書館藏清抄本／詹福瑞，陳紅彦主編. -- 南京：鳳凰出版社，2025. 3.

（歷代唐詩珍稀選本彙編）. -- ISBN 978-7-5506-4409-0

Ⅰ. I222.742

中國國家版本館CIP數據核字第2025UQ5041號

書　　名　分門纂類唐歌詩（國家圖書館藏清抄本）
主　　編　詹福瑞　陳紅彦
責任編輯　李相東　姜　嵩
裝幀設計　姜　嵩
責任監製　程明嬌
出版發行　鳳凰出版社（原江蘇古籍出版社）
　　　　　發行部電話025-83223462
出版社地址　江蘇省南京市中央路165號，郵編：210009
照　　排　南京新華豐製版有限公司
印　　刷　金壇古籍印刷廠有限公司
　　　　　江蘇省金壇市晨風路186號，郵編：213200
開　　本　718 毫米×1005 毫米　1/16
印　　張　52
版　　次　2025年3月第1版
印　　次　2025年3月第1次印刷
標準書號　ISBN 978-7-5506-4409-0
定　　價　580.00 圓（全二册）

目次

分門纂類唐歌詩　一

國家圖書館藏清抄本，吴騫、唐翰題跋

此卷廿卷目

34490
分門纂類唐歌詩
四册
四七一九

詩源於情性之正其来久矣人不能無樂樂斯詠詠斯嗟詩以興焉世有升降情性無古今詩未嘗泯也夫子刪詩定取三百篇以為經雅頌之音鏗天地動鬼神一時從臣才藝固足辯此列國之風婦人女子小夫賤隸片善寸美俱所不弃商頌僅五篇以那為首正考父得於周太師夫子汲汲存之雖左氏所載逸詩如茅鴟析招之類亦太山一毫芒耳非採星宿遺羲娥也然亦詩非夫子不敢刪刪之者僭聚流成海聚簣成山聚一代之詩而成集殆取是耳唐文為

一王法而詩尤工杜子美李太白韓退之柳子厚人誦其言家有其集不必類聚而傳也閒有一唫一詠散落人寰殘碑斷碣異聞雜紀何可勝計嘗鼎一臠固知其美終不若過屠門大嚼之為快是集之編蒐羅包括靡所不備凡唐人所作上自聖製下及俚歌郊廟軍旅宴饗道塗感事送行傷時弔古慶賀哀挽遷謫隱淪宮怨閨情閒居邊思風月雨雪草木禽魚莫不類聚而昈分之雖不足追思無邪之盛要皆由人心以出非盡背於情性之正者也昔荆公嘗選唐

人三百家為一集名曰詩選姚鉉作唐文粹序亦謂有唐詩類選英靈間氣極元又元等集皆有去取於其間非集錄之大全也雪林李君龔嗜唐詩窮一生以為工予既畢舉子業 先公俾學詩每相與講論歎諸家不可盡見因發吾家藏手出經目合訂分類志成此編宦轍東西軸囑李君足成之旁收逸墜募致平生所未見者得一千三百五十三家四萬七百九十一首大略備矣列為若干卷蓋首尾十餘年而後畢繕而藏之予懼成之之難而失之之易也行必

攜以自隨公暇時復倒篋繙閱因謀鋟梓庋焉後之覽是集者如入建章而睹千門萬户之富動心駭目迷不知其所從若夫嗜胾而雋其永啜醴而咀其醇則在君子之自得而已咸淳改元正月十五日趙孟奎書

總目

卷第四　四

卷第五　五

卷第六　六

卷第七　七

卷第八　八

卷第九　九

卷第十　十

卷第十一　十一

卷第十二　十二

卷第十三　十三

卷第十四　十四
卷第十五　十五
卷第十六　十六
卷第十七　十七
卷第十八　十八
卷第十九　十九
卷第二十　二十
卷第二十一　二十一
卷第二十二　二十二
卷第二十三　二十三

經史詩集類

城郭園廬類

仙釋觀寺類

晚步　　晚泊
晚歸　　日暮
瞑　　雜題

曉

權德輿

曉風揺五兩殘月暎石壁稍稍曙光開片帆在空碧

成文幹

列宿回元朝北極爽神晞露滴樓臺佳人卷箔臨階砌笑指庭花昨夜開

詠曉　　韋應物

軍中始吹角城上河初落深沉猶隱帷晃朗先分閣

　　溫庭筠

蟲歌紗窓靜鵶散碧梧寒稍驚朝珮動猶傳清漏殘亂珠凝燭淚微紅上露盤褰衣復理鬢餘潤拂芝蘭

望曉詞　　施肩吾

攬衣起亍望秋河濛濛遠霧飛輕羅蟠桃樹上日欲出白榆枝畔星無多

將曉　　杜甫

石城除擊柝鐵鎖欲開關鼓角悲荒塞星河落曉山巴人常小梗蜀使動無還垂老孤帆色飄飄犯百蠻

軍吏回官燭舟人自楚歌寒沙蒙薄霧落月去清波壯惜身名晚衰慙應接多歸朝日簪笏筋力定如何

曉光詞　施肩吾

日輪浮動羲和推東方一軋天門開風神為我

掃煙霧四海蕩蕩無塵埃

江上吟曉　王貞白

一葉野人舟長將載酒游夜來吟思苦江上月

華秋曉露濕紅蓼輕波颭白鷗漁翁似有約相

伴釣中流

曉歌

莊南傑

鶗鴂哭樹星河轉海上金烏翅如電嫦娥斂髮綰雲頭玉女舒霞織天面九土厨煙滿城邑商洛隴頭車馬急魏宫鍾動繡窓明嫪娥驚對殘燈立

曉思　王建

曉氣生緑水春條露靡靡林間棲鳥散遠念征人起幽花宿含彩早蝶寒弄翅君行非晨風詎能從門至

山村曉思

于濆

開門省禾黍隣翁水頭住今朝南澗波昨夜西川雨牧童披短簑腰笛期煙渚不問水邊人騎牛傍山去

碧澗驛曉思

温庭筠

香燈伴殘夢楚國在天涯月落子規歇滿庭山杏花

曉望

杜甫

白帝更深盡陽臺曉色分高峰寒上日疊嶺宿霾雲地坼江帆隱天清木葉聞荆扉對麋鹿應共爾為羣

翁承贊

清霜散漫似輕嵐玉闕參差萬象涵獨上秦臺最高處舊山依約在東南

李咸用

露驚松上鶴曉色動扶桑碧浪催人老紅輪照物忙世情隨日變利路與天長好駕觥船去陶

陶入醉鄉

劉乙

地祇逃秀境神化或殷雷裂漢媧補合高峰劒躍開即今新定業何世不遺才若是浮名道須言有禍胎

舟中曉望

孟浩

掛席東南望青山水國遥舳艫爭利涉來往任風潮問我今何適天台訪石橋坐看霞色曉疑是赤城標

湘江曉望

熊皎

笙歌歡罷散離筵水色朦朧蘸宿煙山響踈鍾何處寺火光收釣下灘船微雲過島侵斜月古岸平江浸遠天歸夢已闌風色動孤帆仍要住無緣

潤州顯濟閣曉望

韋莊

清曉水如鏡隔江人似鷗遠煙藏海島初日照揚州地壯孫權氣雲凝庾信愁一篷何處客吟

凭釣魚舟

貴池曉望

羅隱

稂莠参天翦未平且乘孤棹且行行計踈狡兎無三窟羇甚賔鴻欲一生合眼亦知非本意傷心其柰是多情前溪好泊誰為主昨夜沙禽占月明

華下霽後曉眺

翁承贊

結茆幽寂近禅林霽景烟光著柳陰千嶂華山

雲外秀萬重鄉思望中深老嫌白髮還偷鑷貧對春風亦强吟花畔水邊人不會騰騰閑步一披襟

曉發　賀知章

江皐閭曙鐘輕曳履還舺海潮夜漠漠川霧晨溶溶始見江上釣猶埋雲外峰故鄉杳無際明發懷朋從

又

故鄉杳無際江皐閭曉鐘始見沙上鳥猶埋雲

外峰

姚鵠

旅行宜早發況復是南歸月影緣山盡鐘聲隔浦微殘星螢共失落葉鳥和飛去去渡南浦村中人出稀

褚載

貪路貪名須早發枕前無計暫徘徊纔聞雞唱呼童起已有鈴聲過驛来衣濕乍驚沾霧露馬行仍未見塵埃朝朝陌上侵星去待待酬身了便回

唐求

旅館候天曙整車趨遠程幾處曉鐘斷半橋殘月明沙上鳥猶在渡頭人未行去去古時道馬嘶三兩聲

途中曉發

崔曙

曉發長風裏勞歌赴遠期雲輕歸海疾月滿下山遲旅望因高盡鄉心遇物悲故林遥不見况在落花時

曉發蕭關

王貞白

遠行自早發邊城曉色間數鴻寒背磧片月落臨關隴上明星沒沙中夜探還歸程不可計幾日到家山

曉行

劉得仁

萬類半已動此心寧自安月沉平野盡星隱曙空殘馬渡橫流廣人衝薄霧寒還思猶夢者不信早行難

板橋曉別

李商隱

迴望高城落曉河長亭窻户壓微波水仙欲上鯉魚去一夜芙蓉紅淚多

曉起

李商隱

擬盃當曉起呵鏡可微寒隔箔山櫻熟褰帷桂燭殘書長為報晚夢好更尋難影響輸雙蝶偏

過舊畹蘭

宿東巖寺曉起

薛瑩

野寺寒塘曉游人一夢分鐘殘數樹月僧起半
巖雲宿鳥驚初見幽泉落不聞吟餘凭前檻紅
葉下紛紛

曉坐　　　李商隱

後閤罷朝眠前池思黯然梅應未暇雪柳自不
勝煙淺續淺深絚腸危高下絃紅顔無定所得
失在當年

曉坐西齋　　　韋應物

鼕鼕城鼓動稍稍林鴉去柳意不勝春巖光已知曙寢齋有單祶一作茅靈藥爲朝茹盥漱忻景清焚香澄神慮公門自常事道心寧易一作異處

春曉　陸龜蒙

春庭曉景列清露花邐迤黃蜂一過慵夜夜棲香蘂

李中

殘燭猶存月尚明幾家幃幌夢魂驚星河漸沒行人動歷歷林梢百舌聲

秋江曉望　皮日休

萬頃湖天碧，一星飛鷺白。此時放懷望，不厭為浮客。

冬曉呈隣里　盧綸

終夜寢衣冷，開門思曙光。空堦一蘩葉，華室四隣霜。望闕覺天迥，憶山愁路荒。中途一留滯，雙鬢颯然蒼。

雜題

曉至園中憶諸弟崔都水

韋應物

山郭恒悄悄林月亦娟娟景清神已澄一作謐事簡慮絶牽秋塘徧衰草曉露洗紅蓮不見心所愛茲賞豈爲妍

石城曉

李賀

月落大堤上女垣棲烏起細露濕團紅寒香解夜醉女牛渡天河柳煙滿城曲上客留斷纓殘蛾鬥雙綠春帳依微蟬翼羅橫茵突金隱體花

帳前輕絮鶴毛起欲説春心無所似

東樓曉　　白居易

脉脉復脉脈東樓無宿客城暗雲霧多峽深田地窄宵燈尚留焰晨禽初展翮欲知山高低不見東方白

赴京初入汴口曉景即事先寄兵部李郎中　　杜牧

清淮控隋漕北走長安道檣形櫛櫛斜浪態迤迤徒何反好初旭紅可染明河澹如掃澤闊鳥來

遲村飢人語早露蔓蟲絲多風蒲燕雛老秋思
高蕭蕭客愁長裊裊因懷京洛間宦游何戚草
付伍持津梁須湧爭追討翦便去觳詎可尋幾祕
安能考小人乏馨香上下將何禱唯有君子心
顯豁知幽抱

曉過伊水寄龍門僧

司馬札

龍門樹色暗蒼蒼伊水東流客恨長病馬獨嘶
殘夜月行人欲渡滿船霜幾家烟火依村步何
處漁歌似故鄉山下禪庵老師在願將形役問

空王

曉感　　　　褚載

曉鼓鼕鼕星漢微佩金鳴玉闘光輝出門各自
争岐路至老何人免是非大道不應由曲取浮
生還要畧知機故園華表高高在可得不如丁
令威

待旦　　　　李咸用

簷静燕雛語窓虛蟾影過時情因客老歸夢入

秋多蔽日群山霧滔天四海波吾皇思壯士誰應大風歌

清旦題採藥翁草堂　　温庭筠

幽人尋藥逕來自曉雲邊衣濕木花雨語成松嶺煙解藤開澗戸路石過溪泉林外晨光動山昏鳥涵天

春旦直疏　　王績

春夜猶自長高宫來月明耿耿不能寐振衣步

前樞懷抱蹔無擾自覺形神清遐想太古事俯
察今世情淳薄何不同運數之所成歎息萬重
隅已聞晨雞鳴廻首東南隅
忘機者寐泊存其精

凌晨　　盧照隣

日掩鴻都夕河伭亂箭移蟲飛明月戸鵲遶落
花枝蘭襟帳比鑾玉匣鼓文漪聞有啼鶯處暗
幄曉雲披

寺居清晨

劉復

高枕對曉月衣中清旦涼露華朝未晞滴瀝含虛光隔竹聞汲井開扉見焚香幽心感衰病結念依法王青冥早雲飛杳眇空鳥翔此情皆有釋悠然知所忘

晨起　曹松

曉色教不睡卷簾清氣中林殘數枝月髮冷一梳風並鳥含鐘語欹河隔霧空莫疑營白日道路本無窮

許渾

桂樹緑層層風微煙露凝簷楹銜落月幃幌耿
殘燈蘄簟曙香冷越瓶秋水澄心間即無事何
異住山僧

残月皓煙露掩門深竹齋水蟲鳴曲檻山鳥下
空階清鏡曉看髮素琴秋寄懷因知北窓客作一
卧日與世情乖

晨興

白居易

宿鳥動前林晨光上東屋銅爐添早香紗籠滅

殘燭頭醒風稍愈眼飽睡初足起坐兀無思叩齒三十六何以鮮宿㪺一盃雲母粥

韓偓

曉景山河爽閑居巷陌清已能消滯念兼得散餘酲汲水人初起迴燈燕暫驚放懷殊未足圓隙已塵生

翁承贊

晨起竹軒外逍遥清興多早凉生户牖孤月照關河旅食甘藜藿歸心憶薜蘿一罇如有地放意且狂歌

又

鼓絶天街冷霧收曉來風景已堪愁槐無顏色日經雨菊有精神為傍秋自愛鮮飈生戶外不教閑事住心頭按襟徐步一瀟灑吟遶盆池想狎鷗

晨裝一本作洛中

許渾

帶月飯行侶西遊關塞長晨雞鳴遠戍宿鴈起寒塘雲卷四山雪風凝千樹霜誰家遊俠子一作誰家歌舞散沉醉引蘭堂

秋晨

駱賓王

紫陌炎氣歇青𬞟晚吹浮亂竹揺踈影縈池織細流飄香曳舞袖帶泛粧樓不分君恩絶紈扇曲中秋

雪霽晨起

李德裕

雪覆寒谿竹風卷野田蓬四望無行跡誰憐孤老翁

朝

杜甫

清旭楚宫南霜空萬嶺含野人時獨往雲木曉相參俊鶻無聲過飢烏下食貪病身終不動揺落任江潭

浦汎晨初發郊扉冷未開村蹊黄葉墜野静白鷗来礎潤休全濕雲晴欲半迴巫山冬可怪昨夜有奔雷

朝課

白居易

平甃白石渠静掃青苔院池上好風来新荷大

如扇小亭中何有素琴對黄卷蘗珠諷數篇秋
思彈一遍從容朝課畢方與客相見

春早　　　韋莊

聞鶯纔覺曉閉户已知晴一帶窻間月斜穿枕
上生

早興　　　白居易

晨光出照屋梁明初打開門鼔一聲犬上階眠
知地濕鳥臨窻語報天晴半銷宿酒頭仍重新

脫冬衣體乍輕睡覺心空思想盡近來鄉夢不
多成

早起　　杜甫

春來常早起幽事頗相關帖石防隤岸開林出
遠山一丘藏曲折緩步有躋攀童僕來城市缾
中得酒還

王建

迴燈正衣裳出戶星來稀堂前候姑起環珮生
晨輝暗池光冪歷密樹花葳蕤九成鐘漏絕遥

聽直郎歸

劉郇伯

鎮静人猶寢天高月自涼一星深戍火殘月半橋霜客老愁塵下蟬寒怨路傍青山依舊色究是馬卿鄉

楊厚

星漢轉寒更伊余索寞情鐘催歸夢斷雁引遠愁生危辟蘭光暗蹤簾露氣清閑庭聊一望海日未分明

賈島

北客入西京北雁再離北秋寢獨前興天梭星落織耽翫餘恬爽頗聘輕病力旅途少顏盡明鏡勸仙食出門路蹤横張家路最直昨夜夢見書張家廳上壁

李商隐

風露澹清晨簾間獨起人鶯花啼又笑畢竟是誰親

曹鄴

月墮滄浪西門閉樹無影此時歸夢闌立在梧桐井

貫休

夜坐還早起寐寥多病身神清尋夢在香極覺花新樹露繁於雨溪雲動似人又知何處客軋軋轉征輪

早起五言三韻

韓偓

萬樹綠楊垂千般黃鳥語庭花風雨餘岑寐如村塢依依官渡頭晴陽照行旅

山中早起

劉乙

雞調扶桑技秋空隐少微閼雲霞並曜髙日月
争輝若厥開天道同初發帝機以言當代事閼
闕紫宸扉

鄠亭早起

李中

鄠舍殘燈在村林鷄唱頻星河吟裏暁川陸望
中春舊支青雲貴殊鄉素髮新悠悠念行計難
更駐征輪

早入諌院

鄭谷

玉階春冷未催班暫拂塵衣就笏眠孤立小心
還自笑夢䰟潛繞御爐煙
紫雲重疊抱春城廊下人稀唱漏聲偷得微吟
斜倚柱滿衣花露聽宮鶯

早行　　王觀

雞唱催人起又生前去愁路明殘月在山露宿
雲收村店煙火動漁家燈燭幽趍名與趍利行
役幾時休

劉駕

馬上續殘夢為斷時復驚心孤行多虞僮僕近
我行棲禽未分散落月照古城莫羨居者閑冢
邊人已耕

熊皎

結束何妨早將行四顧頻山前猶見月陌上未
逢人遠樹動宿鳥危橋怯病身漸明恒目慰應
免復迷津

郭良

早行星尚在數里未天明不辨雲林色空聞風
水聲月從山上落河入斗間橫漸至重門外依

稀見洛城

陸龜蒙

水寒孤棹觸天文直似乘槎去問津縱使碧虛無限好客星名字也愁人

羅鄴

雨灑江聲風又吹扁舟正與睡相宜無端戍鼓催前去別却青山向曉時

李咸用

家國三千里中宵筭去程困纔成蝶夢行不待鷄鳴馬首摇殘月鵶群起古城發来經幾堠村

寺遠鐘聲

秋日早行

常莊

上馬蕭蕭襟袖涼路穿禾黍繞宮墻半山殘月露華冷一岸野風蓮蕚香煙外驛樓紅隱隱渚邉雲樹暗蒼蒼行人自是心如火兎走烏飛不覺長

關下早行

林寛

軋軋推危轍聽鷄獨早行風吹宿靄散月照華

山明白首東西客黄河晝夜清相逢皆有事唯
我是閑情

商山早行

温庭筠

晨起動征鐸客行悲故鄉雞聲茅店月人迹板
橋霜槲葉落山路枳花明驛墻因思杜陵夢鳬
雁滿迴塘

早發

李郢

野店星河在行人道路長孤燈憐宿處斜月厭

新裝草色多寒露蟲聲似故鄉清秋無限恨殘
菊過重陽

李紳

沙洲月落宿禽驚湖起風微曉霧生黄鶴浪明
知上信黑龍山暗避前程火旗似辨吴門戍水
驛遥迷楚塞城蕭索更看江葉下兩鄉俱是宦
遊情

于濆

緑野含曙光東北雲如茁樓鵐林際起落月水
中見此身何自苦日日淩霜霰流藴帳裏人猶

在陽臺畔
　　　杜荀鶴
東窻未明塵夢蘇呼童結束登征途落葉鋪霜馬蹄滑寒猿嘯月人心孤時逆帽簷風刮頂旋呵鞭手凍粘髭鬚青雲快活一未見爭得安閑釣五湖
　　　韋莊
早霧濃於雨田深黍稻低出門雞未唱過客馬頻嘶樹色遥藏店泉聲暗傍畦獨吟三十里城月尚如珪

羅鄴

一點燈殘魯酒醒已攜孤劍事離程愁看飛雪聞鷄唱獨向長空背雁行白草近關微有路濁河連底凍無聲此中来往本迢遞況是驅羸客塞城

羅隱

北去南来無定居此生生計竟何如酷憐一覺平明睡長被雞聲惡破除

早發昭應

項斯

行人見雪愁初作帝鄉游旅店開偏早鄉帆去
未收燈殘催卷席手冷怕梳頭是物寒無色湯
泉正自流

早發故園

馬戴

語別在中夜登車離故鄉曙鐘寒出岳寺一作殘
月迥凝霜風柳條多折沙雲氣盡黄行逢海西
鴈零落不成行

早發故山作

馬戴

雲門夾峭石石路蔭長松谷響猿相應山深水復重餐霞人不見一作已往採藥客猶逢獨宿靈潭側時聞岳頂鐘

早發落中　　許棠

半夜發清洛不知過石橋雲增中岳大樹隱上陽遥塹黑初沉月河鳴欲認潮孤村人尚夢無處暫停橈

早發洞庭　　方干

長天接廣澤二氣共含秋舉目無平地何心戀直鉤孤鐘鳴大岸片月落中流却憶鴟夷子當時此泛舟

早發潼關

吴融

天邊月初落馬上夢猶殘關樹蒼蒼曉　堦澹澹寒宦遊終自苦身世静堪觀争似山中隠和雲枕碧湍

早發宜陵即事

羅鄴

霜白山村月落時一聲雞後又登歧居人猶自
掩關在行客已愁驅馬遲身事不堪空感激鬢
毛看著欲凋衰青萍委匣休哮吼未有恩讎擬
報誰

早發交崔山還太室

崔曙

東林氣微白寒鳥將高翔吾亦自茲去北山歸
草堂　朧朧辨少陽春水生積雪野
火出枯桑獨往路難盡窮陰人易傷傷此無衣
客如何蒙雨霜

早發赴洞庭舟中作

白居易

閶門曙色欲蒼蒼星月高低宿水光棹舉影搖
燈燭動舟移聲拽管絃長漸看海樹紅生日遥
見包山白帶霜出郭已行十五里唯銷一曲慢
霓裳

秋晚早發新定

杜牧

解印書千軸重陽酒百缸涼風滿紅樹曉月下
秋江巖壑會歸去塵埃終不降懸纓未敢濯嚴

瀨碧濛濛

雨後早發永寧

薛能

春霧朝罷客西東馬足泥聲路未通獨愛千峰
最高處一峰初日白雲中

道中早發

司馬札

野店雞一聲蕭蕭客車動西峰帶曉月十里猶
相送繁霜滿前道贏馬四蹄重遥羨青樓人錦
衾方遠夢功名不我與孤劍何所用行役難自

休家山憶秋洞

早歸

元稹

春靜曉風微淩晨帶酒歸遠山籠宿霧高樹影朝暉飲馬魯鷺水穿花露滴衣嬌鶯似相惱含囀傍人飛

韓偓

相思

去是黄昏後歸當朧膔時袂衣吟宿醉風露動

雜題

欲曙

元稹

江隄閲暗流漏鼓急殘籌片月低城堞稀星轉角樓鸛媒華表上鵶鵲柳枝頭不爲來趨府何因欲曙遊

東方未明

韓愈

東方未明大星沒獨有太白配殘月嗟爾殘月勿相疑同光共影須臾期殘月暉暉太白睒睒雞三號更五點

初起　李商隐

想像咸池日欲光五更鐘後更迴腸三年苦霧巴江水不爲離人照屋梁

晏起　劉得仁

日過辰時猶在夢客来應笑也求名浮生自得長高枕不向人間與命爭

早送舉人入試　白居易

夙駕送舉人東方猶未明自謂出太早已有車馬行騎火高低影街鼓參差聲可憐早朝者相看意氣生日出塵埃飛羣動互營營營營各何求無非利與名而我常晏起虗住長安城春深官又滿日有歸山情

晚　杜甫

杖藜尋晚巷炙背近墻暄人見幽居僻吾知拙養尊朝廷問府主耕稼學山村歸翼飛棲定寒燈亦閉門

權德輿

古樹夕陽盡空江暮靄收寂寞扣船坐獨生千
里愁

向晚

李商隱

當風橫去幰臨水卷空帷北土鞦韆罷南朝祓
禊歸花情羞脉脉柳意悵微微莫歎佳期晚佳
期自古稀

晚景

子蘭

池荷衰颯菊芬芳策杖吟詩向草堂滿目暮雲
風卷盡郡樓寒角數聲長

西山晚景　　王周

公局長清淡池亭晚景中蔗竿閑倚碧蓮朶靜
淹紅半引彎彎月微生飋飋風無思復無慮此
味幾人同

又

一片殘陽景朦朧淡月中蘭芽紆嫩紫梨頰扶
生紅琴阮資清格冠簪養素風煙霄半知已吏

隐少相同

晚思

司空圖

蛩餘窻下月草濕堦前露晚景凄我衣秋風入何樹

高蟾

虞泉冬恨由来短楊葉春期分外長惆悵浮生不知處明朝依舊出滄浪

陝西晚思

羅隐

長途已自窮，與去更西東。樹色榮衰裏，人心往返中。別情流水急，歸意故山空。莫忘交遊分，從來事一同。

晚興　白居易

極浦收殘雨，高城駐落暉。山明虹半出，松闇鶴雙歸。將吏隨衙散，文書入務稀。閑吟倚新竹，筠粉汙朱衣。

又

草淺馬翩翩，新晴薄暮天。柳條春拂面，衫袖醉

乘鞭立語花堤上行吟水寺前等閑消一日不覺過三年

送客迴晚興　　白居易

城上雲霧開沙頭風浪定參差亂山出澹泞平江淨行客舟已遠居人酒初醒嫋嫋秋竹梢巴蟬聲似磬

山中晚興寄裴侍御　　司馬札

雷息疎雨散空山夏雲晴南軒對林晚籬落新

蚩鳴白酒一樽滿坐歌天地清十年身未閑心
在人間名永懷君親恩久賤難退情安得逢工
侶提攜採瑤英
晚望　白居易
江城寒角動沙洲夕鳥還獨在高亭上西南望
遠山
裴夷直
日下夕陰長前山凝積翠白鳥一行飛聮聮粉
書字

貫休

曠望危橋上，徽吟落照前。煙霞濃浸海，川岳闊連天。白鳥格不俗，孤雲態可憐。終朝將爾輩，歸去舊江邊。

雲溪西亭晚望

張籍

雲水碧悠悠，西亭柳岸頭。夕陰生遠岫，斜照逐迴流。此地動歸思，逢人方倦遊。吳興耆舊盡，空見白蘋洲。

西原晚望

白居易

花菊引閑行行上西原路原上晚無人因高聊四顧南阡有烟火北陌連墟墓村隣何蕭疎近者猶百步吾廬在其不䆁寞風日暮門外轉枯蓬籬根伏寒兎故園汁水上離亂不堪去近歲始移家飄然此村住新屋五六間古槐八九樹便是衰病身此生終老處

秋原晚望　　楊凌

客雁秋來次第逢家書頻寄兩三封夕陽天外

雲歸盡亂見青山無數峰

涇川野居晚望

劉得仁

地極接穹蒼西維落太陽泉聲入深稻山色出南崗風起蘆兼荻煙生柘與桑歸來坐幽石半辟冷蟾光

東門晚望

司馬札

青門聊極望何事久離羣芳草失歸路故鄉空暮雲信回陵樹老夢斷灞流分兄弟正南北鴻

聲堪獨聞

白鹿原晚望

馬戴

滻曲雁飛下秦原人葬回丘墳與城闕草樹共塵埃

龜山寺晚望

張蠙

四面湖光絶路岐鵁鶄飛起暮鐘時漁舟不用懸帆蓆帰去乘風插柳枝

河梁晚望

子蘭

水勢滔滔不可量漁舟容易泛滄浪連山翠靄籠沙溆白鳥翩翩下夕陽雨添一夜秋濤闊極目茫茫似接天不知龍物潛何處魚躍蛙鳴滿檻前

江城晚望

劉滄

一望江城思有餘遥分野徑入樵漁青山經雨菊花盡白鳥下灘蘆葉疎静聽潮聲寒木杪遠看風色暮帆舒秋期又涉潼關路不得年年向

此居

金陵晚望　　高蟾

曾伴浮雲歸晚翠猶陪落日汎秋聲世間無限

丹青手一片傷心畫不成

秋日北固晚望　　高蟾

風含遠思翛翛晚日照高情的的秋何事滿江

惆悵水年年無語向東流

澤國路岐當面苦江城砧杵入心寒不知白髮

誰醫得為悶無情歲月看

蒲中霽後晚望

薛能

河邊霽色無人見身帶春風立岸頭濁水茫茫有何意日斜還向古蒲州

村中晚望

陸龜蒙

抱杖柴門立江村日易斜鴈寒猶憶侶人病更離家短髮看成雪雙眸舊有花何須千里外即此是天涯

湖州晚望

吴融

鼓角迎秋晚韻長斷虹踈雨間徽陽兩條溪水分頭碧四面人家入骨涼獨鳥歸時雲鬥迥殘蟬急處日争忙他年若得壺中術一簇江洲盡貯將

僕射陂晚望

羅鄴

離人到此倍堪傷陂水蘆花似故鄉身事未知何日了馬蹄唯覺到秋忙田園牢落東歸晚道

路辛勤此去長却羨無愁是沙鳥雙雙相趂下斜陽

南徐晚望　褚載

芳草鋪香晚岸晴岸頭含醉去來行僧歸岳外殘鐘寺日下江邉調角城入浙孤帆知楚信過淮踈雨帶潮聲如今未免風塵役寧敢悤悤便濯纓

京中晚望　羅隱

心如野鹿跡如萍漫向人間性一靈往事不知
多少夢夜来和酒一時醒

晚眺

羅隐

凭古城邉眺晚晴遠村髙樹轉分明天如鏡面
都来浄地似人心總不平雲向嶺頭閑不澈水
流溪裏太忙生誰人得及莊居老免被榮枯寵
辱驚

孟賔于

倚杖残秋裏吟中四顧頻西風天際鴈落日渡

頭人草色衰平野山陰斂暮塵却尋苔徑去明
月照村隣

崔耿

江溶流落景山色凝暮煙衰鬢照秋日壯心緘
昔年愁吟長抱膝孰訴高高天

北固晚眺

竇常

水國芒種後梅天風雨涼露蠶開晚簇江鷰繞
危檣山趾北來固潮頭西去長年年此登眺人
事幾銷亡

别後西陵晚眺

元稹

晚日未抛詩筆硯夕陽空望郡樓臺與君後會知何日不似潮頭夢却廻

晚眺有懷

馬戴

點點抱離念曠懷成怨歌高臺試延望落照在寒波虗地芳草歇舊山喬木多悠然暮天際但見鳥相過

早春錢塘湖晚眺

張祜

落日下林坂撫襟睇前蹤輕澌流迴浦殘雪明高峰仰視天宇曠俯登雲樹重聊當問真界昨夜西巒鐘

南昌晚眺一作興

韋莊

南昌城郭枕江煙章水悠悠浪拍天芳草綠遮仙尉宅落霞紅襯賈人船霏霏閣上千山雨嘒嘒雲中萬樹蟬恠得地多章句客庾家樓在斗牛邊

晚登郡閣　　韋應物

悵然高閣望，已掩東城關。春風偏送柳，夜景欲沉山。

晚步　　劉得仁

野步晚悠悠，山光澹早秋。遠空淪日脚，多稼没人頭。古木蟬齊噪，深塍水慢流。幽居迴不近，秋菜却堪愁。

姚揆

陋巷貧疑本姓顔晚来閑步出林間數聲長笛吹沈日一片殘雲點破山島寺漸踈敲石磬漁家方半掩柴關遲迴從此搜吟久待得溪頭月上還

村晚閑步

劉得仁

緩步出居處過原邊鴈行夕陽投草木遠水映蒼茫野寺因蟾宿雲溪斸藥嘗蕭條霜景暮極目盡堪傷

暮行河堤上

韓愈

暮行河堤上四顧不見人衰草際黄雲感歎愁我神夜歸孤舟卧展轉空及晨謀計竟何就嗟嗟世與身

秋日江東晚行

姚揆

迢迢驅馬過江東此際令人恨莫窮一撮秋煙堤上白半輪殘日嶺頭紅路岐滋味猶如舊鄉曲聲音漸不同含思看看到梁苑畫樓絲竹徹遥空

秋夜晚泊

杜荀鶴

一望一蒼然蕭騷起暮天遠山横落日歸鳥度平川家是去秋别月當今夕圓漁翁自相伴徹曉葦叢邊

舟行晚泊江上寺

杜荀鶴

久勞風水上禪客喜相依桂衲雖無分修心未覺非日沉山虎出鐘動寺禽歸月上潮平後談空漸入微水一作雨空一作元

汴上晚泊

吴融

亭上風猶急橋邊月已斜柳寒難吐絮浪濁不成花岐路春三月園林海一涯蕭然正無寐夜檣莫咿啞

江山晚泊

左偃

寒雲淡淡天無際片帆落處沙鷗起水闊風高日復斜扁舟獨宿蘆花裏

雲溪晚泊寄裴庶子

羅隱

溪風如扇雨如絲閑步閑吟柳惲詩盃酒疎狂非曩日野花狼藉似當時道窮漫有依劉感才急應無借冦期滿眼雲山莫相笑與君俱是受深知

吳門晚泊寄句曲道友

羅隱

採香徑在人不留採香徑下停葉舟桃花李花鬬紅白山鳥水鳥自獻酬十萬梅銷空寸土三分孫策竟荒丘未知到了關身否笑殺雷平許

遠游

湖亭晚歸

白居易

晝日湖亭卧心閑事亦稀起因殘醉醒坐待晚涼歸松雨飄藤帽江風透葛衣柳堤行不厭沙軟絮霏霏

東城晚歸

白居易

一條邛杖懸龜榼雙角吴童控馬銜晚入東城誰識我短靴低帽白蕉衫

晋昌晚歸馬上贈　李商隐

勇多侵路去恨有礙燈還嗅自微微白看成杳杳般坐来疑物外帰去有簾間君問傷春句千辭不可删

街西晚帰　鄭谷

御溝春水繞閑坊信馬歸来傍短墙幽樹名園臨紫陌晚風時帯牡丹香

日晚帰山詞

施肩吾

虎跡新逢雨後泥無人家處洞邉溪獨行歸客晚山裏頼有鷓鴣臨路歧

暮歸　白居易

不覺百年半何曾一日閑朝隨燭影出暮趂鼓聲還甕裏非無酒墻頭亦有山歸来長困卧早晚得閑顔

日暮　杜甫

日落風亦起城頭烏尾訛黄雲高未動白水已
揚波羌婦語還哭胡兒行且歌将軍别换馬夜
出擁雕戈

又

牛羊下來夕各已閉柴門風月自清夜江山非
故園石泉流暗壁草露滴秋根頭白燈明裏何
須花燼繁

薄暮

杜甫

江上最深地山雲薄暮時寒花隱亂草宿鳥擇

深枝舊國見何日高秋心苦悲人生不再好鬢髮白成絲

暝　　杜甫

日下四山陰山庭嵐氣侵牛羊歸徑險烏雀聚枝深正枕當星劍收書動玉琴半扉開燭影欲掩見清砧

山居秋暝　　王維

空山新雨後天氣晚来秋明月松間照清泉石

上流竹喧歸浣女蓮動下漁舟隨意春芳歇王孫自可留

建昌渡暝吟

韋莊

月照臨官渡鄉情獨浩然鳥棲彭蠡樹月上建昌船市散漁翁醉樓深賈客眠隔江何處笛吹斷緑楊煙

馬上晚吟

白居易

人少街荒已寂寥風多塵起重蕭條上陽落葉

飄宮樹中渡流澌擁渭橋出早冐寒衣校薄歸遲侵黒酒全消如今不是閑行日日短天陰坊曲遙

暮立　　白居易

黄昏獨立佛堂前滿地槐花滿樹蟬大抵四時心摠苦就中腸斷是秋天

黄州暮愁　　項斯

淩澌衝淚眼重疊自西來即夜寒應合非春暖

腦圓衕來多野鶴落處半靈泉必共元都棕花開不記年

鞠侯

堪羨鞠侯國碧巖千萬重煙蘿爲印綬雲壑是提封泉遣狙公護果教獀子供爾徒如不死應得躡元蹤

巫山　　張子容

巫嶺岧嶤天際重佳期宿昔願相從朝雲暮雨連天暗神女知來第幾峰

蘇拯

昔時亦雲雨今時亦雲雨自是荒淫多夢得巫山女從来聖明君可聽妖魅語只今峯上雲徒自生容與

羅浮山

文丙

羅浮多勝境夢到固無因知有長生藥誰爲不死人根雖盤地脉勢自倚天津未便甘休去須棲老此身

峨嵋山

鄭谷

萬仞白雲端經春雪未殘夏消江峽滿晴照蜀樓寒造境知僧熟歸林認鶴難會須朝闕去秖有畫圖看

緜竹山

吴融

緜竹東西隅千峰勢相屬崚嶒壓東巴連延羅古蜀方者露圭角尖者攢箭鏃引者蛾眉彎歛者鳶肩縮尾蟉青蛇盤頸低元兎伏横來突若奔直上森如束歲在作噩年銅梁摇蠆毒相國

京兆公九命来作牧戎提虎僕毛專奉狼頭纛
行府寄精廬開牕對林麓是時重陽後天氣曠
清肅兹山昏曉開一一在人目霜空正沉寥濃
翠霏撲撲披海出珊瑚貼天堆碧玉峩然陰靈
作城郭纔霽霖絶頂已凝雪晃朗開紅旭初疑
崐崘下天矯龍銜燭亦似蓬萊巔金銀臺疊蹙
紫霞或旁映綺段鋪縏褥晚照忽斜籠赤城差
斷續又如煮吴鹽萬萬盆初熟又如濯楚練千
千匹未軸又如水精宫蛟螭結川瀆又如鍾乳
洞雷雹開巖谷丹青畫不成造化供難足合有

羽衣人飄飄曳煙蠲合有五色禽叫嘯含仙曲
根雖限劔門宄必通林屋方諸滄海隔欲去憂
淪覆羣玉縹緲閬未可量往復何如當此境終
朝曠遐矚往往草檄餘吟哦思幽獨早晚掃欃
槍笳鼓迎鳴轂休飛霹靂車罷繫蝦蟇木勒銘
燕然山萬代垂芬郁然後恣逍遥獨往羣麋鹿
不管安與危不問榮與辱但樂濠梁魚豈慾鍾
山鵠紉蕙以圍腰採芝將實腹石牀須卧平一
任閑雲觸

首陽山

吴融

首陽山枕黄河水上有兩人曾餓死不同天下人為非兄弟相看自為是遂令萬古識君心為臣貴義不貴身精靈長在白雲裏應笑隨時飽死人

天門山

李白

迴出江上山雙峰自相對岸映松色寒石分浪花碎參差遠天際縹緲晴霞外落日舟去遥迴首沉青靄

靈墟山

李白

丁令辭世人拂衣向仙路伏鍊九丹成方隨五雲去松蘿蔽幽洞桃杏深隱處不知曾化鶴遼海歸幾度

望夫山

李白

顒望臨碧空怨情感離別江草不知愁巖花但爭發雲山萬里重音信千里絕春去秋復來相思幾時歇

丈人山

杜甫

自為青城客不唾青城地為愛丈人山丹梯近
幽意丈人祠西佳氣濃縁雲擬住最高峯掃除
白髪黄精在君看他時冰雪容

閬山歌

杜甫

閬州城東靈山白閬州城北玉臺碧松浮欲盡
不盡雲江動将崩已崩石那知根無鬼神會已
覺氣與嵩華敵中原格鬭且未歸應結茅齋看

青辟

白鹽山　　杜甫

卓立羣峰外蟠根積水邊他皆任厚地爾獨近
高天白牓千家邑清秋萬古船詞人取佳句刻
畫竟難傳

泥功山　　杜甫

朝行青泥上暮行青泥中泥濘非一時版築勞
人功不畏道路永反将汩没同白馬為鐵驪小

兒成老翁哀猿透却墜死鹿力所窮寄語北來
人後來莫忽忽
鹿頭山
杜甫
鹿頭何亭亭是日慰饑渴連山西南斷俯見千
里豁遊子出京華劒門不可越及兹阻險盡始
喜原野濶殊方昔三分覇氣曽間發天下今一
家雲端失雙闕悠然想楊馬繼起名硉兀有文
令人傷何處埋爾骨紆餘脂膏地慘澹豪俠窟
杖鉞非老臣宣風豈專達冀公柱石姿論道邦

國活斯人亦何幸公鎮踰歲月

岣嶁山

韓愈

岣嶁山尖神禹碑字青石赤形摹奇科斗拳身薤葉披（一作枝）鸞飄鳳泊拏虎螭事嚴跡祕鬼莫窺道人獨上偶見之我来咨嗟涕漣洏千搜萬索何處有森森綠樹猿猱（一作啼）悲

荆山

李商隐

壓河連華勢孱顏鳥没雲歸一望間楊僕移關

三百里可能全是爲荆山

李咸用

良工指君疑真玉却非玉寄言懷寶人不須傷手足

小孤山

顧況

古廟楓林江水邉寒鵶接飯鴈横天大孤山遠小孤出月照洞庭歸客船

北邙山

羅隱

一種山前路入秦嵩山堪愛此傷神魏明未死虛留意莊叟雖生的滿巾何必更尋無主骨也知曾有弄權人羨他緱嶺吹簫客閑傍雲頭看俗塵

邙山

沈佺期

北邙山上列墳塋萬古千秋對洛城城中日夕歌鐘起山上唯聞松柏聲

蒙山作

蕭穎士

東蒙鎮海沂合沓百餘里清秋淨雰靄崖崿隱
天起予役勞往還息徒塹攀倚將窮絶跡處偶
得冥心理雲氣雜虹霓松聲亂風水微明綠林
際杳窱丹洞裏仙鳥時可聞羽人邈難視此焉
多深邃賢達昔所止子尚捐俗紛季隨躡遐軌
蘊真道弥曠懷古情未已白鹿凡幾遊黄精復
奚似顧余尚牽纏家業重書史小學務從師壯
年貴趨仕方馳桂林譽未暇桃源美歲暮期再
尋幽哉羨門子

羽山

蕭穎士

九山方蕩潏三考佇良材夏祖何屯圮遷𨒙此山隈空餘下泉客誰復辨黃能

蒙穀山

唐彥謙

蒙穀山低碧海枯仲君閑坐說麻姑遙天鶴語知虛實長夜神光竟有無祕祝齋心開九轉侍臣回首聽三呼交朋漫信文成術短燭瑤壇漏滿壺

崑山

劉駕

昔時玉爲寶崐山過不得今時玉爲塵崐山入中國白玉尚如塵誰肯愛金銀

龜山

李紳

在鏡湖中山形如龜山上有寺名永安則元相所移置者

一峯凝黛當明鏡十仞喬松倚翠屏秋月滿時侵兎魄素波摇處動亀形舊深崕谷藏仙島新結樓臺起佛扃不學大蛟憑水怪等閑雲雨害

生靈

石首山

王周

首出崔嵬占上游，迴存濃翠向荆州。空聞别有田山力，却見長江曲尺流。

温門山

王建

早入温門山，羣峰亂如戟。崩崖欲相觸，呀豁斷行迹。脱屐尋淺流，定足畏欹石。路盡十里溪，地多千歲栢。洞門晝陰黑，深處唯石壁。似見丹砂

光亦聞鍾乳滴靈池出山底沸水衝地脉暖氣
成濕煙濛濛窓中白隨僧入古寺便是雲外客
月出天氣凉夜鍾山寂寂

伏牛山　　　　　　薛能

虎蹲峯狀屈名牛落日連村好望秋不爲時危
耕不得一犂風雨便歸休

武夷山　　　　　　李商隱

只得流霞酒一盃空中簫鼓當時迴武夷洞裏

生毛竹老盡曾孫更不來

同趙甥瑯琊山

韋應物

石門有雪無行跡松壑凝煙滿衆香餘食施庭
寒鳥下破衣掛樹老僧亡

玉山

李商隱

玉山高與閬峯齊玉水清流不貯泥何處更求
迴日馭此中兼有上天梯珠容百斛龍休睡桐
拂千尋鳳要棲聞道神仙有才子赤簫吹罷好

相攜

金山行

竇庠

西江中澪波四截涌出一峰青嵽嵲外如削成
中缺裂陽氣發生陰氣結是時炎天五六月上
有火雲下冰雪夜色晨光相蕩沃積翠流霞滿
坑谷龍泓徹底沙布金鳥道插雲梯甃玉架嶮
凌虛隨指顧榱桷玲瓏皆固護斡流倒景不可
窺萬仞千崕生跬步目華曈曈上金牓丹楹碧
砌真珠網此時天海風浪清吳楚萬家皆在掌

瓊樓菌閣紛明媚曲檻迴軒深且邃海鳥夜上
珊瑚枝江花曉落琉璃地有時倒景沉江底萬
狀分明光似洗不知水上有樓臺却就波中看
啓閉舟人忘却江水深水伸誤到人間世欻然
風生波出没濯濩晶熒無定物居人相顧非人
間如到日宫經月窟信如靈境長有靈住者不
得無仙骨三神山上蓬萊宫徒有丹青人未逢
何如此處靈仙宅清涼不與嚻塵隔曾到金山
處處行夢魂長羨金山客

前山

裴夷直

只謂一蒼翠不知猶數重晚来雲映處更見兩

三峰

毗陵東山

李紳

東山在毗陵驛南連水西館館即獨

孤及在郡所置荒廢已久至孟公簡

重修植以花木池竹等可翫孟公在

郡日余以校書郎從役同宴於此今

則荒廢仍舊

昔人别館淹留處卜築東山學謝家叢桂半空
摧枳棘曲池平盡隔煙霞重開漁浦連天日更
種蓄園滿地花依舊秋風還寂寞數行衰栁宿
啼鴉

西山

常建

一身爲輕舟落日西山際常隨去帆影遠接長
天勢物象歸餘清林巒分夕麗亭亭碧流暗日
入孤霞繼日渚遠陰映湖雲尚明霽林昏楚色
来岸遠荆門閉其夜轉清迥蕭蕭北風厲沙邉

雁鷺泊宿處蒹葭蔽圓月逗前浦孤琴又揺曳
冷然夜遂深白露霑人袂

西山吟　　　許大

自從明府歸仙後出入塵寰直至今不是藏名
混時俗賣柴沽酒要安心

西山靜中吟　　　施肩吾

重重道氣結成神玉闕金堂逐日新若數西山
得道者連予便是十三人

南山

李山甫

鈍碧頑青幾萬秋直無天地始應休莫嫌塵土佯遮面能向樓臺強出頭霽色陡添千尺翠夕陽閑放一堆愁假饒不是神仙骨終抱琴書向此遊

南山詩

韓愈

吾聞京城南兹維羣山囿東西兩際海巨細難悉究山經及地志茫昧非受授團辭試提挈挂

一念萬漏欲休諒不能粗叙所經覩常昇崇丘望戢戢見相湊晴明出稜角縷脉碎分繡蒸嵐相須洞表裏忽通透無風自飄歘融液煦柔茂横雲時平凝點點露數岫天宇一作空浮修眉濃緑畫新就孤撑有巉絶海浴褰鵬噣春陽潛沮洳濯濯深吐秀巖巒雖嵂崒輭弱類含酎夏炎百木盛蔭鬱增埋覆神靈日歊歔雲氣争結構秋霜喜刻轢一作鑠磔卓立癯瘦叅差相疊重剛耿陵宇宙冬行雖幽墨冰雪工琢鏤新曦照危峨億丈恒高褭明昏無停態頃刻異狀候西南

雄太白突起莫間遷藩都配德運分宅占丁戊
逍遥越地位詆許陷乾竇空虚寒兢兢風氣較
搜漱朱維方燒日陰霰縱騰糅昆明大池北去
覿偶晴晝緜聯窮俯視倒側困清漚微瀾動水
面踊躍躁猱狖驚呼惜破碎仰喜呀不仆前尋
經杜墅坌蔽畢原陋崎嶇上軒昂始得觀覽富
行行將遂窮嶺陸煩互走音奏敫然思坼裂擁掩
難恕宥巨靈與夸娥遠賈期必售還疑造物意
固護蓄精祐刀雖能排斡雷電怯呵詬攀緣脫
手足蹭蹬抵積甃茫如試矯首堛塞生怐愗威

容衰蕭爽近新迷遠舊拘官計日月欲進不可
又因緣窺其湫凝湛閟陰獸一作兽魚蝦可俯掇
神物安敢寇林柯有脫葉欲墮鳥驚救爭銜彎
環飛投棄急哺鷇旋歸道迴睨達枿壯復奏吁
嗟信奇怪峙質能化貿前年遭譴謫探歷得邂
逅初從藍田入顧眄勞頸脰時天晦大雪淚目
苦矇瞀峻塗拖長冰直上若懸溜褰衣步推馬
顛蹶退且復蒼黃忘遐睎所矚纔左右杉篁咤
蒲蘇杲耀攢介冑專心憶平道脫險逾避臭昨
來逢清霽宿願忻所一作始副崢嶸躋冢頂倏閃

雜[illegible][illegible]前低劃開闊爛漫堆衆皺或連若相從
或蹙若相鬬或妥若弭伏或竦若驚雊或散若
瓦解或赴若輻一作輪輳或翩一作泛若船遊或決
若馬驟或背若相惡或向若相佑或亂若抽筍
或嵲若炷灸或錯若繪畫或繚若篆籀或羅若
星離或蓊若雲逗或浮若波濤或碎若鋤耨或
如賁育倫賭勝勇前購先強勢已出後鈍嗔詎
譳上音鬬下音耨或如帝王尊叢集朝賤幼雖親不褻
狎雖遠不悖謬或如臨食案肴核分飣餖又如
遊九原墳墓包槨柩或纍若盆甖或揭若登豆

或覆若曝鼈或頽若寢獸或蜿若藏龍或翼若
搏鷙或齊若友朋一作隨迎或隨一作差若先後或逆
若流落或顧若宿留或戾若仇讎或密若婚媾
或儼若峩冠或翻若舞袖或屹若戰陣或圍若
蒐狩或靡然東注或偃然北首或如火熺焨或
若氣饋餾或行而不輟或遺而不收或斜而不
倚或弛而不觳或赤若禿鬜音慳或爞若柴槱或
如龜坼兆或若卦分繇或前橫若剡或後斷若
宿闇闇樹牆垣巘巘架庫庛參參初金反削劍戟
煥煥衒瑩琇敷敷花披萼闟闟屋摧霤悠悠舒

而安兀兀狂以狃超超出猶奔蠢蠢駭不懋大哉立天地經紀肖營腠厥初孰開張僶俛誰勸侑創茲朴而巧戮力忍勞疚得非施斧斤無乃假詛呪鴻荒竟無（一作莫）傳功大莫（一作豈）酎傚嘗聞於祠官芬苾降歆嗅斐然作歌詩惟用贊報酭

南海亂石山作

杜審言

漲海積稽天羣山高嶪地相傳稱亂石圖典失其事懸危悉可驚大小都不類乍將雲島極還

與星河次上聳忽如飛下臨仍欲墜朝暾赩丹紫交映烱青翠穹崇霧雨蓄幽隱靈仙閟萬尋掛鶴巢千丈垂一作東猨臂昔去景風涉今來姑洗至觀此得詠歌長時想精異

曲龍山歌

顧況

曲龍丈人冠藕花其顔雪映光明砂玉繩金枝有通籍五岳三山如一家遥指叢霄杳靈島島中曄曄無凡草九仙傲睨折五芝翠鳳白麟回異道石臺石鏡月長明石洞石橋連上清人間

妻子見不識拍雲揮手升天行摩天截漢何瀟洒四石五雲更上下下方小兆更拜焉願得騎雲作車馬

子欲居九夷乘桴浮於海聖人之意有所在曲龍何在在海中石室玉堂窅玲瓏其下琛怪之所產其上靈棲復無限無風浪頂高屋脊有風天晴翻海眼願逐剛風騎吏掟趐居按摩參寥天鳳凰頰骨流珠珮孔雀尾毛張翠蓋下看人界等蟲沙夜宿層城阿母家

苔蘚山歌

顧況

野人夜夢江南山江南山深松桂閑野人覺後長歎息帖蘚粘苔作山色閉門無事任盈虛終日欹眠觀四如一如白雲飛出壁二如飛雨巖前滴三如騰虎欲哮吼四如嬾龍遭霹靂峭嶮嵌空潭洞寒小兒兩手扶欄干

岳上作

修睦

始好步青苔蟬聲且莫催辛勤來到此容易便言迴遠水月未上四方雲正開更堪逢道侶特

地話天台

華山南春望

宋景元

靈嶽多異狀巉巉出虛空閑雲戀巖壑起滅蒼

翠中皓氣澄野水神光閟瓊宮鶴巢前林雪瀑

落蒲澗風春晝花未發川廻路難窮何因著山

屐鹿跡尋羊公

地肺山春日

温庭筠

苒苒花明岸涓涓水遶山幾時抛俗事来共白

雲閑

題鹿門山

孟浩

清曉因興來乘流越江峴沙禽近方識浦樹遥莫辨漸到鹿門山山明翠微淺巖潭多屈曲舟檝屢迴轉昔聞龐德公採藥遂不返金澗養芝朮石牀卧苔蘚紛吾感耆舊結攬事攀踐一作覽事悲踐躋隱跡今尚存高風邈已遠白雲何時去丹桂空偃蹇採討意未窮迴艫夕陽晚

紀南陵題五松山

李白

聖達有去就潛光愚其德魚與龍同池龍去魚不測當時版築輩豈知傳說情一朝和一作雨殷人光氣為列星伊尹生空桑捐庖佐皇極桐宮放太甲攝政無愧色三年帝道明委質終輔翼曠哉至人心萬古可為則時命或大謬仲尼將一作其奈何鸞鳳忽覆巢麒麟不來過龜山蔽魯國有斧且無柯帰去来帰去来一作歸来帰去来宵濟越洪波

和段校理冬夕寄題廬山二十韻

劉得仁

名山身未到此恨蓄多時是夕吟因話他年去必隨常聞廬岳頂半入楚江湄幾處懸崕上千尋瀑布垂鑪峰松淅瀝湓浦棹參差月色連湖白鐘聲拂浪遲煙梯緣薜荔巘寺陟欹危地本饒靈草林曾出祖師石樓霞耀壁猿樹鶴分枝細逕縈巖末高窓見海涯嵌空寒更極窈窱夜猶思陰谷冰埋朮仙田雲覆芝亂泉禅客潄異跡逸人知蘚室新開竈櫪潭未了棊如何遂閑放長得任希夷空務漁樵事方無道路悲謝公

臺尚在陶令柳尋衰壓外誰相許人間貴亦遺
雖懷丹桂巔不忘白雲期仁者終携手今宵預
賦詩

題金山

韓垂

靈山一峰秀岌然殊衆山根盤大江底影插浮
雲間雷霆常間作風雨時往還象外懸清景千
載長躋攀

題惠山

李郢

乳洞陰陰碧澗連杉松六月冷無蟬黄昏飛盡
白蝙蝠茶火數星山寂然

題君山　　雍陶

風波不動影沉沉翠色全微碧色深應是水仙
梳洗處一螺青黛鏡中心

題九華山　　譚銖會昌

憶睭九華山尚在童稚年浮沉任名路窺仰會
無緣罷職池陽時復遣迎送牽因兹契誠願矚

望枕席前况值春正濃氣色無不全或如碧玉
静或似青靄鮮或接白雲堆或映紅霞天呈姿
既不一變態何曾千巍峩本無動崇峻豈可偏
外景自隱映潛虚固幽元我来暗凝情務道志
更堅色與山異性性併山亦然境變山不動性
存形自遷自遷不阻俗自定不失賢浮華與朱
紫安可迷心田

和王季文題九華山

神穎

衆岳雄分野九華鎮南朝彩筆凝遠空崔嵬寄

青霄龍潭古仙府靈藥今不凋瑩為滄海鏡煙
霞作峯標造化心數奇性狀精氣饒玉樹欝玲
瓏天籟韻簫寥寂尋乳竇兢兢行石橋通泉
漱雲母藉草縈香茗我住幽且深君賞昬復朝
稀逢發清唱片片霜凌飈

題包山

皮日休

一片煙村勝畫圖四邉波浪送清虛此中人若
無租稅直是蓬瀛也不如

題升山

任生

城外升山寺城中望宛然及登無半日欲到已經年

僊都山留題

劉昭禹

林下事無非塵中竟不知白雲深擁我青石合眠誰山静擣靈藥夜閑論古詩此来親羽客何日變枯髭

雨霽北歸留題三學山

薛能

遠樹平川半夕陽錦城遥辨立危墻槩思勝事多遺恨却悔公心是漫忙灌口關尋慚遠客峨嵋乖約負支郎靈龕一望終何得謬有人情滿蜀鄉

題黃頰山壁

王績

别有清溪道斜亘碧巖隈崩榛横古蔓荒石擁寒苔野心長寂寞山逕本幽迴步步攀藤上朝朝負藥來幾看松葉秀頻值菊花開無人堪作伴歲晚獨悠哉

前趣奇歘岑轉相逼升巒初亭午入澗訝景迫丹壁爛霞暉蒼煙混松色飛流霄間落絕頂雲外匿杳嶂森易分重溪杳難測會峰昔延望靈境今已即振策探仙都鮮襟嬉逸域五芝生碧洞曄曄正堪食豈唯耽幽棲實冀化羽翼何必陰馬君獨資九丹力

永嘉經謝公石門山作

郭密之

綿境經耳目未嘗曠躋登一窺石門險載滌心神懵洞壑闊金澗歘崖盤石楞陰潭下冪冪秀

領上層層千丈瀑流蹇半溪風雨絙興餘忘每
愜心遠道自宏乘軺廣儲峙祇命愧才能輟棹
周氣象捫條歷騫崩忽如生羽翼恍若將起騰
謝客今已矣我来誰與朋

再經天涯地角山　雍陶

每憶雲山養短才悔緣名利入塵埃十年馬足
行多少兩度天涯地角来

遊太山　李白

四月上太山石半御道開六龍過萬壑澗谷隨
縈迴馬跡遶碧峰于今滿青苔飛流灑絕巘水
急松聲哀北眺崿嶂奇傾崖向東摧洞門閉石
扇地底興雲雷登高望蓬瀛想象金銀臺天門
一長嘯萬里清風來玉女四五人飄颻下九垓
含笑引素手遺我流霞盃稽首再拜之自愧非
仙才曠然小宇宙棄世何悠哉
清曉騎白鹿直上天門山山際逢羽人方瞳好
容顏捫蘿欲就語却掩青雲關遺我鳥跡書飄
然落巖間其字乃上古讀之了不閑感此三歎

息從師方未還平明登日觀舉手開雲關精神
四飛揚如出天地間黄河從西来窈窕入遠山
憑崖覽八極目盡長空閑偶然值青童緑髮雙
雲鬟笑我晚學仙蹉跎凋朱顔躊躇忽不見浩
蕩難追攀
清齋三千日裂素寫道經吟誦有所得衆神衛
我形雲行信長風颯若羽翼生攀崖上日觀伏
檻窺東溟海色動遠山天雞已先鳴銀臺出倒
景白浪翻長鯨安得不死藥高飛向蓬瀛
日觀東北傾兩崖夾雙石海水落眼前天光遥

空碧千峯爭攢聚萬壑絶凌歷緬彼鶴上仙去無雲中跡長松入霄漢遠望不盈尺山花異人間五月雪中白終當遇安期於此鍊玉液

朝飲王母池暝投天門關獨抱緑綺琴夜行青山月山明月露白夜静松風歇仙人遊碧峰處處笙歌發

寂聽娱清輝玉真連翠微想像鸞鳳舞飄颻龍虎衣捫天摘匏瓜恍惚不憶帰舉手弄清淺誤攀織女機明晨坐相失但見五雲飛

遊嵩山

熊皎

獨背焦桐訪洞天暫攀靈跡弃塵緣深逢野草皆疑藥静見樵人恐是仙翠木入雲空自老古碑横水莫知年可憐幽景堪長往一任人間歲月遷

遊茅山

儲光義

十年别鄉縣西去入皇州此意在觀國不言空遠遊九衢平若水利往無輕舟北洛反初路東江還故丘春山多秀木碧澗盡清流不見子桑

扈當從方外求

世業傳儒行行成非不榮其如懷獨善況以閒

長生家近華陽洞早年深此情巾車雲路入理

棹瑤溪行天地朝光滿江山春色明王廷有軒

鼎此日方知輕

平生非作者望古懷清芬心以道為際行將時

不羣茲山在人境靈貺久傳聞遠勢一峰出近

形千嶂分冬春有茂草朝暮多鮮雲此去亦何

極但言西日曛

昔賢居柱下今我去人間良以直心曠兼之外

視閑垂輪非釣國好學異希顔落日登高嶼悠
然望遠山溪流碧水去雲帶清陰還相見中林
士巖扉長不關
名岳徵仙事清都訪道書山門入松柏天路揖
空虚南極見朝采西潭闇夜漁遠心尚雲宿浪
跡多林居爲已存實際忘形同化初此行良已
矣不樂復何如
杜荀鶴
步步入山門仙家鳥徑分漁樵不到處麋鹿自
成羣石面迸出水松頭穿破雲道人星月下相

次禮茅君

李中

緑蘚深迎步紅霞爛滿衣洞天應不遠鸞鶴向人飛

茅許僊蹤在煙霞一境清希夷何許叩松逕月空明

遊爛柯山

項斯

步步出塵氛溪山別是春壇邉時過鶴碁處寂無人訪古碑多闕探幽路不真翻疑歸去晚清

世累移晨

遊馬耳山

蕭穎士

茲山表東服遠近瞻其名合沓盡溟漲渾渾連太清我來疑初伏幽路無炎精流水出溪靜緣蘿搖風輕高深變氣候俯仰暮天晴入谷炯雨潤登崖雲日明乾坤正含養種植揔滋榮草樹皆秀色雛麋亂新聲攀巖挹桂髓洞究拾瑶英此地隱微徑何人得長生宿心尚葛許彌願樓蓬瀛太息官名路遲迴忠孝情還丹昧遠術養

素幘幽貞安得從此去悠然昇玉京

遊倚帝山

吴筠

山間非吾心物表冀所託振衣超煩滓策杖追岑崟絶地窮崄峭造天究磐礴邇臨煙霞積遐睇宇宙廓俯驚白雲涌仰駭飛泉落苔濃鮮翠屏松古麗丹崿目冀覯喬羡心希馭龍鶴乃知巢由情豈伊猨鳥樂

茲山何獨秀萬仞倚昊蒼晨躋煙霞趾夕憩靈仙場俯觀海上月坐弄浮雲翔松風振雅音桂

露含晴光不出六合外超然萬累忘信彼古来
士巖棲道弥彰
遊中梁山
于武陵
僻地好泉石何人曾陸沉不知青嶂外更有白
雲深因此見喬木幾回思舊林慇懃與猿鳥唯
我獨何心
遊三學山
齊己
白石路重重縈紆勢忽窮孤峰擎像閣萬木蔽

星空世論隨時變禪懷歷刧同良宵正冥目海
日上窓紅

遊雲頂山晚望

貫休

雲頂聊一望山林草木竒黔南在何處堪笑復
堪悲菊　香未歇露繁蟬不飢明朝又西去錦
水與峨眉

與南陵常贊府遊五松山

李白

安石汎溟渤獨嘯長風還逸韻動海上高情出

人間靈異可並跡澹然與世閑我來五松下置
酒窮躋攀徵古絶遺老因名五松山五松何清
幽勝境美沃洲蕭颯鳴洞壑終年風雨秋響入
百泉去聽如三峽流剪燭掃天花且從傲吏遊
龍堂若可憩吾欲歸精修

自廣漢遊三學山

薛能

殘陽終日望棲賢歸路携家得訪禪世關一來
應薄命雨留三宿是前緣詩題不忍離巖下履
齒難忘在水邊猿鳥可知僧可會此心常似有

香煙

重遊天台山　李郢

南國天台山水奇石橋危險古来知龍潭直下一百尺誰見山翁獨過時

杪春再遊廬山　李涉

二十七年别煙雲如昨辭偶逢行春日得遂歸山期曉駕出湓城晚會東林師廻廊閲衆院遍讀新舊詩蕭魏故已塵符楊亦川馳拂牀埽塵

辟再覔舊遊詩南訪靜節居石臺有遺基紅葩
列澗艷碧蔦懸林絲迢遞二霄峯晴雲間出危
壇空仙馭遠谷斷啼猨悲白鹿舊洞門五老東
一枝當時手結茅聚族長在兹孫姪皆後来非
我昔所知生為前世翁安得不涕垂白髮唯兩
人形骸久支離雖同故山會草草如路岐惆悵
塵中身何由重来斯無令誚余者更劾北山移

再遊匡山

齊已

紫霄兼二老相對倚空寒久别成衰病重来更

上難徑危雲母滑
仙有石壇

重到惠山

李紳

再到石泉寺内有禪師鑒元影堂在寺南峰下頃年與此僧同在惠山十年鑒元自壽春相訪因追舊歡

碧峰依舊松筠老重得經過已白頭俱是海天黄葉信兩逢霜節菊花秋望中白鶴憐歸翼行處青苔恨昔遊還向憁前名姓下數行添記别

離愁

商山道中　張喬

春去計秋期長安在夢思多逢山好處少值客行時雲起爭峰勢花交隱澗枝停驂一惆悵應秪嶺猿知

趙嘏

和如春色淨如秋五月商山是勝遊當晝火雲生不得一溪縈作萬重愁

過華陰

王昌齡

雲起泰華山雲山互明滅東峰始含景了了見
松雪羈人感幽棲窅映轉奇絕欣然忘所疲永
望吟不輟信宿百餘里出關玩新月何意乍冥
冥遇物遂遷別人生屢如此何以肆愉悅

過中條山

許棠

徒為經異岳不得訪靈蹤日盡行難盡千重復
萬重雲垂多作雨雷動半和鐘孤竹人藏處無
因認本峰

過商山

王貞白

一宿白雲根時經採藥村數峰雖似蜀當畫不
聞猨馬立溪沙淺人爭問道喧明朝棄繻嚴步
步入金門

戎昱

雨暗商山過客稀路傍孤店閉柴扉卸鞍良久
茅簷下待得巴人樵採歸

貫休

吟緣横翠憶天台嘯狖啼猱見盡猜四箇老人

何處去一聲仙鶴過溪來皇城宫闕廻頭盡紫
閣煙霞為我開天際峰峰盡堪佳紅塵中去大
悠哉

齊已

疊疊疊嵐寒紅壓翠裏盤前程有名利此路莫
艱難雲木侵天老輪蹄到月殘何能尋四皓過
盡見長安

過驪山

竇鞏

翠輦紅旌去不回蒼蒼宫樹鎖青苔有人說得

當時事曾見長生玉殿開

杜牧

始皇東遊出周鼎劉項縱觀皆引頸削平天下實辛勤却為道旁窮百姓黔首不愚爾益愚千里函關囚獨夫牧童火入九泉底燒作灰時猶未枯

薛能

丹雘蒼蒼簇背山路塵應滿舊簾間元宗不是偏行樂只為當時四海閑

冷日過驪山

趙嘏

冷日微煙渭水愁翠華宮樹不勝秋霓裳一曲千門鏁白盡梨園弟子頭

過馬嵬山

李遠

金甲雲旗盡日迴蒼惶羅袖滿塵埃濃香猶自飄鑾輅恨魄無因離馬嵬南内宮人悲悵殿東溟方士問蓬萊唯餘坡上彎環月時送残蛾入帝臺

過象耳山

薛能

一色青松幾萬栽異香薰路帶花開山門欲別心潛願更到蜀中還到来

到處逢山便欲登自疑身作住來僧徒行至此三十里不是有緣應不能

過桐栢山

錢起

秋風過楚山山靜秋聲晚賞心無定極仙步亦清遠反照雲竇空寒流石苔淺羽人昔已去靈跡欣方踐投策謝歸途世緣從此遣

過北卬山　　劉滄

散漫黄埃滿北原折碑横路碾苔痕空山夜月来松影荒冢春風變木根漠漠兎絲羅古廟翩翩丹旐過孤村白楊落日悲風起蕭索寒巢鳥獨奔

過蜀道山　　張説

我行春三月山中百花開披林入峭　攀磴陟崔嵬白雲半峰起清江出峡来誰知高深意緬

邈心悠哉

過西塞山

齊己

空江平野流風島葦颼颼殘日銜西塞孤帆向北洲邊鴻渡漢口楚樹出吳頭終入高雲裏身依片石休

過南城縣麻姑山

崔櫓

似前如却玉堆堆薄帶輕煙翠好裁斜倚兜鈎孤影畔校低仙掌一頭來盤疑虎伏形難寫展

認龍拏勢未迴驚訝昔人曾羽化此中爭不接
瑶臺
詩手難題畫手慚淺青濃碧疊東南塵愁世界
忙心在霞伴神仙穩夢酣雨涕自悲看雪鬢星
冠無計整雲篆家風負荷須名官可惜千峰綠
似藍
差烟危碧半斜暉何代仙人此羽飛高岫鎮長
寒柏暗古祠時復彩雲歸紅塵鞭馬顏將換碧
落驂鸞意有違聲利繫身家繫念今生辜負六
銖衣

信州西三十里山名仙人城下有月巖山其狀秀拔中有山門如滿月之狀余因行役過其下聊賦是詩

韋莊

驅車過閩越路出饒陽西仙人翠如畫簇簇生虹蜺羣峰若侍從衆阜如嬰提巖巒互吞吐嶺岫相追攜中有月輪滿皎潔如圓珪玉皇恣遊覽到此神應迷常娥曳霞帔引我同攀躋騰騰上天半玉鏡懸飛梯瑶池何悄悄鸞鶴煙中棲回頭望塵世露下寒凄凄

夕次鹿門山

閻防

龐公嘉遁所浪跡難追攀浮舟暝始至抱杖聊自閑雙巖開鹿門百谷集珠灣噴薄湍上水舂容潭裏山焦原足險峻梁壑未成艱我行自春仲夏鳥語綿蠻蕙草色已晚客心殊未還遠遊非避地訪道愛童顏安能徇機巧爭奪錐刀間

度石門山

杜審言

石門千仞斷迸水落遙空道束懸崖半橋欹絕

澗中仰攀人屢息直下騎才通泥擁奔蛇徑雲埋伏獸叢星躔牛斗北地脉象牙東開塞隨行變高深觸望同江聲連驟雨日氣抱殘虹未改朱明律先含白露風堅貞深不憚險澁諒難窮有異登臨賞徒為造化功

渡汝水向大和山　皇甫冉

落日事搴陟西南投一峰誠知秋水淺但怯無人蹤

出山作

出山忘掩山門路釣竿插在枯桑樹當時只有鳥窺窬更亦無人得知處家僮若失釣魚竿定是猿猴把将去　盧仝

出山吟

白居易

朝詠遊仙詩暮歌采薇曲卧雲坐白石山中十五宿行随出洞水廻别緣巖竹早晚重來遊心期瑶草緑

入商山

杜牧

早入商山百里雲藍溪橋下水聲分流水舊聲人舊耳此迴嗚咽不堪聞

入浮石山

儲嗣宗

斜日出門去殘花已過春鳥聲穿葉遠虎跡渡溪新入洞幾時路耕田何代人自慚非避俗不敢問迷津

早入清遠峽山

宋之問

傳聞峡山好旭日棹前沂雨色摇丹障泉聲聒
翠微雨巘天作帶萬壑樹披衣秋橘迎霜序春
藤礙日輝翳潭花似織緣嶺竹成圍寂歷還沙
浦葱蘢轉石圻露餘江未熱風落瘴初稀猿飲
排虚上禽鶩掠水飛榜童夷唱合樵女越吟歸
斥堠斯為美邊愁自有違誰憐望鄉國流涕失
芳菲

晚入南山　孟浩

瘴氣晚氛氲南山復水雲鯤飛今始見鳥墮舊

来聞地接長沙近江從伯渚分賈生曽弔屈予
亦痛斯文
入茶山下題水口草市絶句
杜牧
倚溪侵嶺多高樹誇酒書旗有小樓驚起鴛鴦
豈無恨一雙飛去却迴頭
登山
許棠
信步上鳥道不知身忽高近空無世界當楚見
波濤頂峭松多瘦崕懸石盡牢獮猴呼獨散隔

水向人號

登山歌　　皇甫冉

青山前青山後登高望兩處兩處今何有煙景

滿川原離人堪白首

秋日登山　　長孫佐輔

逐勝不怯還秋山閑獨登依俙小徑通深處逢

来僧側石擁寒溜欹松懸古藤明書問知友興

詠將誰能

登北固山　宋之問

京鎮周天險東南作北關埭横江曲路戍入海
中山望越心初切思秦鬢已斑空憐上林鴈朝
夕待春還

登娥眉山　李白

當國多仙山娥眉邈難匹周流試登覽絶怪安
可悉青冥倚天開彩錯疑畫出泠然紫霞賞果
得錦囊術雲間吟瓊簫石上弄寶瑟平生有微

尚歡笑自此畢煙容如在顔塵累忽相失儻逢
騎羊子携手凌白日

登岷山

柳宗元

荒山秋日午獨上意悠悠如何望鄉處西北是
融州

登沃洲山

耿湋

沃洲初望海攜手盡時髦小暑開鵬翼新蓂長
鷺濤月如芳草遠身比夕陽高羊祜傷風景誰

云異我曹

登秦望山　　馬湘

太一初分何處尋空留歷數變人心九天日月徒相待萬里山川換古今風激野波吞遠徼雨添嵐氣没高林秦皇漫作驅山計滄海茫茫轉更深

登郡前山　　羊士諤

洛陽歸客滯巴東處處山櫻雪滿叢﨑首當時

爲風景豈將官舍作池籠

登驪山高頂

中宗

四郊秦漢國八水帝王都閶闔雄里閈城闕壯規模貫渭稱天邑含岐實奥區金門披玉館因此識黄圖

劉憲

驪阜鎮皇都鑾遊眺八區原隰旌門裏風雲扆坐隅直城如斗柄官樹似星榆從臣詞賦末濫得上天衢

蘇頲

仙蹕御層氛高高積翠分巖聲中谷應天語半空聞豐樹連黄道秦關入紫雲聖圖恢寓縣歌賦小横汾

武平一

鑾輿上碧天翠帟拖晴煙絶𡺸紆仙逕層巖敞御筵雲披丹鳳闕日下黑龍川更覩南薰奏流聲入管絃

登綿州富樂山别李道士策

薛曜

珠闕崐山遠銀宮漲海懸送君從此路城郭幾
千年雲霧含丹景桑麻覆細田笙歌未盡曲風
馭獨泠然

任閬中下鄉檢田登艾蕭山北望

薛光謙

觀農巡井邑長望歷山川擁澗開新耨緣崖栢
火田荒村無徑陌古戍有風煙瓠葉縈籬長藤
花繞架懸岸高攢樹石水淨寫雲天迴首鄉關
路行歌猶喟然

登望楚山最高頂

孟浩

山水觀形勝襄陽美會稽最高唯望楚曾未一攀躋石壁疑削成衆山比全低晴明始登陟目極無端倪雲夢掌中小武陵花處迷暝還歸騎下蘿月在深溪

登商山最高頂

白居易

高高此山頂四望唯煙雲下有一條路通達楚與秦或名誘其心或利牽其身乘者及負者来去何云云我亦斯人徒未能出𨅛塵七年三往

復何得笑他人

陪羣公登箕山賦得羣字

宋之問

許由去已遠冥莫見幽墳世薄人不貴茲山唯白雲寧知三千歲復有堯為君時佐激頹俗登箕挹清芬高節雖已暮邈與洪崖羣

與諸子登峴山作

孟浩

人事有代謝往來成古今江山留勝跡我輩復登臨水落魚梁淺天寒夢澤深羊公碑尚在讀

罷淚凝襟

與崔策登西山

柳宗元

鶴鳴楚山静露白秋江曉連袂度危橋縈迴出

林杪西岑極遠目毫末皆可了重疊九疑高微

茫洞庭小迥窮兩儀際高出萬象表馳景泛頹

波遥風遞寒篠謫居安所習稍厭從紛擾生同

胥靡遺壽等彭鏗夭蹇連困顛踣愚蒙怯幽眇

非令親愛疎誰使心神悄偶兹遁山水得以觀

魚鳥吾子幸淹留緩我愁腸繞

同諸隱者夜登四明山

施肩吾

半夜尋幽上四明手攀松桂觸雲行相呼已到無人境何處玉簫吹一聲

奉使登終南山

王灣

常愛南山遊因而盡原隰數朝至林嶺百仞登嵬岌石壯馬徑窮苔色步緣入物奇春狀改氣遠天香集虛洞策杖鳴低雲拂衣濕倚巘見廬舍人戶欣拜揖問姓矜勤勞示心教澄習玉英

時共飲芝草爲余捨境絶人不行潭深鳥空立
一乘從此受九轉兼是給辭處若輕飛憇來唯
吐吸閑襟起已勝迴路倏而及煙色松上深水
流山下急漸平逢車騎向晚睍城邑峰在野趣
繁塵飄官情緝辛苦久爲吏勞生何妄執日暮
懷此山悠然賦斯什

登襄陽峴山

張九齡

昔年出攀踐征馬復來過信若山川舊誰知歲
月何蜀相吟安在羊公碣已磨令圖猶寂寞嘉

會亦蹉跎宛宛樊城岸悠悠漢水波逶迤春日
遠感寄客情多地本原林秀朝来煙景和同心
不同賞留歎此巖阿

望山

賈島

南山三十里不見踰一旬冒雨時立望望之如
朋親虬龍一掬波洗蕩千萬春日日雨不斷愁
殺望山人天事不可長勁風来如奔陰靄一以
掃浩翠寫國門長安百萬家家家張屏新誰家
最好山我願為其隣

盧士衡

亂山難問主相續碧嶙嶙何處煙霞裏猶眠經濟人樓高看有意雨過色弥新待取科名了終期隱此身

望嶽

杜甫

岱宗夫如何齊魯青未了造化鍾神秀陰陽割昏曉盪胷生曾雲決眥入歸鳥會當凌絕頂覽衆山小

南嶽配朱鳥秩禮自百王歘吸領地靈鴻洞半

霜雪唯惜許讓王遁時穎川溢千乘不迴慮萬
金寧易節美物忌芳堅達人諱明哲孤高霞月
上杳與氛埃絶

望終南山

太宗

重巒俯渭水碧嶂插遥天出紅無嶺日入翠貯
巖煙疊松朝若夜複岫闕疑全對此恬千慮無
勞訪九仙

竇年

日愛南山好時逢夏景殘白雲兼似雪清晝乍

生寒九陌峯如墜千門翠可團欲知形勝盡都
在紫宸看
望中條
唐彦謙
虞鄉縣西郭advertisement改觀揖中條第蓄終南小交
遥崦深應有寺峰近恐通橋為語前村叟他
時寄採樵
望衡山
劉禹錫
東南倚蓋卑維嶽資柱石前當祝融居上拂朱

烏翮青冥結精氣磅礴宣地脉還聞膚寸陰能致弥天澤

望九疑　朱慶餘

浮生猶役役未得便尋真白日如無路青山豈有人煙收遥岫小雨過晚川新倚杖何疑望中宵夢往頻

望九華山　盧嗣立

九華深翠落軒楹逈眺澄江氣象明不遇陰霾

孤岫隱正當寒日衆峯呈坐觀松雪消煩思惜
別煙嵐駐曉行得路歸山期早訣夜來潜已告
精誠

柴夔

九華如劍插雲霓青靄連空望欲迷北截吳門
疑地盡南連楚界覺天低龍池水蘸中秋月石
路人攀上漢梯惆悵舊遊無復到會須登此出
塵泥

望女几山

羊士諤

女几山頭春雪消路傍仙杏發柔條心期欲去知何日惆悵回車上野橋

望天門山　　李白

天門中斷楚江開碧水東流直北迴兩岸青山相對出孤帆一片日邊来

望麻姑山　　鮑溶

往往懷麻姑浮世悠悠仙景殊自從青鳥不堪使更得蓬莱消息無

望木瓜山

李白

早起見日出暮看棲鳥還客心自酸楚况對木瓜山

望郡南山

白行簡

臨江一嶂白雲間紅緑層層錦繡斑不作巴南天外意何殊昭應望驪山

和行簡望郡南山

白居易

反照前山雲樹明從君苦道似華清試聽腸斷巴猨叫早晚驪山有此聲

望西山　　修睦

積翠異諸嶽令人看莫休有時經暮雨獨得倚高樓雲外僧應老林間水正秋到頭歸隱處豈在問嵩丘

汝州郡樓望嵩山　　許棠

不共衆山同岧嶤出逈空幾層高鳥外萬仞一

樓中水落難歸地雲離便逐風唯應霄漢客絶頂路方通

關門望華山

劉長卿

客路瞻太華三峰高際天夏雲亘百里合沓遥相連雷雨飛半腹太陽在其巔翠微關上近瀑布林梢懸愛此衆峰秀能令西望偏徘徊志暝色泱漭成陰煙曾是朝百靈亦聞會羣仙璚漿豈易挹毛女非空傳髣髴仍佇想幽奇如眼前金天有青廟松柏隱蒼然

東歸望華山　吴融

碧蓮重疊在青冥落日重鞭緩客程不奈春煙籠晴淡可堪秋雨洗分明南邊已放三千馬北面猶標百二城只怕仙人撫高掌年年相見是空行

翰林院望終南山　吴筠

竊慕隱淪道所歡巖穴居誰言忝休命遂入承明廬物情不可易幽中未嘗攄幸見終南山岧

堯湊太虛青靄長不滅白雲閑卷舒悠然相探
討延望空躊躇跡繫心無極神超興有餘何當
解維縶永託逍遥墟

朝退望終南山

李極

紫宸朝罷綴鵷鸞丹鳳樓前駐馬看唯有終南
山色在晴明依舊滿長安

贈徐中書望終南山歌

王維

晚下兮紫微悵塵事兮多違駐馬兮雙樹望青

山兮不歸

彭蠡湖中望廬山

孟浩

太虛生月暈舟子知天風掛席候明發渺望平湖中中流見匡阜勢壓九江雄黤黮容霽色一作黯藹凝黛色峥嶸當曉空香爐一高峯上初日瀑布噴長虹久欲追尚子況兹懷遠公我來限于役未暇息徽躬淮海途將半星霜歲欲窮寄言栖巖者畢趣當来同

早發若峴驛望廬山

獨孤及

兩巖山翠鮮泠泠東風好斷崕雲生處是向峯頂道誰謂峯頂遠跂予可瞻討忘緣袪天機脫屣恨不早秖恐歲云暮遂與空名老心往跡未并慙媿山上草

九華望廬山

熊皎

九江山勢盡崢嶸惟有匡廬最得名萬疊影遮殘雪在數峰嵐帶夕陽明冷侵醉榻鋪秋色高壓吟龍送水聲只待丹霄酬志了白雲深處是

歸程
湖上望廬山　孫魴
輟棹南湖首重迴笑青吟翠向崔嵬天應不許
人全見長把雲藏一半來
江州望廬山　羅隠
東南蒼翠何崔嵬横流一望幽抱開影寒已落
水底去脚闊欲過湖心来深處不唯容兕怪暗
中兼恐有風雷仙人往往今誰在紅杏花香重

首迴

秋日彭蠡湖中觀廬山

吴筠

泛舟太湖上迴瞰兹山隈萬頃滄波中千峰鬱崔嵬涼煙發爐嶠秋日明帝臺絶巔凌太漠懸流瀉昭回穹崇石梁引岈豁天門開飛鳥屢隐見白雲時往来超然契清賞目醉心悠哉董氏出六合王君升九垓誰言曠遐祀庶可相追陪從此永棲託拂衣謝浮埃

青陽館望九子山

竇叔向

蒼翠嵒嶤上碧天九峰遥落縣門前豪芒映日千重樹消滴垂空萬丈泉武帝南遊曾駐蹕始皇東幸亦祈年雲祠絶跡終難訪唯有猿聲到客邊

晴望九華山　楊鴻

九華閑屋簇清虚氣象羣峰盡不如惆悵都南掛冠吏無人解向此山居

舟中望九華山

李中

排空蒼翠異𪋤棹看崔嵬一面雨初歇九峯雲正開當時思水石便欲上樓臺隱去心難遂吟餘首嬾迴僧休傳紫閣屏歇寓天台中有忘機者逍遥不可陪

郡樓望九華歌

霍揔

樓上坐見九子峰翠雲赤白光溶溶有時朝昏變踈密入峯和煙一峯出有時風卷天雨晴聚立連連如弟兄陽烏生子偶成數丹鳳養鶵同

此名日日遥看機已静未離塵躅思真境子明
龍駕騰九垓陵陽相對空崔嵬玉漿瑶草不可
見自有神仙風馬来

焦山杳望松寥山
李白

石壁望松寥宛然在碧霄安得五綵虹架天作
長橋仙人如愛我舉手来相招

江上望皖公山
李白

奇峰出奇雲秀木含秀氣青宴皖公山巉絶稱

人意獨遊滄江上終日澹無味但愛茲嶺高何
由討靈異默然遥相許欲往心莫遂待吾還丹
成投跡歸此地

曉望白帝城鹽山

杜甫

徐步移班杖看山仰白頭翠深開斷壁紅遠結
飛樓日出清江望暄和散旅愁春城見松雪始
擬進歸舟

登樓望西山

張九齡

城樓枕南浦日夕顧西山宛宛鸞鶴處高高煙霧間仙井今猶在洪崖久不還金編唯我授羽駕亦誰攀簷際千峰遠雲中一鳥閑縱觀窮水國遊思徧人寰勿復塵埃事歸来且閉關

再到洪州望西山

曹松

洪州向西顧不忍暫忘君記得瀑泉落省同幽鳥閒一迴經雨雹長有剩風雲未定却栖息前頭江海分

秋日望倚帝山

吴筠

楚服多奇山靈表先倚帝孤秀白雲裏青冥何崇麗秋天已晴朗晚日更澄霽遠峯列在目杳與神襟契倏忽遺世間宛如再登詣伊予抱斯志代處人煙閑何事牽俗網悠然負芝桂揭來從隐淪式保羨門計

天台山曉望

李白

天台隣四明華頂高百越門標赤城霞樓栖滄島月憑高遠登覽直下見溟渤雲垂大鵬飜波

動巨鼇没風潮爭洶湧神怪何翕忽觀竒跡無倪好道心不歇攀條摘朱實服藥鍊金骨安得生羽毛千春卧蓬闕

溪東岑望天都山

朱景元

目望浮山丘梯雲上東岑羣峰爭入冥巉巉生太陰昔賢此昇仙結構窮脊深未曉日先照當晝色半沉風泉霜雪飛雲樹瓊玉林大道非閉隔無路不可尋窺境澄夙慮望壇起敬心一從呼子安永絶金玉音

晚霽望嶽麓

劉昭禹

湘西斜日邊，峭入幾尋天。翠落重城內，屏開萬戶前。崕稜危溅瀑，林罅静通仙。誰肯功成後，相攜掃石眠。

神龍初廢逐南荒途出郴口北望蘇躭山

沈佺期

少曾讀仙史，知有蘇躭君。流放來南國，依然會昔聞。泊舟問耆老，遥指孤山雲。孤山郴郡北，不與衆山羣。重沓下縈映，嶚嶢上紅紛。碧峰泉對

落紅辟樹旁分選地今方爾昇天因可云不才子竄迹羽化子遺芬將覽成麟要旋鸞禦鬼文此中迷出處含思獨氛氳

青山晚望

許棠

昔人懷感處北地倍魂銷四海經揺落三吴正寂寥風移殘燒遠帆帶夕陽遥欲繼前賢跡誰能似隱招

與太白同之東洛至櫟陽太白染疾駐行余九月二十五日至華嶽寺雪後望山

元稹

共作洛陽千里伴老劉因疾駐行軒今朝獨自山前立雪滿三峯倚寺門

盩厔縣北樓望山

白居易

一爲趨走吏塵土不開顔辜負平生眼今朝始見山

新開望山處

王建

新開望山處今朝減病眠應移千里道猶自數

蜂偏故欲遮春卷還来遶暮天老夫行步弱免到寺門前

經廬岳廻望江山想洛川有作

劉允濟

龜山帝始營龍門禹初鑿出入經變化俯仰憑寥廓未若兹山功連延並巫霍東北跡艮象西南距坤絡宏自欝盤高標復回薄勢入柴桑渚陰開彭蠡壑九江香無際七嶺紛相錯雲雨散吴會風波騰郢鄀跡随造化久利與軋坤愽肸蠁精氣通紛綸潜怪錯石渠忽見踐金房安

可託地入天子都巖有仙人藥二門幾迢遞三
宮何儵爚咫尺窮杳冥跬步皆悟漠才驚羽翰
幽居靜龍虵蠖明牧振雄詞地華殊灼灼盛業
匡西夏深謀贊禹亳黃雲覆鼎飛絳氣橫川躍
佐歷符賢運人莫茂天爵禮樂富垂髫詩書成
舞勺清輝靖嵒電利器騰霜鍔遊聖挹衢樽隣
幾恭木鐸牆仞包武侯波瀾控文若旋聞刈薪
楚遽覩升葵藿稷卨邦國圖良平公輔畧重臣
資出守英藩諒求瘼豫章觀偉材江州訪靈崿
陽岫曉氛氳陰崖暮蕭索潛伏屢鯨奔雄飛更

鷙搏鷹鼯透煙霞騰猿亂枝格故園有歸夢他
山飛賞樂帝鄉徒可遊皇溪終旅泊景物觀淮
海雲霄望河洛城闕欝微星圖書元扈閣神功
多粉繢元氣猶斟酌丞相下南宮將軍趨北落
横簪並輝蟬列鼎俱調鶴四郊時迷路五月先
投籥池樹喧瓊管風花亂珠箔舊遊勞夢寐新
知無悦樂天寒欲贈言歲暮期交約夜琴清玉
柱秋灰變緹暮風雲動翰林官徵調文籥言泉
激為浪思緒飛成繳千里輝珠璣五采含丹雘
鼓吹掟鷩鷴瑾瑜俄抵鵲竊價慙庸怠叨聲逾

寂寞長望限南溟居然翳東郭

尋山　李頻

一逕入雙崖初疑有幾家行窮人不見坐久日空斜石上生靈草泉中落異花終須結茅屋向此學飡霞

于武陵

到此絶車輪萋萋草樹春青山如有利白石亦成塵水闊應無路松深不見人如知巢與許千載跡猶新

許棠

躡屐復支笻深山草木中隔溪遥避當塢忽聞鐘落葉多相似幽禽半不同羣猿呼却散如此異林翁

尋天台山　孟浩

吾友太一子飡霞卧赤城欲尋華頂去不憚惡溪名歇馬憑雲宿揚帆截海行高高翠微裏遥見石梁横

仲春晚尋覆釜山

錢起

蝴蝶弄和風飛花不知晚王孫尋芳草步步忘
路遠況我愛青山涉趣皆遊踐縈迴必中路陰
晦陽復顯古岸生新泉霞峯映雪巘交枝花色
異奇石雲根淺碧洞忘忘歸紫芝行可搴方嗟
嵇叔夜林卧方沉湎

九城尋山水

薛曜

菊浦桃源瞰九城鸞歌鳳嘯忽將迎千巖雜樹
雲霞色百道流泉風雨聲上客由來軒蓋重幽

人自覺薜羅輕疑是昔年栖息地山中日暮有餘情

謁山

李商隐

從来繫日乏長繩水去雲廻恨不勝欲就麻姑買滄海一盃春露冷如冰

雜題

印山古意

薛曜

昔掩佳城路曾驚壑易遷今接宜都里翻如海

作田鏤𦉼名應大生金字不傳風颷吹白日羅
綺拭黄泉象鳳笙留國成龍劒上天長樂移新
壟咸陽失舊阡川流徒漫漫神理竟綿綿佇見
飛来鶴沉嗟不學仙

買山吟　　于鵠

買得幽山屬漢陽槿籬蹤處種桄榔唯有獮猴
来往熟弄人抛杲滿書堂

看南山　　栖白

抗蜀復臨秦凝嵐萬古新峭連河漢地氣爽市朝人影裏天家桂光中陸海珎愛山無戀此偏奈與誰隣

見少室

徐凝

適我一簞瓢客性問人三十六峯名青雲無恙白雲在便可嵩陽老此生

荆山獨往

姚係

宿昔山水上抱琴聊躑躅山遠去難窮琴悲多

斷續嵒重丹陽樹泉咽聞陰谷時下白雲中滄
留秋水曲秋水石欄深潺湲如噴玉雜芳被陰
岸墜露方消緑悠此平生懷獨遊還自足

獨坐敬亭山

李白

衆鳥高飛盡孤雲獨去閑相看兩不厭只有敬
亭山

輞口過雨憶終南山

裴迪

積雨晦空田平沙滅浮彩輞水去悠悠南山復

何在

宿華山

許棠

異境良難測非仙豈合遊星辰方滿岳風雨忽移洲噴月泉垂壁棲松鶴在樓曰知修養處不必在嵩丘

別君山

崔櫓

點空誇黛妬愁眉何必浮來結夢思慙愧二年青翠色惹牕粘枕伴吟詩

别舊山　于鵠

舊伴同游盡却回，雲中獨宿守花開。自是去人身漸老，暮山流水任東來。

光啟丁未別山　司空圖

草堂琴畫已判燒，猶託鄰僧護燕巢。此去不緣名利去，若逢逋客莫相嘲。

下山歌　宋之問

下嵩丘兮多所思携佳人兮步遲遲松間明月
長如此君再遊時復何時

王無競

日云暮兮下嵩山路連綿兮樹石間出谷口兮
見明月心徘徊兮不能還

賈曾

良遊晼晩兮月成虹歸路逶迤兮山路長王孫
不留兮歲將晏嵩巖山草兮爲誰芳

驪山有感

李商隱

驪岫飛泉泛暖香九龍呵護玉蓮房平明每幸長生殿不從金輿唯壽王

送友人歸山歌

王維

山寂寂兮無人又蒼蒼兮多木羣龍兮滿朝君何為兮空谷文寡和兮思深道難知兮行獨悦石上兮流泉與松閒兮草屋入雲中兮養鷄上山頭兮抱犢神與棗兮如瓜虎賣杏兮收穀媿不才兮妨賢嫌既老兮貪禄擔解印兮相從何詹共兮可卜

山中人兮欲歸雲冥冥兮雨霏霏水驚波兮翠
菅靡白鷺忽兮翩飛君不可兮褰衣山萬重兮
一雲混天地兮不分樹晻曖兮氛氳猿不見兮
空聞忽山西兮夕陽見東臯兮遠村平蕪綠兮
千里眇惆悵兮思君

早春魚亭山

薛稷

春氣動百草紛榮時斷續白雲自高始徘徊空
山曲陽林花已紅寒澗苔未綠伊余息人事蕭
寂無營欲客行須云遠玩之聊自足

春山山館旅懷

羅鄴

山館吟餘山月斜東風摇曳拂牕花豈知驅馬無閑日長在他人後到家孤劒向誰開壯節流年催我自堪嗟燈前結束又前去曉出石床啼亂鴉

巫山旅别

崔塗

五千里外三年客十二峯前一望秋無限别魂招不得夕陽西下水東流

秋夜巫山

喬備

巫峽徘徊雨陽臺潭蕩雲江山空窈窕朝暮白氛氳螢色寒秋露猨啼清夜聞唯憐夢魂遠腸斷思紛紛

發蒐風館遇陰不見華山有作

孟遲

我来淮南城千江萬山無不經山青水碧千萬丈奇峰急派何縱横又聞九華山山頂連青冥太白有逸韻使我西南行一步一攀䇲前行正

雞鳴陰雲冉冉忽飛起千里萬里危崢嶸譬如
天之有日蝕使我昏沉猶不明人家敲鏡救不
得光影却屬貪狼星恨亦不足通言亦不足聽
長鞭揮馬出門去是以九華爲不平
亂後入洪州西山　　曹松
寐寐陰溪水漱苔麼中将得苦吟来東峯道士
如相問縣　如今不姓梅
山中避難作　　来鵬

山頭烽火水邉營鬼哭人悲夜夜聲唯有碧天無一事日還西下月還明

避寇上山作　　貫休

山翠碧嵳峩攀牽去省多淺深俱得地好惡未知他有草皆爲户無人不荷戈相逢空悵望更有好時麽

避寇上唐臺山　　貫休

蒼黄緣爲道峰脅見樓臺㮇桂香皆滴煙霞濕

不開僧髙眉半白山老石多摧莫問塵中事如
今正可哀
望岳時賦據華下
唐彥謙
長路風埃隅楚氛忽驚神岳映朝曛削成絕壁
五千仞髙揖泥金七十君祝史祕辭今莫睹從
臣嘉頌久無聞幽人閑望封中地好為吾皇起
白雲
假山并序
齊已

假山者蓋懷匡廬有作也往歲嘗居東郭因夢覺遂圖於壁迄于十秋而攢青疊碧於寤寐間宛若捫蘿挽樹而昇彼絶頂今所倣像一面故不盡萬壑千巖神仙鬼怪之宅聊得觧懷既而功就乃激幽抱而作是詩終于一百八十言爾

匡廬久别離積翠杳天涯静室曽圖峭幽庭復創奇典衣酬土價擇日運工時信手成重疊隨心作蔽虧根盤鷲院窔頂聳訝簷畢鎮地那言

重當軒未獃危巨靈何忍擘秦政骨輕移晚覺莎煙觸寒聞竹籟吹藍灰澄古色泥水合凝滋引看僧來數韋吟客散遲九華應髣髴五老頗參差珠網藤蘿挂春霖瀑布垂加添雙石笋映帶小蓮池舊説雷居士曾聞遠大師紅霞中結社白壁上題詩顧此誠徒爾勞心是妄爲經營慚培塿賞翫媿童兒會入千峯去閑蹤任屬誰

題從生假山

薛濤

宅相多能好自持愛山攢石倚庭陲銅梁公早

横空怪石危山花鬭日禽争水有時帯月歸扣
船身閑自是漁家仙
山上竭來採新茗雜花亂發前山頂瓊英動揺
鍾乳碧叢叢高下随崖嶺未必蓬莱有仙藥能
向嶌中雲漠漠越甌遥見裂皐香欲覺身輕騎
白鶴
採藥竭来藥苗盛藥生只傍人行徑世人重耳
不重目指似藥苗心不定野客住山三十載妻
兒共寄浮雲外小男學語便分別已辨君臣知
匹配都市廣場開大鋪疾来求者多相誤見説

康舊姓名諳之不識先相怒

秋山

張籍

秋山無雲復可思谿石牀靜葉間墜露

白居易

文病曠心賞今朝一登山山秋雲物冷稱我清羸顏白石臥可枕青蘿行可攀意中如有得盡不欲還人生無幾何如寄天地間心有千載憂身無一日閑何時解塵網此地来掩關

皮日休

七相三公盡白鬚腰金印重不勝趨閒來總道
扁舟去只見漁人在五湖

太湖詩 并序

皮日休

余頃在江漢嘗耨鹿門漁涸湖然而
未能放形者抑志於道也爾後以文
事造請於是南浮至二別涉洞庭迴
觀敷淺源登廬阜濟九江由天柱抵
霍嶽又自箕潁轉樊鄧陟商顏入藍

闕凡自江漢至于京下者十數候繞者二萬里道之不行者有困辱危殆志之可適者有山水遊翫則休戚不孤矣咸通九年自京東遊復得宿太華樂荊山賞女几度轘轅窮嵩高入京索浮汴渠至揚州又航天塹從北固至姑蘇噫江山幽絶見貴于地誌者余之所到不翅于半則煙霞魚鳥林壑雲月可為屬猷之具矣尚栩然於志者抑古聖人所謂獨行之性乎

逸民之流乎余真得而為也爾後聞震澤包山其中有靈異學黄老徒樂之多不返益欲一觀豁平生之鬱鬱焉十一年夏六月會大司諫清河公憂霖雨之為患乃擇日休將公命禱于震澤祀事既畢神應如響於是太湖之中所謂洞庭山者得以恣討凡所歷皆圖籍稱為靈異者遂為詩二十章以志其事兼寄天隨子

聞有太湖名十年未曾識今朝得遊泛大笑稱
平昔一舍行骨塘盡日到震澤三萬六千頃千
頃頗黎色連空淡無類照野平絶隟好放青翰
舟堪弄白玉笛踈岑七十二雙雙露矛戟悠然
嘯傲去天上摇畫鷁西風乍獵獵驚波菴涵碧
倏忽雪陣吼須臾玉崖坼樹動為蜃尾山浮似
鼇脊落照射鴻溶清輝蕩抛擲雲輕似可染霞
爛如堪摘漸暝無處泊挽帆從所適枕下聞澎
汃肌上生瘆瘵討異足邅迴尋幽多阻隔願風
與良便吹入神仙宅甘將一蘊書永事嵩山伯

曉次神景宮

夜半幽夢中扁舟似鳧躍曉來到何許俄倚包
山脚三百六十丈攢空利如削遐瞻但徙倚欲
上先矍鑠濃露濕莎裳淺泉漸草屩行行未一
里節境轉寂寞靜逕侵沉寥仙扉傍巖崿松聲
正清絶海日方照灼歘臨幽墟天萬想皆擺落
壇靈有芝菌殿聖無鳥雀瓊幃自迴旋錦旌空
粲錯鼎氣為龍虎香煙混丹雘凝看出次雲默
聽語時鶴綠書不可注雲笈應無鑰晴來鳥思
喜崦裏化光弱天籟如擊琴泉聲似擬鐸清齋

洞前院敢負元科絳空中悉羽章地上皆靈藥
金醴可醋暢玉鼓堪咀嚼存心服燕胎叩齒讀
龍蹻福地七十二茲焉堪永託在獸之虎貙於
蟲不毒蠱嘗閒擇骨録仙誌非可作綠賜既朱
髓青肝復縈絡伊余之此相天與形皃惡每嗟
原憲瘇常苦齊佚瘧終然合委頓剛亦慕寥廓
三茅亦嘗任竟與珪組薄欲問包山神未賒少
巖壑

入林屋洞

齋心已三日筋骨如煙輕腰下佩金獸手中持

火鈴幽塘四百里中有日月精連亙三十六各
各爲玉京自非心至誠必被神物烹顧余慕大
道不能惜微生遂招放曠侶同作幽憂行其門
纔函丈初若盤薄硎洞氣黒眣眈沓髮紅鬇鬡
試足值坎窗低頭避崢嶸攀緣不知倦恠異焉
敢驚匍匐一百步稍稍衆可横忽然白蝙蝠來
撲松炬明人語散澒洞石響高玲玎脚底龍蛇
氣頭上波濤聲有時若服匿偪仄如見⿰糹爾俄爾
造平澮豁然逢光晶金堂似鐫出玉座如琢成
前有方丈沼凝碧融人睛雲漿湛不動矞露涵

而馨漱之恐滅等勺之必延齡愁爲三官責不
敢携一斝昔云夏后氏於此藏真經刻之以紫
琳祕之以丹瓊期之以萬祀守之以百靈焉得
彼丈人竊之不加刑石簣一以出左神俄不扃
禹書既之淂吳國由是傾蘚縫纔半尺中有怪
物腥欲去既嚄唶將廻又伶俜却遵舊時道半
日出杳冥屨泥惹石髓衣濕沾雲英元籙乏仙
骨青文無絳名雖然入陰宮不得朝上清對彼
神仙窟自厭濁俗形却憎造物者遣我騎文星

松門亘五里彩翠高下絢幽人共躋攀勝事頗
清便翣翣林上雨隱隱湖中電薜帶輕束胥荷
笠低遮面濕屨黏煙霧穿衣落霜霰笑次度巘
壑困中遇臺殿老僧三四人梵字十數卷施稀
無夏屋境僻乏朝膳散髮抵泉流支頤數雲片
坐石忽忘起捫蘿不知倦異蝶時似錦幽禽或
如鈿筞簩還戛刃栟櫚自搖扇俗態既斗數野
情空眷戀道人摘芝菌為余備午饌渴興石榴
羹饑愜胡麻飯如何事于投兹遊急於傳却將
塵土衣一任瀑絲濺

遊毛公壇

却上南山路松行儼如廡松根礙幽徑孱顏不能斧擺㩎跨亂雲側巾蹲怪樹三休且半日始到毛公塢雨水合一澗瀑崖却爲浦相敵百千戟共擂十萬鼓噴散日月精射破神仙府唯愁絶地脉又恐折天柱一窺耳目眩再聽毛髮竪次到煉丹井井幹翳宿莽下有藥剛丹勺之百疾愈凝於白獺髓湛似桐馬乳黄露醒齒牙碧粘甘肺腑檜異松復恠枯踈互撐拄乾蛇一百丈髐然半天舞下有毛公壇壇方不盈畝當時

雲龍篆一片苔蘚古時時仙禽来忽忽祥煙聚我愛周息元忽起應明主三諫却歸来迴頭唾珪組伊余何不幸斯人不復覩如何大開口與世争枯腐将山待夸娥以肉投猰㺄歘坐侵桂陰不知已與午兹地足靈境他年終結宇敢道萬石君輕於一終縷

三宿神景宮

古觀岑且寂幽人情自怡一来包山下三宿湖之湄況此深夏夕不逢清月姿玉泉浣衣後金殿添香時客省高且敞客床蟠復奇石枕冷八

腦笋席寒侵肌氣清寐不著起坐臨堦墀松陰忽微照獨見螢火芝素鶴警微露白蓮明暗池窻櫺帶乳蘚壁縫含雲貒閒磬走鼯鼪見燭奔爵雌沆瀣欲滴瀝芭蕉未離披五更山蟬響醒發如吹篪杉風忽然起飄破步虛詞道客巾屨樣上清朝禮儀明發作此事豈復甘趨馳

以毛公泉一缾獻上諫議因寄

劉根昔成道茲塢四百年毵毵被其體號爲綠毛仙因思清泠汲鑿彼岝崿巔五色既鍊矣一勺方鏗然既用文武火俄窮雌雄篇赤鹽撲紅

霧白華飛素煙服之生羽翼倏爾沖元天真隱尚有迹厥祀将近千我来討靈勝到此期終焉滴苦破竇淨蘚深餘甃圓澄如玉髓潔泛若金精鮮顔色半帶乳氣味全和鉛飲之融痞蹇澀之伸拘攣有時歠者觸倏忽風雷顛素綆絲不短越罌腹甚便汲時月液動擔處玉漿旋敢獻大司諫置之鈴閣前清如介潔性滌比掃蕩權炙背野人興亦思使伯憐也知飲冰苦頗受一

鉼泉

縹緲峯

頭戴華陽帽手拄大夏笻清晨陪道侶来上縹緲峰帶露嗅藥蔓和雲尋鹿蹤時驚鼺䶄鼠飛上千丈松翠碧内有室叩之虛硿䃔古穴下徹海視之寒鴻濛過歇有佳思緣危無倦容須臾到絶頂似鳥穿樊籠恐足蹈海日疑身凌天風衆岫點巨浸四海接圓穹似將青螺髻撇在明月中片白作越分孤嵐為吴宫一陣靉靆氣隱隐生湖東激雷與波起狂電將日紅磬磬雨點大金髇轟下空暴光隔雲閃髣髴亘天龍連拳百丈尾下拔湖之洪捽為一雪山欲與昭回通

移時却擁下細碎銜與嵩神物諒不測絶景尤難窮杖策下反照漸閒仙觀鐘煙波噴肌骨雲壑閬心胷竟死愛未足當生且歡逢不然把天爵自拜太湖公

桃花塢

夤緣度南嶺盡日穿林樾窮深到茲塢逸興轉超忽塢名雖然在不見桃花發恐是武陵溪自閉仙日月倚峰小精舍當嶺殘耕垈操洞任迴環杷雲慾披拂開禽啼窈窱險犹眠硉矹徽風次重嵐碧埃輕勃勃清陰滅鶴睡秀色治人渴

敲竹鬬錚摐弄泉爭咽嗢空齋蒸柏葉野飯調
石髮空羨塢中人終身無履襪

明月灣

曉景淡無際孤舟恣迴環試問最幽處號爲明
月灣半巖翡翠巢望見不可攀柳弱下絲綱藤
深垂花鬘松癭忽似犯石文或如戲釣臺兩三
處苔老腥媥斑沙雨幾處霽水禽相向閑野人
波濤上白屋幽深閒曉掊橘栽去莫作魚梁還
清泉出石砌好樹臨祟關對此老且死不知憂
與患好境無處佳好處無境刪赧然不自適脉

脈當湖山

練瀆

吴王猷得國所玩　不足一上姑蘇臺猶自嫌局促艅艎六宮開艨衝後軍肅一陣水麝風空中蕩平涤鳥困避錦帆龍跧防鐵軸流蘇惹煙浪羽襍飄巖谷靈境太蹂踐因兹塞林屋空闊嫌太湖崎嶇開練瀆三尋齾石齒數里穿山腹底靜似金膏礫碎如丹粟波殿鄭妲醉蟾閣西施宿幾轉含煙舟一唱來雲曲不知欄楯上夜有越人鏃君王掩面死嬪御不敢哭艷魂逐波

濤荒宮養麋鹿國破溝亦淺代變草空綠白鳥都不知朝眠還暮洛

投龍潭

龜山下最深惡氣何洋溢涎木暴龍巢腥風卷蛟室曉來林岑静獰色如怒日氣涌樸炱煤波澄掃純漆下有水君府貝闕光比櫛左右列介巨縱横守鱗卒月中珠母見煙際楓人出生犀不敢燒水恠恐榷捽時有慕道者作彼投龍術端嚴持碧簡齋戒揮紫筆兼以金蜿蜒投之光焌律琴高坐赤鯉何許縱仙逸我願與之遊兹

馬託靈質

孤園寺

艇子小且兀緣湖蕩白芷縈紆泊一碕宛到孤園寺蘿島凝清陰松門湛虛翠寒泉飛碧螭古木鬬蒼兕鐘梵在水魄樓臺入雲肆巖邉足鳴鸒樹杪多飛鸝香莎滿院落風泛金䨮靡靜鶴啄柏蠹閑猱弄榅　小殿薰陸香古經貝多䔢老僧方瞑坐見客還强起指茲正險絕何以來到此先言洞壑數次話真如理磬韻醒閑心茶香凝皓齒中之劫貝布餕以旃檀餌數刻得清

淨終身欲依止可憐陪侍讀身列丹臺位雅號
曰勝力亦聞師佛氏今日到孤園何妨稱弟子

上真觀

逕盤在山肋繚繞窮雲端擿䔾杖頭紫緣崕屐
齒刓半日到上真洞宮知造難雙戶啓真景齋
心方可觀天鈞鳴響亮天禄行蹣跚琪樹夾一
逕萬條青琅玕兩松峙庭際恠狀吁可嘆大蟥
騰共結脩蛇飛相盤皮膚拆甲胄枝節擒貙犴
罅處似天裂朽中如井眢䙰褷風聲疣跑蹄地
力㿈根上露鉗鈇空中狂波瀾合時若莽蒼闢

處如轘轅儼對無覇陣靜悶嚴陵灘靈飛一以
護山都焉敢干兩廊絜寂歷中殿高巑岏靜架
九色節閑懸十絕幡微風時一吹百寶清闌珊
昔有葉道士位當昇靈官欲箋紫微志唯食虹
景丹既逐隐龍去道風猶恐殘猶聞絳目草往
往生空壇羽客兩三人石上譚泥丸謂我或龍
胄粲然與之懽衣巾紫華冷食次白芝寒自覺
有真氣恐隨風力摶明朝若更住必擬隳儒冠

銷夏灣

太湖有曲處其門為兩崖當中數十頃别如一

天池號爲銷夏灣此名無所私赤日莫斜照清
風多逕吹沙嶼掃粉墨松竹調塤篪山果紅靺
鞨水苔清髬髵木陰厚若瓦巖磴滑如飴我来
此遊息夏景方赫曦一坐盤石上肅肅寒生肌
小艇或可泛短策或可支行驚翠羽起坐見白
蓮彼斂袖弄輕浪解巾敵凉颸但有水雲見更
餘沙禽知京洛往来客暍死緣奔馳此中便可
老焉用名利為

包山祠

白雲最深處像設盈巖堂村祭足茗柵水奠多

桃漿箸邃突古　砌薜荔繃頹墻爐灰寐不然風
送杉桂香積雨晦州里流波漂稻粱公惟大司
諫憫此如發狂命予傳明禱祇事實不遑一尊
若盻蠁再祝如激揚出廟未半日隔雲逢淡光
雙雙雨點少漸收羽林搶忽然山家犬起吹白
日傍公心與神志相向如元黃我願作一𧿹奏
之于穹蒼留神千萬祀永福吳封疆

聖姑廟

洛裡有靈逸古廟臨空渚暴雨歇丹青荒蘿繞
梁梠野風旋芝蓋飢烏銜椒糈寂寂落楓花時

時鬬颾鼠常云三五夕盡會妍神侶月下留縈
姑霜中召青女俄然響環珮倏爾鳴機杼樂至
有聞時香来無定處目瞪如有待䰟斷空無語
雲雨竟不生留情在何處

太湖石

兹山有石岸抵浪如受屠雪陣千萬戰蘚巖高
下刳乃是天詭恠信非人功夫白丁一云取難
甚綱珊瑚㱱狀復若何皃工不可圖或奉若虺
蜴或蹲如虎貙連絡著鈎鏁重疊如蕚跗或若
巨人骼或如太帝符膖肛贊簹筍格磔琅玕株

斷處露海眼移來和沙鬚求之煩耄倪載之勞舳艫通侯一以貯貴却驪龍珠厚賜以睬賷遠去窮京都五侯土山下要爾添嵒嶝賞玩若稱意爵禄行斯須茍有王佐士崛起於太湖試問欲西笑得如茲石無

菴裏

菴裡何幽奇膏腴二十頃風吹稻花香直過龜山巔青苗細膩卧白羽悠溶靜塍畔起鷀鶿田中通舴艋幾家傍潭洞孤戍當林嶺罷釣時賷凌停繰或焙茗峭然八十老生計於此永若力

供征賦怡顏過朝暝洞庭取異事包山極幽景
念爾飽得知亦是遺民幸

石板

翠石數百步如板漂不流空疑水妃意浮出青
玉洲中若瑩龍劍外唯疊蛇矛狂波忽然死浩
氣清且浮似将翠黛色抹破太湖秋安得三五
夕携酒棹扁舟召取月夫人嘯歌於上頭又恐
霄景闊虚皇拜仙侯欲見九錫碑立當十二樓
瓊文忽然下石板誰能留此事少知者唯應波
上鷗

奉和太湖詩

陸龜蒙

初入太湖

東南具區雄天水合爲一高帆大弓滿羿射爭
箭疾時當暑雨後氣像仍鬱密乍如開雕籢聳
翅忽飛出行將十洲近坐覺八極溢耳目駭鴻
濛精神寒佶栗坑来斗呀豁涌處驚嵯崒嶮異
拔龍湫喧如破蛟室斯須風妥帖若受命平秩
微茫識端倪遠嶠疑格筆巉巉見銅闕左右皆
輔弼盤空儼相趨去勢猶橫逸嘗聞咸池氣下

注作清質至今涵赤霄尚且浴白日又云構浮
玉宛與崑閬匹肅爲靈官家此事難致詰纔迎
沙嶼好拍顧俄已失山川互蔽虧魚鳥空聱取
何當授真檢得召天吴術一一問朝宗方應可
譚巻

曉次神景宫

曉帆逗碕岸高步入神景灑灑襟袖清如臨蘂
珠屏雖然羣動息此地常寂静翠鐍有寒鏘碧
花無定影馮軒羽人傲夾户天獸猛稽首朝元
君褰衣就虚省呀空雪牙利漱水石齒冷香毋

未垂嬰芝田不論頃遥通河漢口近撫松桂頂
飯薦十白蔬杯醴九光杏人間附塵躅固陋真
鉗頸骨信拃鼇傾猶疑夏蟲永元津蕩瓊壟紫
录啼金鼎盡出冰霜書期君一披者

入林屋洞

知名十小天林屋當第九題之為左神理之以
天后毘堆辟邪輩在右專備守自非方瞳人不
敢窺洞口唯君好奇士復嘯忘情友致傘在風
林低冠入雲竇中深劇苔井傍坎纔藥臼石角
歘支頤藤根時束肘初為大幽怖斬見微明誘

屹若造靈封森如達仙藪嘗聞白芝秀狀與琅
花偶又坐紫泉光甘如酌天酒何人能挹嚼餌
以代漿糗却笑探五符徒勞步雙斗真君不可
見焚盥空遲久眷戀玉碣文行行但迴首

雨中遊包山精舍

包山信神仙主者上真職及棲鍾梵侶又是清
凉域乃知煙霞地絶俗無不得巖開一逕分柏
擁深殿黑僧閑若圖畫像古非雕刻海容施明
珠湘蕤料淨食有魚皆王尾有鳥盡金臆手攜
鞞鐸佉若在中印國千峯殘雨過萬籟清且極

此時空寂心可以遺智識知君戰未勝尚倚功名力却下聽經徒孤帆有行色

毛公壇

古有韓終道授之劉先生身如碧鳳凰羽翼披輕輕先生盛驅役臣伏甲與丁勢可倒五嶽不唯鞭羣靈飄飄駕翔螭白日朝太清空遺古壇在稠疊煙蘿屏遠懷步綱夕列宿森然明四角鎮露獸三層差羽嬰廻睇眄七炁運足馳躔星象外真既感區中道俄成邇来向千祀雲嶠空峥嶸石上橘花落石根瑶草青時時白鹿下此

外無人行我訪岑寂境自言齋戒精如今君安
死魂魄猶羶腥有笈皆緑字有芝皆紫莖相将
望瀛島浩蕩凌滄溟

三宿神景宮

靈蹤未徧尋不覺谿色暝迴頭問樓所稍下杉
蘿逕巖居更幽絶澗戶相隱映過此耶神宮虚
堂愜雲性四軒盡疎達一榻何清零髣髴聞玉
笙敲鏗動涼磬風凝古松粒露墜脩荷柄萬籟
旣無聲澄明俚心聽希微辨真語若授虛皇命
天宅按来平華池漱餘淨頻窺宿羽麗三吸晨

霞盛豈獨冷衣襟便堪遺造請徒探物外趣未
脱塵中病舉手謝靈峯倘佯事歸榜
以毛公泉獻大諫清河公
先生煉飛精羽化成翩翻荒壇與古甃隐軫清
冷存四面甃山骨中心含月魂除非紫水脉即
是金沙源香實灑桂蘂甘惟漬雲根向来探幽
人酌罷祛蒙昏况公珪璋質近處諫諍垣又聞
虛靜姿早挂冰雪痕君對瑶華味重獻蘭薰言
當應滌煩暑助詠暈飛軒我願得一掬攀天叫
重閽霏霏散為雨用以移焦原

縹緲峯

左右皆跳岑孤峯挺然起因思縹緲稱乃在虛
無裏清晨躋磴道便是孱顏始據石即更歌遇
泉還徒倚花奇忽如薦樹曲渾成几樂静煙靄
知忘機猿狖喜頻攀峻過斗未造平如砥舉首
闋青冥迴眸聊下睇高帆大於鳥廣墠纔類蟻
就此微茫中爭先未嘗已葛洪話剛氣去地四
十里苟能乘之遊止若道路耳吾将自峯頂便
可朝市褰盡欲活羣生不唯私一已超騎明月
除復弄華星藥却下蓬萊巔重窺清淺水身爲

大塊客自號天隨子他日向華陽散雲問名氏

桃花塢

行行問絶境貴與名相親空經桃花塢不見秦時人願此爲東風吹起枝上春願此作流水潛浮藥中塵願此爲好鳥得棲花際隣願此作幽蝶得隨花下賔朝爲照花日暮作涵花津試爲探花士出作偷桃人桃源不我棄庶可全天真

明月灣

昔聞明月觀秖傷荒野基今逢明月灣不值三五時擇此二明月洞庭看最奇連山忽中斷遠

樹分毫聳周迴二十里一片澄風漪見説秋半
夜淨無雲物欺兼之星斗藏獨有神仙期初聞
鏘鐐銚積漸調參差空中卓羽衛波上停龍螭
縱舞王煙節高歌碧霜詞清光悄不動萬象寒
咿咿此會非俗致無由得旁窺但當乘扁舟酒
瓮仍相隨或徹三弄笛或成數聯詩自然瑩心
骨何用神仙為

練瀆

越恃君子衆天將壓全吳吳將派天澤以練舟
師徒一鏡止千里支流忽然迂蒼奩東洪波坐

似馮夷軀戰艦百萬葦浮官三十餘乎川盛丁
寧絶島分儲胥鳳押半鶴膝錦杠雜肥胡香煙
與殺氣浩浩隨風驅弾射盡高鳥杯觥醉潛魚
山靈恐見鞭水府愁爲墟兵利德日削反爲儲
國屠至今鈎鏃殘尚與泥沙俱照此月倍苦來
茲煙亦孤丁寃尚有淚合灑青楓枯

投龍潭

名山潭洞中自古多祕邃君將接神物聊用伸
祀事鎔金象不角尺木無不備亦既奉真官因
之徇前志特來展明誥敬以投嘉瑞鱗光煥水

容目色燒山翠吾皇病秦漢豈獨探恠異所貴
風雨時民皆受其賜良田為巨浸汚澤成赤地
掌職一不行精靈又何寄唯貪血食飽但據驪
珠睡何必費黃金年年授星使

孤園寺

浮屠從西來事者極梁武巖幽與水曲結構無
遺土窮山林輪盡竭海珠璣聚況即侍從臣敢
愛煙波塢幡條玉龍扣殿角金虬舞釋子猷樓
臺坐人露風雨今來四百載像設藏雲浦輕鴿
亂馴鷗鳴鐘和朝欄庭蕉裂旗旆野蔓差纓組

石上解空人窓前聽經虎林虛葉知織水浄沙堪數徧問得中天歸修釋迦譜

上真觀

嘗聞昇三清真有上中下官居乘佩服一一自相亞霄裙或霞粲侍女忽玉姥坐進金碧艘去馳飈歘駕今來上真觀怳若心靈詠祇恐暫神遊又疑親羽化風餘撼朱草雲破生瑤樹望極覺波平行虛信煙藉閑開飛龜帙靜倚宿鳳架俗狀既能遺虛冠聊以卸人間方大火此境無朱夏松蓋蔭日車泉紳拖天鏬窮幽不知倦復

息芝園　鏘珮引凉姿焚香禮遥夜無情走聲
利有志依閑　何處好迎僧希將石樓借

銷夏灣

霞鳥焰雞泊雲峯奇未收蕭條千里灣獨自清
如秋古岸過新雨高蘿蔭横流遥風吹薰葭折
處鳴颸颸昔予守圭竇過於回禄因日為邊笛
徒分作袛裯雝頑狎寒水忹不封朱轂侯豈知
煙浪涯坐可思重裘健若數尺鯉泛㸃雙白鷗
不識虢火井孰問名焦丘我真魚鳥家晝室營
扁舟遺　復避世消夏還消憂

包山祠

靜境林麓好古祠煙霭濃自非通靈才敢陟羣仙峯百里波浪沓中堂簫鼓重真君具瓊轝髣髴来相從清露濯巢鳥陰靈生畫龍風飄橘柚香日動幡蓋容將命禮且潔所祈年不凶終當以䟽聞特用諸侯封

聖姑廟

渺渺洞庭水盈盈芳嶼神因知古佳麗不獨湘夫人流蘇　吹斜嶺生輕塵蜀綵駮霞碎吳綃盤霧匀可憐飛鸞姿合是乘鸞賓坐想煙雨

夕兼之花草春空登油壁車窈窕誰相親好贈
玉條脱堪　綸中殷勤攙香池重薦汀洲蘋
明朝動蘭檝不翅星河津

太湖石

他山豈無石厥狀皆可薦端然遇良工坐使天
質變或裁基棟宇礧砢成廣殿或剖出温瑜精
光具華瑱或將破仇敵百礮資苦戰或用鏡功
名萬古如會面今之洞庭者一以為此選槎牙
真不材反作天下彦所奇者嵌崆所尚者蔥蒨
旁穿參洞究内竅均環釧刻削九琳窻玲瓏五

明扇新雕碧霞段旋剖秋天片無力置池塘臨
風只流盼
　奄裏
山横路若絶轉攕逢平川川中水木幽高下兼
良田滑塍隨徼溜桑柖含䟽煙處處倚蠶箔家
家下漁筌騤櫝卧親菝野禽爭折蓮試招搔首
翁共語殘陽邉令來九州内未得皆恬然賊陣
始吉語狂波又凶年吾翁欲何道守此常安眠
笑我棹頭去盧中闃刺船余知隱地術可以齊
真仙終當促之遊庶復全於天

石板

一片倒山屏何時隳洞門屹然空闊中萬古波濤痕我意上帝命持來壓泉源恐為庚辰官囚怪力所掀又疑廣衺次零落潛驚奔不然遭霹靂強半沉無垠如何造化首便截秋雲根往事不足問奇蹤安可論吾今病煩暑欂簟嘗昬昬欲從石公乞瑩理平如瑞前後植桂檜東西置琴樽畫携天壤徒浩唱羲星言

泛五湖

李紳

范子蛻冠履扁舟逸霄漢嗟予抱險艱怵惕經
瀰湯窮通泛濫勞趣遼殊昏旦浴日盪層空浮
天淼無畔依灘落葉聚立浦驚鴻散浪疊雪峰
連山孤翠崖斷風帆同巨壑雲矗成高岸宇宙
或東西星辰沉粲爛霞生澒洞遠月吐青熒亂
豈復問津迷休爲呂梁歎漂沉身詎保覆溺心
長判胡越郡異鄉嬰童　爲骯依稀占井邑嘹
唳同鵝鸛舉棹未宵分維舟方日旰徵斯濟川
力若鼓凌風翰　狎當悔游臨深罔知難
春行

白居易

西水面初平雲脚低幾處早鶯

誰家新燕啄春泥亂花漸欲迷人眼淺

能没馬蹄最愛湖東行不足緑楊陰裏白

沙堤

鏡湖夜泊有懷

李頻

廣水遥隄利物功因思太守惠無窮自從版築

興農隙長　耕耘致歲豐漲接星津流蕩漾寬

浮雲　虚空想當戰國開時有范蠡扁舟秖

此

泛鏡

王貞白

我泛鏡湖日未生千里蓴時無賀賓客誰識謫僊人吟對四時雪憶遊三島春惡聞亡越事洗耳大江濱

過巢湖

杜荀鶴

榮來向湖邉始至誠男子登舟心何不一般行

趙載同遊焦湖夜歸作

穎士

将澤國溯騰迎淮甸東江輸大江別流從此縣仙尉俯勝境輕橈恣遊衍自公暇有餘微尚得所願拈引閒翰墨風流盡歡宴稍移井邑間始悦登眺便遥岫逢映接連塘乍迴轉劃然氣象分萬頃行可見波中峰一點雲際帆千片浩歎無端涯孰知蘊虛變往遊信不厭畢景方未還蘭

靄裏延緣蒲稗間勢隨風潮遠心與

迴見出浦月雄光射東關悠然蓬壺

事　顔安得傲吏隱弥年寓茲山

經江　跡至元武湖

張九齡

南國更數世北湖方十洲天清華林苑日晏景
陽樓果下迴仙騎津傍駐綵斿鳧鷖喧鳳管荷
芰鬥龍舟七子陪詩賦千人和棹謳應言在鎬
樂不讓橫汾秋風俗因紓愓江山成易由騶王
孫叔是無謀佳氣日將歇霸功誰與修
鹿姑蘇遊否運爭三國康時芳
慎府在館豈豫章留薄宦晨昏闕遵

窮愁年貌改寂寂爾胡為不諂詞
微生尚何有遠跡固其宜思
禮
曲惜遥越鳥枝故園從海上良友邈天壇
雲雨歎一别川原勞載馳上慚伯樂顧中負伯
牙知去國誠寥落經途弊險巇嵗途霜雪苦林
屬蕙蘭萎欲贈幽芳歇行悲舊賞移一從關作
限兩見月成規苒苒窮年篇行行盡路岐征鞍
税北渚歸帆指南垂樹晚猶葱蒨江寒尚渺瀰
士風從
山水入湘奇石瀨相奔觸煙林更
洞浦輕舸泛澄漪松篠行皆傍禽

　　哉邉地隔不與故人窺疇昔陪鴛
　鷺朝陽　来音雖寂寞接景每逶迤朝䍐
冥塵事賔来沽酒卮邀歡逐芳草結興選華池
及此風成歎何時霧可披自憐無用者誰念有
情離望羡音容闊懷賢夢想疲因聲達霄漢持
拙守東陂

汎沔州城南郎官湖并序

李白

乾元嵗秋八月白遷於夜郎遇故人
尚書郎張謂出使夏口沔州牧杜公

漢陽宰王公觴于江城之南湖樂天下之再平也方夜水月如練清光可掇張公殊有勝槩四望超然乃顧白曰此湖古來賢豪遊者非一而往踐佳景寂寥無聞夫子可為我標之嘉名以傳不朽白因舉酒酹水號之曰郎官湖亦由鄭圃之有僕射陂也席上文士輔翼岑静以為知言乃命賦詩紀事刻石湖側將與大别山共相磨滅以下元本闕一十三頁

天地山川類卷第三十二　趙孟奎　分門纂

類唐歌詩三十二

泉石

愛石
奇石
磐石
孤石
小石
太湖石
陶潛醉石
枕流石
爛柯石
七賢石

移石
帷石
亂石
雙石
片石
西施石
望夫石
羅浮石
三生石
赤城石

立石
石柱
石版
古碑附

泉石

泉

崔塗

遠辭巉巖實濿瀑瀑靜拂雲根别故山可惜寒聲

留不得旋添波浪向人間

李中

潺潺青嶂底來處一何長漱石苔痕滑侵松鶴夢涼泛花穿竹塢瀉月下蓮塘想得歸何處天涯助渺茫

引泉

陸龜蒙

上嗣位六載吾宗刺桐川余來拜旌戟詔下之明年是時春三月繞郭花蝉聯嵐盤百萬髻上插黄金鈿授以道士館置榻于東偏滿院聲碧樹空堂形老仙本性樂凝澹及来更虚元焚香禮真像盥手披靈編新定山角角烏龍獨巉然

除非淨晴日不見蒼崕顛上有箏雲峰下有噴
壑泉泉分數十又落處皆崝潺寒聲入爛醉聒
破西窗眠支笻起獨尋只在牆東邊呼僮具畚
鍤立鑿莓苔穿漾蕤淙派墮練帶橫斜牽亂石
拋落落寒流響濺濺狂奴七里瀨縮到䟽楹前
跳光潑半散涌沫飛旋圓勢東三峽挂瀉危孤
磴縣曾聞瑤池溜亦灌朱草田黽伯弄翠縈鸞
雛舞丹煙陵風捩桂柁隔霧馳犀船況當元元
家嘗著道德篇上善可比水斯文參五千精靈
若在此前惡徼波傳不擬爭滴瀝還應會淪漣

出門後飛箭合勢浮青天必有學真子鹿冠秋
鶴顔如能輔余志日使疏其源

引泉

白居易

一為止足限二為衰疾牽邴罷不因事陶歸非
待年歸來嵩洛丁閉戸何翛然静掃林下地閑
疏池畔泉伊流狹似帶洛石大如拳誰教明月
下為我聲濺濺竟夕舟中坐有時橋上眠何用
拖屏障水竹繞牀前

引東泉作

元結

東泉人未知在我左山東引之傍山來垂流落庭中宿霧含朝光掩映如殘虹有時散成雨飄灑隨清風象源發淵竇殊怪皆不同此流又高懸瀶瀶在長空山林何處無兹地不可逢吾欲解纓佩便為泉上翁

題僧院引泉

姚合

泉眼高千尺山僧取得歸架空橫竹引鑿石透渠飛洗藥溪流濁澆花雨力微朝昏長遶看護

惜似持衣

僧舍引泉漲池

張咢

引出白雲根潺潺漲蘚痕冷光搖砌錫踈影露
枝猿淨帶凋霜葉香通洗藥源貝多文字古宜
稱此中飜

聽泉

齊己

落石幾萬仞遠聲飄冷空高秋初雨後半夜亂
山中只有照辟月更無吹葉風託曾廬岳聽到

曉與僧同聽夜泉　　張籍

細泉深處落，夜久漸聞聲。獨起出門聽，欲尋當澗行。還疑隔林遠，復畏有風生。月下長來此，無人亦到明。

罷蘇床琴　　劉得仁

靜落層層石，潺湲到鶴林。流迴出幾洞，源遠歷千岑。寒助空山月，清兼此夜心。幽人聽達曙，聊

題聰明泉

皮日休

一勺如瓊液將愚擬聖賢欲知心不變還似飲寒泉

聞泉

李咸用

淅淅夢初驚幽窓枕簟清更無人共聽秖有月空明急想穿巖曲低應過石平欲將琴强寫不是自然聲

商山夜聞泉

曹松

瀉月聲不斷坐來心益閑無人知落處萬木冷空山遠憶雲容外幽疑石縫間郍辭通曙聽明日度藍關

宿壽安山陰舘聞泉

崔櫓

一支清急萬山來穿竹喧飛破石苔夢在故鄉臨欲到聲聞孤枕却驚廻多愁鬢髮余甘老有限年光爾莫催緣憶舊遊相似處月明山響子陵臺

石門山泉

鄭谷

一脉清泠何所之縈莎漱蘚入僧池雲邊野客窮來處石上寒猿見落時聚沫繞槎殘雪在迸流穿樹墮花隨煙春雨晚閑吟去不復遠子陂

遊龍門香山泉

韋應物

山水本自佳遊人已忘慮碧泉更幽絶賞愛未能去潺湲瀉幽磴繚繞帶嘉樹激轉忽殊流歸

泓又同注羽觴自成翫永日亦延趣靈草有時
香仙源不知處還當候圓月携手重遊寓
途中題山泉
白居易
泱泱涌巖穴濺濺出洞門向東應入海從此不
歸源似葉飄辭樹如雲斷别根吾身亦如此何
日返鄉園
和茅山高拾遺憶山中雜題
儲嗣宗
香味清機仙府回縈紆亂石便流杯春風莫泛

桃花去恐引凡人入洞来

憶山泉

吴融

穿雲落石細潺潺盡日疑聞弄管絃千仞灑来寒碎玉一泓深去碧涵天煙迷葉亂尋難見月好風清聽不眠春雨正多歸未得只應流恨更潺湲

謝山泉

陸龜蒙

決決春泉出洞霞石壜封寄野人家草堂盡日

留僧坐自向前溪摘茗芽

山下泉

李端

碧水映丹霞濺濺度淺沙暗通山下草流出洞中花素色和雲落喧聲遶石斜明朝更尋去應到阮郎家

皇甫曾

漾漾帶山光澄澄倒林影那知石上喧却憶山中静

宇文鼎

可致清川廣難量利物功消流此山下誰識去無窮

方山寺松下泉

章孝標

石脉綻寒光松根噴曉霜注瓶雲母滑漱齒茯苓香野客偷煎茗山僧惜淨床三禪不要問孤月在中央

岑山所居新泉

靈一

泉源新湧出洞徹映纖雲稍落芙蓉沼初淹苔

蘚文了將空意靜素與衆流分每到清宵月泠然夢裏人

和靈一上人新泉

劉長卿

東林一泉出復與遠公期石淺寒流處山空夜落時夢閑聞細響慮澹對清漪動靜皆無意唯應達者知

一公新泉

嚴維

山下新泉出泠泠北去源落地纔有響噴石未

成痕獨映孤松色殊分衆鳥喧唯當清夜月觀
此起禪門

李盧二中丞各創山居俱誇勝絶然去城稍
遠来往頗勞弊居新泉實在宇下偶題十
五韻聊戲二君

白居易

龍門蒼石壁浥澗碧潭水各在一山隅迢迢幾
十里清鏡碧屏風惜哉信為美愛而不得見亦
與無相似闇君每来去矻矻事行李脂轄復裹
糧心力頗勞止未如吾舍下石與泉甚迩鑿鑿

復濺濺晝夜流不已洛石千萬拳襯波鋪錦綺
海珉一兩片激瀨含宮徵緑宜春濯足淨可朝
漱齒遶砌縈鱗遊拂簾白鳥起何言屐道叟便
是滄浪子君若趁歸程請君先到此願以潺湲
聲洗君塵土耳

僧院泉　　　　修睦

澄澈照人膽深山者一般來難窮處所心去助
波瀾砌曲夜聲苦窻虛客夢閑無心誰骨愛時
有老僧看

七言題僧院泉

修睦

何處雲根新布得歸仍半日在煙蘿莫輕竹引經牕小須信更深入耳多遶砌雖然清自別出門長恐濁相和從此無心戀滄海滄海無風亦起波

信州閬通寺題僧砌下泉

曹松

細聲從嶠足幽淡浸香墀此境未開日何人初見時秏痕延黑蘚淨鏄吐微澌應有喬梢鶴下

来當飲之

西縣道中有短亭巖穴飛泉隔江灑至因成二首

薛能

風涼津濕共微微隔岸泉衝石竅飛爭得巨靈從野性舊鄉無此擘将歸

一瀑三峯赤日天路人才見便修愁誰能夜向山根宿凉月初生的有僊

題山中流泉

儲光羲

山中有流水借問不知名映地為天色飛空作
雨聲轉来深澗滿分出小池平恬澹無人見年
年長自清

洞靈觀流泉

李郢

石上苔蕪水上煙潺湲聲在觀門前千巖萬壑
分流去更引飛花入洞天

雜言無錫惠山寺流泉歌

皇甫冉

寺有泉兮泉在山鏘金鳴玉兮長潺潺作潭鏡

兮澄寺内泛巖花兮到人間土膏脉動知春早
隈隩陰深長苔草處處縈迴石磴喧朝朝盥漱
山僧老松自新清流活活無冬春任䟽鑿兮與
汲引若有意兮山中人偏依佛界通仙境明滅
玲瓏媚林嶺究如木室臨九潭詎減天台望三
井我來結綬未經秋已厭微官憶舊遊且復遲
迴猶未去此心秖為靈泉留

賦得三峽流泉歌

李季蘭

妾家本住巫山雲巫山流水常自聞玉琴奏出

轉寥敻直似當時夢中聽三峽迢迢幾千里一
時流入幽闌裏巨石崩崖指下生飛波逺浪絃
中起初疑噴怒含雷風復似嗚咽流不通迴湍
曲瀨意將盡時復滴瀝平沙中憶昔阮公爲此
曲能使仲容聽不足一彈既畢還一彈願此流
泉鎮相續

秋泉

薛濤

冷色初澄一帶烟幽聲遥瀉十絲絃長來枕上
牽清思不使愁人半夜眠

甘泉詩 幷序

耿湋

甘泉美良牧也覃懷舊水鹹鹵人多被患天愍遺甿是生王公惠和既敷妙用潛應頃修壘虞寇鑿井使溉忽遇醴泉香甘若飴遂命水工浚渫餘泥葺欄備綆維人所欲萬瓶繼挈道路紛紛既蠲諸邪六愈群瘵豈止夫宜盥漱之用增烹飪之味客乃率然遂賦茲什

異井甘如醴深仁遠未涯氣寒堪破暑源淨自
蠲邪脩綆懸氷甃新桐蔭玉沙帶星凝曉露拂
霧湧秋華緑溢涵千仞清泠飲萬家何能蒿洪
宅終日閉煙霞

溫泉　　　　　　羅鄴

一條春水漱莓苔幾繞元宗浴殿回此水貴妃
曾照影不堪流入舊宫来

題溫泉　　　　　李涉

能使時平四十春開元聖主得賢臣當時姚宋
并燕許盡是驪山從駕人

過温湯

高宗

温渚停仙蹕豐郊駐曉旌路曲回輪影巖虚傳
漏聲暖溜驚湍駛寒空碧霧輕林黄踈葉下野
白曙霜明晀聽良無已煙霞斷續生

題廬山山下湯泉

白居易

一眼湯泉流向東浸泥澆草煖無功驪山温水

因何事流入金鋪玉甃中

經漢武帝泉作

趙嘏

芙蓉池苑起清秋漢武泉聲落御溝他日江山映蓬鬢二年楊柳别漁舟竹間駐馬題詩去物外何人識醉遊盡把歸心付紅葉晚来隨水向東流

題噴玉泉

白居易

泉噴聲如玉潭澄色似空練垂青障上珠瀉緑

盆中溜滴三秋雨寒生六月風何時此巖下来
作濯纓翁
過噴玉泉
趙嘏
平生半為山淹留馬上欲去還回頭兩京塵路
一雙鬢不見玉泉千萬秋
鶴鳴泉
曹松
仙鶴曾鳴處泉兼半井苔直峰抛影入片日瀉
光来潋灩侵頹冷深沉慰眼開何因值丹頂滿

汲石瓶迴

齊己

嘹唳遺蹤去澄明物掩難噴開山面碧飛落寺
閒寒汲引隨瓶滿分流逐處安幽蟲乘葉過渴
狖擁條看上有危峰疊旁疑恠石盤令吞雙樹
影甘潤百毛端異早開鐫玉靈終別建壇蕭湘
在何處終日自波瀾

遊南陽清冷泉

李白

惜彼落日暮愛此寒泉清西輝逝水流蕩漾遊

子情空敲望雲月曲盡長松聲

惠泉　李德裕

兹泉由太潔終不畜纖鱗到底清何益含虚勢自貧明璣難祕彩美玉詎潛珍未及黄陂量滔滔豈有津

松倚蒼崖老蘭臨碧澗衰不勞鄰舍笛吹起舊時悲

題惠泉　沈傳師

京路馬駸駸塵勞日向深蒙師聊息駕可以洗
吾心

題清蘿翁雙泉　耿湋

側弁向清漪門中夕照移異源生暗石疊響落
秋池葉擁沙痕没流回草蔓隨泠泠無限意不
獨遠公知

聰明泉　皮日休

一勺如瓊液將愚擬望賢欲知心不變還似飲

貪泉

方丈泉

裴夷直

循涯不知淺見底似非深永日無波浪澄澄照我心

遥賦義興潛泉

李中

見説靈泉好潺湲興莫窮誰當秋霽後獨聽月明中濺石苔花潤隨流木葉紅何當化霖雨濟物顯殊功

鹽州過胡兒飲馬泉

李益

緑楊著水草如煙舊是胡兒飲馬泉幾處吹笳明月夜何人倚劒白雲天從来凍合關山路今日分流漢使前莫使行人照容鬢恐驚憔悴新年

牧馬泉

劉言史

平沙漫漫馬悠悠弓箭閑拋郊水頭鼠毛衣裏取羌笛吹向秋天眉眼愁

野狐泉

羅隱

潏潏寒光濺路塵相傳妖物此潛身又應改換皮毛後何處人間作好人

題虎掊泉

脩睦

自虎掊得清聲四遠流泉人憐爾處長夜洗心頭出谷花隨去背巖猿下偷林邉落江徼風起雨脩脩

峽石西泉

韓愈

居然鱗介不能容石眼環環水一鍾聞説旱時
求得雨秖疑科斗是蛟龍

題梅嶺泉

孫魴

梅嶺舊聞傳林亭勢嵬然登臨真不易幽勝恐
無先楚野平千里吴江曲一邉標形都大别洞
府豈知焉飛閣横空去征帆落面前南雄雄堞
峻北壯鳳臺連爛熳三春媚參差百卉妍風桃
諸處錦洛竹半溪烟燕入晴梁語鶯從暖谷遷

石根朝靄碧簾際晚霞鮮逕柳行難約庭莎醉
好眠清明時更異造化意疑偏不獨宜韶景尤
須看暑天藥苗繁似結蘿蔓猛如編珠亞垂枝
果冰澄汲井泉粉墻蜩蛻落丹檻雀雛顛炎氣
微茲覺清飈左右穿雲峯從勃起葵葉豈勞扇
又見秋天麗渾將夏日懸紅顆着霜樹香老卧
池邊菱芡誰鋪繡莓苔自學錢暗蟲依砌響明
月逗簾圓小砌滋新菊高軒噪暮蟬雨聲寒颯
颯鴈影曉聯聯繹此何堪翫深冬更可憐窻中
看短景樹裏見重川岡阜分明出杉松氣槩全

謳成白雪曲吟是早梅篇翩制誰人解根基太
守賢或時留皂蓋盡日簇華筵誰詠憂黎庶狂
遊泥管絃交加豐玉食來去逬金船侍從非常
客排諧像列仙畫旗張恭奕妖妓舞蟬娟罷宴
心猶戀將歸興尚牽秖應愁逼夜寧猒賞經年
孤賤伊何幸躋攀奈有緣展眉驚豁達徐步喜
周旋諷詠雖知苦推功靡極元聊書四十韻廿
責未精專

太平寺泉眼

杜甫

招提憑高岡疏散連草莽出泉枯柳根汲引歲
月古石間見海眼天畔縈水府廣深丈尺間宴
息敢輕侮青白二小蛇幽姿可時覩如絲氣或
上爛熳為雲雨山頭到山下鑿井不盡土取供
十方僧香美勝牛乳北風起寒文弱藻舒翠縷
明涵客衣淨細蕩林影趣何當宅下流餘潤通
藥圃三春濕黃精一食生毛羽

雜題

安州應城玉女湯

李白

神女殁幽境湯池流大川陰陽結炎炭造化開
靈泉地底爍朱火沙傍歊素煙沸珠躍晴月皎
鏡涵空天氣浮蘭芳滿色漲桃李熱精覽萬殊
入潛行七澤連愈疾功莫尚變形道乃全濯纓
掬清泚晞髮弄潺湲散下楚王國分澆宋玉田
可以奉巡幸余何隔窮偏獨隨朝宗水赴海輸
微涓

遊南陽白水登石激作

李白

朝涉白水源暫與人俗疎島嶼佳境色江天涵

清虛目送去海雲心閑遊川魚長歌盡落日乘
月歸田廬
老題石泉

白居易

殷勤傍石遶泉行不說何人知我情漸恐耳聾
兼眼暗聽泉看石不分明
石水洞

楊巨源

銀罌深鎖貯清光無限來人不得嘗知共金丹
爭氣力一盃全勝五雲漿

和崔會稽詠王兵曹廳前湧泉勢成中字

包融

茂德来徵應流泉入詠歌含靈符上善作字表
中和有草恒垂露無風欲偃波為看人共水清
白定誰多

别石泉

李紳

在惠山寺松竹之下甘爽乃人間靈
液清澄鑒肌骨含漱開神慮茶得此
水皆盡芳味

素沙見底空無色青石潛流暗有聲微渡竹風涵淅瀝細浮松月透輕明桂凝秋露添靈液茗析香芽泛玉英應是梵宮連洞府浴池今化醒泉清

泉上雨後作

元季川

風雨蕩繁暑雷息佳霽初衆風帶雲雨清風入我廬颼颼涼飈来臨窺愜所圖緣蘿長新蔓褭褭垂坐隅流水復簷下丹砂發清渠養葛為我衣種芋為我蔬誰是畹與畦彌漫連野蕪

瀑布

章孝標

秋河溢長空天灑萬丈布深雷隱雲壑孤電掛岧樹滄溟曉噴寒碧落晴灔素非趨下流急勢使不得住

褚載

瀉霧傾烟撼撼雷滿山風雨助喧豗爭知不是青天闕撲下銀河一半來

廬山瀑布

孫魴

有山來便有萬丈落雲端霧噴千巖濕雷傾九
夏寒圖中僧寫去湖上客迴看却羡爲猿鶴飛
鳴近碧湍

張碧

誰將織女機頭練貼出青山碧雲面造化工夫
不等閑剪破澄江凝一片恠來洞口流鳴咽怕
見三冬晝飛雪石鏡無光相對愁漫漫頂上沉
秋月争得陽烏照山北放出青天豁胷臆黛花
新染插天風驀吐中心爛銀色五月六月暑雲
飛閣門遠看澄心機參差碎碧落巖畔梅花亂

擺當風散

裴説

静景憑高望光分翠嶂開嶮飛千尺雲寒㯲一聲雷過去雲衝斷旁來燒隅迴何當住峯下終歳絶塵埃

望廬山瀑布二首

李白

西登香爐峰南見瀑布水挂流三百丈噴壑數十里歘如飛電來隐若白虹起初驚河漢落半灑雲天裏仰觀勢轉雄壯哉造化功海風吹不

斷江月照還空空中亂潈射左右洗青壁飛珠
散輕霞流沫沸穹石而我遊名山對之心益閑
無論漱瓊液且得洗塵顔且諧宿所好永願辭
人間
日照香爐生紫煙遥看瀑布挂長川飛流直下
三千尺疑是銀河落九天
湖口望廬山瀑布水
張九齡
萬丈洪泉落迢迢半紫芬𡙇飛下雜樹洒落出
重雲日照虹蜺似天清風雨聞靈山多秀色空

水共氤氳

入廬山仰望瀑布水

張九齡

絕頂有懸泉喧喧出煙杪不知幾時歲但見無昏曉閃閃青崖落鮮鮮白日皎灑流瀑行雲濺沫驚飛鳥雷吼何噴薄箭馳入窮窕昔聞山下蒙今乃林巒表物情有詭激坤元曷紛矯默然置此去變化誰能了

奉使過石門瀑布 并序

丘丹

謝康樂宋景平中爲永嘉守有宿石
門巖上詩予六代祖梁中書侍郎天
監中有過石門城瀑布詩後亦爲此
郡小子大歷中奉使竊有繼作雖不
足克紹祖德追蹤昔賢蓋造奇懷感
之志也

溪上望懸泉耿耿雲中見披榛上巖巘絶壁正
東面千仞瀉聯珠二潭噴飛霰嵯𡼖滿山響坐
覺炎氛變照日類虹蜺從風似綃練靈奇既天
造惜處窮海甸吾祖昔登臨謝公亦遊衍王程

懼淹泊下磴空延眷千里雷尚聞巒迴樹蔥蒨崩波恭賤役探討愧前彥永欲洗塵纓終當愜玆願

仙巖四瀑布即事寄上祕書包監侍郎七兄吏部李侍郎十七兄婺州趙中丞處州齊諫議明州李九郎十四韻

路應

絶境久蒙蔽芟蘿方迨玆樵蘇尚未及冠冕誰能知緣崖闢逕小架木度空危水激千雷發珠聯萬貫垂陰晴狀非一昏旦勢多奇井識軒轅

跡壇餘漢武基猿聲響深洞巖影倒澄池想像
虬龍去依稀羽客隨翫奇目豈倦尋異神忘疲
千雲松作蓋積翠薜成帷含意攀丹桂凝情顧
紫芝芸香藹芳氣冰鏡徹圓規胥念滄波遠徙
懷魏闕期徵黃應計日莫鄙北山移

奉和郎中遊仙巖四瀑布寄包祕監李吏部
趙婺州中丞齊處州諫議十四韻按圖經轅黃帝軒泉山傳籙與小登趙真人即此山

李縝

符守分珪組放情在丘巒悠然造雲族忽爾登

天壇求古理方牘翫奇物不殫晴光散崖壁瑞
氣生芝蘭中有四瀑水奔流狀千般風雲隱巖
底雨雪霏林端晶晶含古色飀飀引晨寒澄潭
見猿飲潛穴知龍盤坐憩苔石遍仰窺杉桂攢
幽蹊劇高躅靈藥餘仙飡攜賞喜康樂示文騖
建安縑緗炳珠寶中外貽同官末調亦何謂輒
陪高唱難慙非御徒者還得依門欄

奉和郎中遊仙山四瀑泉兼寄李吏部包祕
監趙婺州齊處州

戴公懷

今日永嘉守復追山水遊因尋莽蒼野遂得軒
輮丘訪古事難究覽新情屢周溪垂綠篠暗巖
度白雲幽過石奇不盡出林香更浮憑高擁虎
節搏險窺龍湫淙㶁瀉三四奔騰千萬秋寒鷺
殷雷動暑駭繁霜流沫濺羣鳥外光搖數峯頭
叢崕散滴瀝近谷蔵飀飀況此特形勝自餘非
等儔靈光掩五嶽仙氣均十洲書以謝羣彥永
將叙徽猷當思共攀陟東南看斗牛

奉和郎中題仙巖瀑布十四韻

靈澈

致閑在一郡民安已三年每懷貞士心孫許猶
差肩採異百代後得之古人前捫險路坱圠臨
深閴瀑溪上有千歲樹下飛百丈泉清谷長雷
雨丹青凝霜煙遥将大壑近閬與方壺連白石
顔色寒老藤花葉鮮軒皇自茲去喬木空依然
碧山東極海明月髙升天平野生竹柏雖遠地
不偏永願酬國恩自将布金田穆穆早朝人英
英丹陛賢誰思滄洲意方欲涉巨川
奉和郎中遊仙山四瀑布兼寄李吏部包祕
監判官

孟翔

昔人忽探討飛流稱石門安知郡城側別有神泉源疏鑿意大禹勤求聞軒轅悠悠幾千歲翳薈羣木繁奇狀出蔽蔓勝槩畢討論沿崖百丈落奔注當空翻下如散雨足上擬屯雲根變態凡幾處静神竟朝昏渴賢寄珠玉愛馥尋蘭蓀蘿蔦罥叢綏巖隈駐朱轓方思謝康樂好事名徒存

尋簡寂觀瀑布

韋應物

蹋石欹危過急澗，攀崖迢遞弄懸泉。猶將虎竹為身累，欲付歸人絕世緣。

簡寂觀西澗瀑布下作

韋應物

淙流絕壁散，虛煙翠澗深。叢際松風起，飄來灑塵襟。窺蘿翫猿鳥，解組傲雲林。茶果邀真侶，觴酌洽同心。曠歲懷茲賞，行春始重尋。聊將橫吹笛，一瀉山水音。

東山瀑布

方干

遥夜看来宜月照手明失去被雲迷掛巖遠勢穿松塢擊石殘聲注稻畦素色噴成三伏雪餘波流作萬年溪不緣真宰能開決應向山前雜淤泥

石門瀑布　　方干

奔傾漱石亦噴苔此是便隨元化來長井挂巖輕似練遠聲雖洞咽於雷氣含松桂千枝潤勢畫雲霞一道開直是銀河分派落兼聞碎滴濺天台

題仙巖瀑布呈陳明府

方干

方知激蹙與噴飛直恐古今同一時遠壑流来多石脉寒空撲碎作凌澌謝公巖上衝雲去織女星邊落地遲聚向山前更誰測深沉見底是澄漪

噴玉布

孟郊

去塵咫尺步山笑康樂巖天開紫石屛泉縷明月簾仙凝刻削跡靈綻雲霞纖悦聞若有待瞥

見終無厭俗玩詎能近道嬉方可淹踏着不死機欲歸多浮嫌古醉今忽醒今求古仍潛古今相共失語默兩難恬贈君噴玉布一濯髙嶄嶄

詠小瀑布　皎然

瀑布小更奇瀑㶑二三尺細脉穿亂莎叢聲咽危石初因智者賞果會幽人跡不向庭中聞那知我心寂

水簾　羅鄴

萬點飛泉下白雲似簾懸處望疑真若将此水
為霖雨更勝長垂隔路塵

亂泉飛下翠屏中似共真珠巧綴同一片長垂
今與古半山遥聽水兼風雖無舒卷隨人意自
有潺湲濟物功每向暑天来往見疑将仙子隔
房櫳

水簾吟

薛能

萬滴相隨萬響兼路塵天產盡旁霑源從顥氣
何因絕派助前溪豈覺添豪客每来清夏葛愁

人才見認秋簷嘉名已極終難稱别是風流不
是簾

界圍巖水簾

柳宗元

界圍匯湘曲青壁環澄流懸泉粲成簾羅注無
時休韻磬叩凝碧鏘鏘徹巖幽丹霞冠其顛想
像凌虛游靈境不可狀鬼工諒難求忽如朝玉
皇天冕垂前旒楚臣昔南逐有意仍丹丘今我
始北旋新詔釋縲囚采真誠眷戀許國無淹留
再來寄幽夢遺貯催行舟

再至界圍巖水簾遂宿巖下

柳宗元

發春念長違中夏欣再覩是時植物秀杳若臨
元圃歊陽訝垂冰白日驚雷雨笙簧潭際起鸛
鶴雲間舞古苔凝青枝陰草濕翠羽蔌空素彩
列激浪寒光聚的皪沉珠淵鏘鳴捐珮浦幽巖
畫屏倚新月玉鈎吐夜涼星滿川忽疑眠洞府

廳事之西因依墉壑為山數仞有懸水焉予
理戎之暇聊以息讌此相國張公之所作
也緬懷高致時濯塵纓即事寄言而賦斯什

裴度

奇峰似天作半倚增城隅何處通泉脉潺湲竟朝晡挂石懸一帶灑荷散千珠固宜賞高人何為對武夫鼓鼙時鏗詢吏卒亦喧呼愧爾來我所顧我非爾徒乃是風流相昔嘗居此都能移造化力雅與山水俱多慙受成者得此聊自娱

石

李嶠

宗子維城固將軍飲羽威巖花鑑裏發雲葉錦中飛入宋星初隕過湘鷰早歸儻因持補極寧

復想支機

愛碣山石

劉乂

碣石何青青，挽我雙眼睛。愛爾多古峭，不到人間行。

移石

褚載

磷硇一片溪中石，恰稱幽人彈素琴。浪浸多年苔色在，洗來今日碏痕深。磨看粹色何珠玉，敲有奇聲直異金。不是不堪爲䂬用，都緣良匠未

留心

題奇石

李德裕

蘊玉抱清暉閑庭日蕭灑塊然天地間自是孤生者

題祖山人池上怪石

張碧

寒姿數疊奇突兀曾作秋江秋水骨先生應是厭風雷著向池邊塞龍窟我來池上傾酒樽半酣書破青煙痕黍差翠縷擺不落筆頭驚恠粘

秋雲我聞吳中項容水黒有髙價邀得將來倚
松下鋪却霜縑直道難掉首空歸不成畫

戲題磐石　　王維

可憐磐石臨泉水復有垂楊拂酒盃若道春風
不解意何因吹送落花來

亂石　　李商隱

虎踞龍蹲縱復横星光漸減雨痕生不須併礙
東西路哭殺廚頭阮步兵

題曲阿三昧王佛殿前孤石

劉長卿

孤石自何處對之疑舊遊氛氲峴首夕蒼翠剡中秋迥出羣峰當殿前雪山靈鷲慙貞堅一片孤雲長不去莓苔古色空蒼然

雙石

白居易

蒼然兩片石厥狀恠且醜俗用無所堪時人嫌不取結從胚渾始得自洞庭口萬古遺水濱一朝入吾手擔舁來郡內洗刷去泥垢孔黑煙痕

深鏄青苔色厚老蛟蟠作足古劍插爲首忽疑天上落不似人間有一可支吾琴一可貯吾酒峭絶高數尺坳泓容一斗五絃倚其左一盃置其右窪樽酌未空玉山頽已久人皆有所好物各求其偶漸恐少年場不容垂白叟迴頭問雙石能伴老夫否石雖不能言許我爲三友

題新定八松院小石

杜牧

雨滴珠璣碎苔生紫翠重故關何日到且看小三峯

片石

唐彦謙

小齋廬阜石寄自沃洲僧山客勞携笈幽人自得朋瘦雲低作段野浪凍成層便可同清話何須有物憑

題王使君片石

顧非熊

勢似孤峰一片成坐來疑有白雲生主人莫恠殷勤看遠客長懷舊隱情

太湖石

白居易

煙翠三秋色波濤萬古痕削成青玉片截斷碧雲根風氣通巖穴苔文護洞門三峯具體小應是華山孫

遠望老嵯峩近觀恠嶔崟纔高八九尺勢若千萬尋嵌空華陽洞重疊匡山岑邈矣仙掌迥呀然劒門深形質冠今古氣色通晴陰未秋已瑟瑟歘雨先沉沉天姿信為異時用非所任磨刀不如礪擣帛不如砧何乃主人意重之如萬金豈伊造物者獨能知我心

王貞白

誰憐孤峭質，移在太湖心。出得風波外，任他池館深。下同花逞艷，多媿竹垂陰。一片至堅操，那憂歲月侵。

依韻和幹公題庭中太湖石

王貞白

山立秪盈尋，高奇藥圃陰。風濤打欲碎，巉巖亢蟄方深。蘚點睛偏緑，蛩藏曉競吟。歲寒終不變，堪比古人心。

徒勞水府尋，宛在玉堂陰。蘭圃安雖窄，盆池映

轉深山僧來盡愛詩客見先吟若是買花者年

年不計心

太湖石

吴融

洞庭山下湖波碧波中萬古生幽石鐵索千尋

取得來奇形恠狀誰能識初疑宛家正人立又

如戰士方狙擊又如防風死後骨又如於菟活

時頟又如成人楓又如害瘿栢雨過上停泓風

來中有隙想得沉潛水府時興雲出雨蟠蛟螭

來硉矹林庭上長恐忽然生白浪用時應不

稱媧皇將去也堪隨慱望噫嘻爾石好憑依幸有方池并釣磯小山蘩桂且爲伴鍾阜白雲長自歸何必豪家甲第裏玉欄干畔爭光輝一朝荊棘忽流落何異綺羅雲雨飛

買太湖石　　姚合

我嘗遊太湖愛石青嵯峨波瀾取不得自後長咨嗟奇哉賣石翁不傍豪貴家負石聽苦吟雖貧亦來過貴我辯識精取價復不多比之昔所見珎怪頗更加背面淙注痕孔隙若琢磨水稱

至柔物湖乃生壯波或云此天生嵌空亦非
氣質偶不合如地生江河置之書房前曉霧常
紛羅碧光入四隣墻壁雖蔽遮客來謂我宅忽
若巖之阿

西施石　　樓穎

西施昔日浣紗津石上青苔思殺人一去姑蘇
不復返岸傍桃李為誰春

題西施石　　王軒

嶺上千峯秀江邊細草春今逢浣紗石不見浣紗人

題陶淵明醉石　陳光

片石露寒色先生遺素風醉眠芳草合吟起白雲空道出乾坤外聲齊日月中我知彭澤後千載與誰同

書陶潛醉石　王貞白

片石陶真性非爲麴蘗昏爭如累月醉不笑獨

醒人積疊苔莓色交加薜荔根至今重九日猶待白衣魂

望夫石

武元衡

佳名望夫處苔蘚封孤石萬里水連天巴山暮雲碧湘妃淚下竹成班子規夜啼江樹白

劉禹錫

終日望夫夫不歸化爲孤石苦相思望來已是幾千載只似當時初望時

孟郊

望夫石夫不来兮江水碧行人悠悠朝與暮千
年萬年色如故

劉方平

佳人成古石蘚駮覆花黄猶有春山杏枝枝似
薄粧

枕流石

費冠卿

不為幽岸隐古色涵空出顧以清泚流鑒此堅
貞質傍臨玉光潤時瀉苔花密往往驚游鱗尚
疑垂釣日

題羅浮石

李德裕

清景持芳菊涼天倚茂松名山何必去此地有
羣峯

爛柯石

孟郊

仙界一日内人間千歲窮雙碁未變局萬物皆
為空樵客返歸路斧柯爛從風唯餘石橋在猶
自凌丹虹
生石

脩睦

聖蹤誰會得每到意徘徊一尚有不可三從何處来清宵寒露滴白晝野雲隈應是表靈異閑心休更猜

靈徹上人何山寺七賢石

皎然

七石配七賢隱僧山上移石性殊磊落君心又高奇禪子衲宜懷坐客冠可隨夜倚月樹影晝傾風竹枝集賢患鎚琢表頑用磷磂佚火玉亦害塊祇長在茲

臨海太守惠予赤城石報以此詩

李德裕

聞君採奇石剪斷赤城霞潭上倒虹影波中摇日華仙巖接絳氣谿路雜桃花若值客星去便應隨海槎

天竺寺殿前立石

姚合

補天殘片女媧抛撲落禪門壓地坳霹靂劃深龍舊攫屈盤痕淺虎新抓苔粘月眼風挑剔塵結雲頭雨磕敲秋至莫言長矻立春来自有薜

蘿交

石筍

劉昭禹

千古海門石移歸吟叟居窽腥蛟出後形瘦浪衝餘工語寧無玉僧知忽有書好期仙者叱變化向庭隅

謝主人石筍

齊已

西園罷宴遊東閣念林丘將減花邊峭分來竹裏幽憶過陽朔見曾記太湖求從此頻喻遶歸

山意亦休

石柱

鄭谷

暴亂免遺折森羅賢達名朱郎何所取叨繼外門榮

題兖州泗河中石牀

吴融

一片苔牀水漱痕何人清賞動乾坤謫仙醉後雲為態野客吟時月作魂光景不迴波自遠風流難問石無言邐來多少登臨客千載誰將勝事論

石版

李咸用

高人好自然移得他山碧不磨如版平大巧非因
刀古鮮小青錢塵中看野色冷倚砌花春静
伴𨁲篁直山僧若轉頭如逢舊相識

石版歌

李咸用

雲根劈裂雷斧痕龍泉切璞青皮皴直方挺質
貞且真當庭卓立凝頑神春雨流膏成立文主
人性静看長新明月夜来迴短影何如照冷太

湖濵

松化爲石　齊已

盤根幾聳翠崕前却偃凌雲化至堅年結精華齊永劫不隨凋變已千年逢賢必用空蒙立遇聖終將刻印傳骨似荆山鑿餘者鮮封頑滯卧

嵐煙

蓮石　白居易

石一兩片白蓮三四枝寄将東洛去心與物

相隨石倚風前樹蓮戟月下池遥知安置處預
想發榮時領郡來何遠還鄉去已遲莫言千里
別歲晚有心期

題峡中石上　白居易

巫女廟花紅似粉昭君村柳翠於眉誠知老去
風情少見此争無一句詩

南侍御以石相贈助成水聲囙以絶句謝之　白居易

泉石磷磷聲似琴閑眠静聽洗塵心莫輕兩片

青苔石一夜瀑溪直萬金

石宫四詠

元結

石宫春雪白白雪宜蒼苔拂雲踐石徑俗士誰能來

石宫夏水寒寒水宜高林遠風吹蘿蔓野客熙清陰

石宫秋氣清清氣宜山谷落葉逐霜風幽人愛松竹

石宫冬日暖暖日宜温泉晨光静水霧逸者猶

安眠

古碑　　姚合

荒田一片石文字滿青苔不是逢閑客何人肎讀來

新沙　　陸龜蒙

渤澥聲中漲小堤官家知後海鷗知蓬萊有路教人到應亦年年稅紫芝

天地山川類卷第三十二

國家出版基金項目
NATIONAL PUBLICATION FOUNDATION

詹福瑞　陳紅彦　主編

唐僧弘秀集

歷代唐詩珍稀選本彙編

（唐宋金元卷）

32

鳳凰出版社

目次

唐僧弘秀集

國家圖書館藏明汲古閣刻本，傅增湘校跋

宋本十行〻十八字

唐僧弘秀集序

古之吟詠情性一本於詩詩至唐爲盛唐之詩僧亦盛唐一代爲高道爲內供奉名弘才秀者三百年間今得五十二人詩五百首或取於各僧本集或出於諸家纂錄皆有扳山之力搜海之功風致不塵一字弗贅發音雄富羣立崢嶸名曰唐僧弘秀集不敢藏於巾笥刊梓用傳識者第毫殘松管燈焰蘭膏截錦揚珠神愁鬼毒

于

詩教湮微取以爲緇流砥柱藝苑規衡非假沽
名鼓吹於江湖也兼禪餘風月客外山川千古
之下一目可見耳皇宋寶祐第六春中和節日
菏澤李龏和父序

臨安府棚北大街睦親坊南陳解元宅書籍鋪刊行

唐僧弘秀集目錄

護國十首
無可二十五首
卷四
清塞四十五首
卷五
文益二首
可止四首
清江十三首

法照三首
寶月一首
廣宣七首
卷六
貫休六十一首
卷七
齊已六十首
無本四首

卷八

處默六首

卷九

卿雲四首

栖一二首

澹交二首

良乂一首

若虚二首

雲表一首

唐僧弘秀集目錄終

唐僧弘秀集卷一

荷澤李　龏和父編

皎然七十首

戛銅椀爲龍吟歌并序

唐故太尉房公琯早歲曾隱終南山峻壁之下往往聞龍吟聲清而靜滌人邪想時有好事僧潛戛以五金寫之惟銅聲酷似他日房

公偶至山寺聞林嶺間有此聲乃曰龍吟復遷於茲矣僧因之出其器以告公公命戛之驚曰眞龍吟也大曆十三載秦僧傳至桐江予使見童戛金放之亦不滅秦聲也緇人或有識者予曰此達僧之事可以嬉禪爾曹無以瑣行自拘因賦詩以見其意

逸僧戛槭爲龍吟世上未曾聞此音一從太尉房公賞遂使秦人傳至今初戛徐徐聲漸顯樂

章不管何人辨似出龍淵萬丈底乍怪聲來近
而遠未必全由戛者工聲生虛無非槐中寥亮
掩清狖縈迴凌細風遙聞不斷在煙杪萬籟無
聲天境空聽專一境則衆音不聞非萬籟之無聲也昨向天台宿華
頂秋宵一吟更清迥能令聽者易常性憂人忘
憂躁人靜今日鏗鍠江上聞蛟螭奔飛如得羣
聲過陰嶺忽成雨響駐晴天將起雲坐來吟盡
江空碧却尋向者聲無迹人生萬事將此同暮

宋本以上缺

賤朝榮動還寂

周昉長史畫毗沙門天王歌

長史畫神獨感神高步區中無兩人雅而逸高且眞形生虛無忽可親降魔大戟縮在手倚天長劒横諸紳慈威示物雖凜栗在德無秋惟有春吾知眞像本非色此中妙用君心得苟能下筆合神造誤點一點亦爲道寫出霜縑可舒卷何人曾識此情遠秋齋清寂無外物盥手焚香

聊自展憶昔胡兵圍未解感得此神天上下至
今雲旗圖我形爲君一顧煙塵清

買藥歌送楊山人

華陰少年何所希欲餌丹砂化骨飛江南藥少
淮南有暫別胥門出京口京口斜通江水流徘
徊應上青山頭夜驚潮沒鸕鷀堰朝看日出芙
蓉樓搖蕩春風亂帆影片雲無數是揚州揚州
喧喧賣藥市浮俗無由識仙子河間姹女直千

金紫陽夫人服不死吾於此道復何如昨朝新得蓬萊書

飲茶歌送鄭客

丹丘羽人輕玉食採茶飲之生羽翼（天台記云丹丘出大茗服之羽化）名藏仙府世空知骨化雲宫人不識雪山童子調金鐺楚人茶經虛得名霜天半夜芳草折爛熳緗花啜又生賞君茶祛我疾使人胸中蕩憂慄日上香爐情未畢亂踏虎溪雲高歌

送君出

姑蘇行

古臺不見秋草萋却憶吴王全盛時千年月照秋草上吴王在時幾回望至今月出君不還世人空對姑蘇山山中精靈安可覩轍跡人踪麋鹿聚嬋娟西子傾國容化作寒陵一堆土

短歌行

古人若不死吾亦何所悲蕭蕭煙雨九原上白

楊青松葬者誰貴賤同一塵死生同一指人生在世共如此何異浮雲與流水短歌行短歌無窮日已傾鄴宮梁苑徒有名春草秋風傷我情何爲不學金仙侶一悟空王無死生

效古 天寶十四年作

日出天地正煌煌闢晨曦六龍驅羣動古今無盡時夸父亦何愚競走先自疲飲乾咸池水折盡長桑枝渴死化爝火嗟嗟徒爾爲空留鄧林

在摧折令人嗤

寓興

天下生白榆白榆直上連天根高枝不知幾萬丈世人仰望徒攀援誰能上天採其子種向人間笑桃李因問老仙求種法老仙咍咍不我答始知此道無所成還如聾夫學長生

答蘇州韋使君應物

詩教殆淪缺庸音互相傾忽覩風騷韻會我宿

昔情蕩漾學海資鬱爲詩人英格將寒松高氣
與秋江清何必鄴中作可爲千載程受辭分虎
竹萬里臨江城一到掃煩政況今休黷兵應憐
禪家子林下寂無營跡隳世上華心得道中精
脫略文字累免爲外物攖書衣流埃積硯石駁
蘚生恨未識君子空傳手中瓊安無誘我性始
願懲素誠爲無鷙鶩音繼公雲和笙吟之向禪
藪反媿幽松聲

酬李司直從諸公冬日遊妙喜寺題照昱

二上人房寄長城潘丞述

達賢貴貞隱常懼迹不滅遂與永公期遺身坐
林樾華軒何轔轔爲我到幽絕心境寒草花空
門青山月潘生獨不見清景屢盈缺林下長寂
寥人閒自鄰別何時解輕珮來税丘中轍

山居示靈徹上人

晴明路出山初暖行踏春蕪看茗歸乍削柳枝

聊代札時窺雲影學裁衣身閑始覺隳名是心
了方知苦行非外物寂中誰似我松聲草色共
無機

酬薛員外誼苦熱行

六月金數伏茲辰日在庚炎曦曝肌膚毒霧昏
檐楹安得奮翅翮超遥出雲征不知天地心如
何匠生成火德燒百卉瑤草不及榮省客當此
時忽貽懷中瓊捧翫煩襟滌嘯歌美風生遲君

佐元氣調使四序平中令霜不𢦤火餘氣常貞
江南詩騷客休吟苦熱行

訪陸羽處士不遇

太湖東西路吴王古山前所思不可見歸鴻自
翩翩何山賞春茗何處汲春泉莫是滄浪子悠
悠一釣船

戲題贈吴憑

予讀古人書遂識古人面不是識古人邪正心

自見貴義輕財求俗譽一錢與人便驕倨昨朝爲火今爲氷此道非君獨撫膺

奉應顔使君眞卿與陸處士羽登妙喜寺三癸亭

秋意西山多列岑縈左次繕亭歷三癸以癸丑歲癸卯朔癸亥日立故名顔名陸創疏址鄰釋寺元化隱靈蹤始君啓高致誅榛養翹楚鞭草理芳蕙俯砌披水容逼天掃峰翠境新耳目換物遠風烟異倚石忘

世情援雲得真意嘉林幸勿翦禪侶欣可庇衛
法大臣過佐遊羣英萃龍池護清澈虎節到深
邃徒想峰頂期于今沒遺記

冬日天目西峰張鍊師所居

採薪逢野泉漸見棲閑所坎坎山上聲幽幽林
中語仙卿何代隱鄉服言亦楚開冰洗藥苗掃
雪候山侶零葉聚敗籬幽花積寒渚冥冥孤鶴
性天外思輕舉

出遊

少時不見山便覺無奇趣狂發從亂歌情來任閑步此心誰共證笑看風吹樹

題周諫别業

隱身苕上欲如何不着青袍愛緑蘿柳巷任疎容騎入水籬從破許船過昂藏獨鶴閑心遠寂歷秋花野意多若訪禪齋遥可見竹窓書幌共煙波

奉酬李員外嘉祐蘇臺屏居春首有懷

昔歲爲邦初未識今朝休沐始相親移家水巷貪依靜種柳風窓欲占春詩思先邀烏府客山情闇訪白樓人登臨許作煙霞伴高在方袍閑幅巾

送闍小師還金陵

如何有歸思愛别欲忘難白鷺沙洲晚青龍水寺寒蕉花鋪淨地桂子落空壇持此爲心境應

堪月夜看

酬襄陽詩僧少微（詩中答上人歸夢之意）

證心何有夢示說夢歸頻文字齋秦本（法華文字多宏）

秦本 詩騷學楚人蘭開衣上色柳向手中春別後

須相見浮雲是我身

早秋桐廬思歸示道諺上人

桐江秋信早憶在故山時靜夜風鳴磬無人竹

掃壀猿來獨淨水鳥下啄寒梨可卽（即）關吾事歸

心自有期

舟行懷閻士和

二月湖南春草徧橫山渡口花如霰相思一日在孤舟空見孤雲兩三片

寄題雲門寺梵僧無側房時人傳是貫月後身

越山千萬雲門絕西僧貌古還名月清朝𥚃石行道歸林下眠禪看松雪

法華寺上方題江上人禪室

雙字二字旁注

路入松聲遠更奇山光水色共參差中峰禪寂
一僧在坐對梁朝老桂枝

題秦系山人麗句亭

獨將詩教領諸生但愛青山不愛名滿院竹聲
堪愈疾亂林花片足忘情

奉和顏使君修韻海畢州中重宴得雙字

世學高南郡身封盛魯邦九流宗韻海七字揖
文江惜賞雲歸堞留歡月在窗不知名教樂千

載與誰雙

游溪待月

溪色恩泛月沿洄欲未歸殘燈逢水店疎磬憶山扉夜浦魚驚少空林鵲遶稀可中纔望見撩亂擣寒衣

往丹陽尋陸處士不遇

遠客殊未歸我來幾惆悵叩關一日不見人繞屋寒花笑相向寒花寂寂遍荒阡柳色蕭蕭愁

暮蟬行人無數不相識獨立雲陽古木邊鳳翅
山中思古寺魚竿村口望歸船歸船不見見寒
煙離心遠水共悠然他日相期那可定閑僧着
處即經年

寄常一上人

雁塞五山臨汗漫雲州一路出青冥何因請住

嘉祥寺內史新脩湖上亭

贈柳喜自號嵩山老

一見嵩山老吾生恨太遲問君年幾許曾出上
皇時

酬秦系山人見寄

左右香童不識君擔簦訪我領鷗羣山僧待客
無俗物惟有窓前片碧雲

聽寒更寄朱巨川

欹枕聽寒更寒更發還住一夜千萬聲幾聲到
君處

過字旁注

秋居法華寺下院望高頂贈如獻上人

峰色秋天見松聲静夜聞影孤長不出行道在深雲

送沈秀才之閩中得過字

楚客未成歌春風起緑波嶺重寒不到海近瘴偏多野戍桄榔發人家翡翠過翻疑此中好君問定如何

送僾霜上人還金陵西山

攜錫西山步綠莎禪心未了奈情何湘宫水寺清秋夜月落風悲松栢多

送顧道士遊洞庭

見說洞庭無上路春遊亂踏五靈芝含桃風起花狼籍正是仙翁棊散時

送邢台州濟

海上仙山屬使君石橋琪樹古來聞他時畵出白團扇乞取天台一片雲

微字旁注

冬日梅溪送裴方舟之宣州

平明匹馬上村橋花發梅溪雪未消日短天寒愁送客楚山無限路遥遥

送秘上人遊京

共居方異路山伴與誰同日冷行人少時清古鎮空煖瓶和雪水鳴錫帶江風撩亂終南色遥應入夢中

送贇上人還京得微字

時字旁注

久遊春草盡還寄北船歸沙鳥窺中食江雲入
淨衣秦原山色近楚寺磬聲微見說翻經館多
聞似爾稀

送李秀才赴盧婺州招得時字

山開江上色孤賞去應遲綠水延吳榜秋風入
楚詞猿清獨宿處木落遠行時見說東陽守登
樓爲爾期

銅雀妓

強開樽酒向陵看憶得君王舊日歡不覺餘歌
悲自斷非關艷曲轉聲難

長門怨

春風日日閉長門搖蕩春心似夢魂若遣花開
只笑妾不如桃李自無言

啼猿送客

萬里巴江外三聲月峽深何年有此路幾客共
沾襟斷臂分垂影流泉入苦吟悽涼離別後聞

此更傷心

江上風

江風西復東飄暴忽何窮初生虛無際稍起蕩漾中應吹夏尸檣竿折定蹙溢城浪花咽今朝莫怪沙岍明昨夜聲狂捲成雪

夏日登觀農樓和崔論使君詠微雨

片雨拂簷楹煩襟四座清霏微過麥隴蕭散傍莎城靜愛和花落幽聞入竹聲朝觀趣無限高

詠寄閨情

南樓望月

夜月家家望亭亭愛此樓纖雲溪上斷疎柳影
中秋漸映千峰出遥分萬派流關山誰復見應
獨起邊愁

詠史

田氏門下客馮公衆中賤一朝市義還百代名
獨擅始知下客不可輕能使主人功業成借問

高車與珠履何如瓶賤一書生

送常清上人歸舒州

濳人思爾法楚信有回船估客親宵話閒鷗偶晝禪經聲含石浪麈尾拂江煙常説歸山意誅茅廬霍前

送志弘沙彌赴上元受戒上元江中有蔡洲古戒壇

不肯資章甫勝衣被木蘭今隨秣陵信欲及蔡洲壇野寺鐘聲遠春山戒足寒歸來次第學應

見後心難

送烏程李明府得陟狀赴京

驛吏滿江城深仁見此情士林推玉振公府薦冰清爲政移風久承恩就日行仲容綸綍貴南巷有光榮

尋陸鴻漸不遇

移家雖帶郭野徑入桑麻近種籬邊菊秋來未着花扣門無犬吠欲去問西家報道山中去歸

時每日斜

懷舊山　或作滄浩

一坐西林寺從來未下山不因尋長者無事到
人間宿雨愁爲客寒花笑未還空懷舊山月童
子念經關

送眞上人遊越

雲泉誰不賞獨見爾情高投宿輕龍窟臨流笑
鷺濤折荷爲片席灑水淨方袍剡路逢禪侶多

應問我曹

從軍行

黃紙君王詔青泥校尉書誓師張虎落選將擁犀渠霧暗津蒲失天寒塞柳疎橫行十萬騎欲掃虜塵餘

隴頭水

隴頭心欲絕隴水不堪聞碎影搖槍壘寒聲咽幔帬素從鹽海積綠帶柳城分日落天邊望透

邊人塞雲

塞下曲二首

寒塞無因見落梅胡人吹入笛聲來勞勞亭上
春應度夜夜城南戰未回
都護今年破武威胡沙萬里鳥空飛旌竿瀚海
掃雲出氈騎天山踏雪歸

支公詩

支公養馬復養鶴率性無羈多脱略天生支公

與凡異凡情不到支公地得道由來天上仙爲
僧却下人間寺道家諸子論自然此公惟許逍
遙篇山陰詩友喧四座佳句縱横不廢禪

宿吴匡山破寺與餘不溪廢寺略同

雙峰百戰後眞界滿塵埃蔓草緣空壁悲風起
故臺野花寒更發山月暝還來何事池中水東
流獨不回

少年行

翠樓春酒蝦蟇陵長安少年皆共矜紛紛半醉綠槐道蹀躞花驄驕不勝

春日杼山寄李縱員外

南山惟與北山鄰一閉禪關老此身(一作古樹連拳伴我)黃鶴有心多不住白雲何(一作無)事獨相親閑持竹錫行(一作深)看水嬾着麻衣出見人無限幽芳徒欲寄(一作欲掇幽芳聊贈遠)郎官那賞石門春

宿法華寺簡徹上人

至道無機但杳冥孤燈寒竹自青熒不知何處

小乘客一夜風前聞誦經

九月十日

愛殺柴桑隱名溪近訟庭掃沙開野步搖舸出

閑汀宿簡邀詩伴餘花在酒瓶悠然南望意自

有峴山青

晚秋破山寺

秋風落葉滿空山古寺殘燈石壁間昔日經行

人去盡寒雲夜夜自飛還

青陽上人院說金陵故事

君說南朝全盛日秣陵才子更多人千年秋色古池館誰見齊王西邸春

送僧之京師

綿綿渺渺楚雲繁萬里西歸望國門禪子初心易悽斷秋風莫上少陵原

送許丞還洛陽

剡茗情來亦好斟空門一别肯沾襟悲風不動
罷瑾軫忘却洛陽歸客心

題湖上草堂

山居不買剡中山湖上千峰處處閑芳草白雲
留我住世人何事得相關

唐僧弘秀集卷一

唐僧弘秀集卷二

荷澤李　龏和父編

靈徹十一首

聽鶯歌

新鶯傍簷曉更悲孤音清泠囀素枝口邊血出語未盡豈是怨恨人不知不食枯桑甚不銜苦李花偶然弄樞機婉轉淩煙霞衆雛飛鳴何踊

從自覡游蜂啄枯木玄猿何事朝夜啼白鷺長在汀洲宿黑鵰黄鶴豈不高金籠玉鈎傷羽毛三江七澤去不得風煙日暮生波濤飛去來莫上高城頭莫下空園裏城頭鴟烏拾羶腥空園燕雀爭泥滓願當結舌含白雲五月六月一聲不可聞

送鑒供奉歸蜀寧親

林間出定戀庭闈聖主恩深暫許歸雙樹欲辭

金錫冷世尊入滅于四花猶向玉階飛四花曼訶曼陀羅摩訶曼殊沙此云婆羅雙樹殊沙摩柔軟曼陀羅此云適意也 梁山拂漢分清境蜀雪和煙惹翠微此去不須求綵服紫衣全勝老萊衣朝廷賜僧衣曰紫衣

九日和于使君上京思親故

清晨有高會賓從出東方楚俗風煙古汀洲水木涼山情來遠思菊意在重陽心憶華池上從容鵷鷺行

宿東林寺

天寒猛虎嘯巖穴林下無人空有月千年像教今不聞（興像教龍樹大師也）焚香獨爲鬼神說

東林寺酬韋丹刺史

年老心閑無外事麻衣草座亦容身相逢盡道休官去林下何曾見一人

答徐廣叔四問

童子出家無第行隨師乞食遺稱名長沙豈敢

論年幾絳老惟知甲子生

遠公墓

古墓石稜稜寒雲晚景凝空悲虎溪月不見鴈門僧

歸湖南

山邊水邊待月明暫向人間借路行如今還向山邊去只有湖水無路行

簡寂觀

古松古栢巖壁間猿攀鶴巢古枝折五月有霜六月寒時見山翁來取雪

聞李處士亡

時時聞説故人死日日自悲垂老身白髮不生應不得青山長在屬何人

天台山華頂峰

天台衆峰外華頂當寒空有時半不見崔嵬在雲中

靈一二十八首

棲霞山夜坐

山頭戒壇路幽映雪巖側四面青石牀一峰苔蘚色松風靜復起月影開還黑何獨乘夜來殊非晝所得

宿天柱觀

石室初投宿仙翁喜暫容花源隔水見洞府過山逢泉湧階前地雲生戶外峰中宵自入定非

是欲降龍

酬皇甫冉將赴無錫於雲門寺贈別

湖南通古寺來往意無涯欲識雲門路千峰到若耶舂山子敬宅古木謝敷家自可長偕隱那言相去賒

宜豐新泉

泉源新湧出洞澈映纖雲稍落芙蓉沼初淹苔蘚文素將空意合淨與衆流分每到清宵月泠

泠夢裏聞

靜林精舍

靜林溪路遠蕭帝有遺蹤水擊羅浮磬山鳴于闐鐘燈傳三世火樹老萬株松無數煙霞色空聞昔臥龍

江行寄張舍人

客程終日風塵苦蓬轉還家未有期林色曉分殘雪後角聲寒奏落帆時月高星使東看遠雲

破霜鴻北度遲流蕩此心難共說千峰澄霽隔
瓊枝

送王頴悟

客意天南輿已闌不堪言別向仙官夢搖玉珮
隨菴節心到金華憶杏壇荒郊極望歸雲盡瘦
馬空嘶落日殘想得故山青靄裏泉聲入夜獨
潺潺

安公

彌天稱聖哲象法初緊賴弘道識行藏匡時知進退秦王輕與舉習生重酬對學文古篆中義顯新經內法服應華夏金言流海岱西方浮雲間更陪龍花會

林公

支公信高逸久向山林佳時將孫許遊豈以形骸遇幸辭天子詔復覽名臣疏西晉尚虛無南朝久淪悟因談老莊意乃盡逍遙趣誰爲竹林

賢風流相比附

遠公

遠公逢道安一朝棄儒服眞機久消歇世教空拘束誓入羅浮中遂棲廬山曲禪經初纂定佛語新名目鉢帽絶朝宗簪裾翻拜伏東林多隱士爲我辭榮祿

雨後欲尋天目山問元駱二公溪路

昨夜雲生天井東春山一雨一回風林花併逐

溪流下欲上龍池通不通

題王僧院

虎溪閑月引相過帶雪松枝挂薜蘿無限青山行欲盡白雲深處老僧多

宿靜林寺

山寺門前多古松溪行欲到已聞鐘中宵引領尋高頂月照雲峰凡幾重

再還宜豐寺

再尋招隱地重會息心期樵客問歸日山僧記
別時野雲陰遠甸秋雨漲前陂勿謂探形勝吾
今不好奇

酬陳明府舟中見贈

長溪通夜靜素舸與人閑月影沈秋水風聲落
暮山稻花千頃外蓮葉兩河間陶令多眞意相
思一解顔

題東蘭若

上人禪室路徘徊萬木清陰向日開寒竹影侵
行道石秋風聲入誦經臺閑雲不繫從舒卷狎
鳥無機任往來更惜片陽談妙理歸時莫待暝
鍾催

送朱放

若見人間世思歸洞裏天縱令山鳥語不廢野
人眠

歸岑山過惟審上人別業

禪客無心憶薜蘿自然行徑向山多知君欲問人間事始與浮雲共一過

於潛道中作星元八處士

谿水灘行淺潛行路漸深參差遠岫色迢遞野人心凍澗氷難釋秋山月易陰不知天目下何處是雲林

送殷判官歸上都

漾舟雲路客來過夕陽時向背堪遺恨逢迎宿

未期水容愁暮急花影動春遲別後王孫草青
青入夢思
贈別皇甫曾
幽人從遠岳過客愛春山高駕能相送孤舟且
未還紫苔封井石綠竹掩柴關若到雲峰外齊
心去住間
送陳元初卜居麻源
欲向麻源隱能尋謝客蹤空山幾千里幽谷第

三重茅宇寧須葺荷衣不待縫因君見往事爲
我謝喬松
秋題劉逸人林泉
涼飈亂黄葉遲客橋陰清蘿徑封行跡雲門閑
野情零林秋露響穿竹暮煙輕莫戀幽棲地懐
安却敗名
自大林與韓明府歸郭中精舍
野客同舟楫相攜復一歸孤煙生暮景遠岫帶

春輝不道還山是誰云向郭非禪門有通隱誼
寂共忘機

同使君宿大梁驛或作清江

旌旗江上出花外捲簾空夜色臨城月春寒度
水風雖然行李别且喜語音同若問匡廬事終
身媿遠公

題黄公陶翰别業

聞說花源堪避秦幽尋數月不逢人煙霞洞裏

無雞犬風雨林中有鬼神黃公石上三芝秀陶令門前五柳新醉臥白雲閒作夢不知何物是吾身

哭衛尚書

畫戟重門楚水陰天涯欲暮亦傷心南荊雙履痕猶在北斗孤魂望已深蓮花幕下悲風起細柳營邊曉月臨前路茫茫向誰問感君空有淚沾襟

贈靈徹禪師

禪師來往翠微間萬里千峰到剡山何時共到天台裏身與浮雲處處閑

惟審二首

春日旅懷呈知巳

生涯萬事有蒼蒼應任流萍便越鄉春水獨行人漸遠故園歸路夜空長一聲隔浦猿啼處數滴驚心淚滿裳不爲知音皆鮑叔信誰江上去

萢萢
賦得聞黃鳥啼
捲簾清夢後芳樹引流鶯隔葉傳春意穿花送
曉聲未調雲路翼空負桂林情莫盡關關興羇
愁正厭生

唐僧弘秀集卷二 第

唐僧弘秀集卷三

荷澤李　龏和父編

護國十首

顯王喬觀傳道士所得

王喬已去空山觀白雲只今凝不散壇場月露幾千年往往笙歌下天半瀑布西行過石橋黄精採根還採苗忽見一人擎茶椀蓼花昨夜風

吹滿自言住處在東坡白犬相邀隨我過松間
石上有棊局能使樵人爛斧柯

歸山作

誼靜各有路偶隨心所安縱然好朝市終不忘
林巒四皓將拂衣二踈能挂冠意前隱逸傳每
日三時看蕲尚那可論屈原亦可歎至今黃泉
下名及青雲端松牖見初月花間禮古壇何處
論心懷世上空漫漫

別盛安

情人取次幾淹留別後南州與北州月色爲憐今夜客砧聲那似去年秋欲除豺虎論三略莫對雲山詠四愁親故相逢且借問古來無種是王侯

逢靈道士

浮丘山上見黃冠松栢森森登古壇一莖青竹以爲杖數顆仙桃仍未餐長安市裏仍賣卜武

陵溪畔每燒丹縮地往來無定所花源到處路
漫漫

傷蔡處士

篋中遺草是琅玕對此空令灑淚看三徑尚餘
行迹在數螢猶是映書殘晨光不借泉門曉暝
色惟添壠樹寒欲問皇天天更遠有才無命説
應難

訪雲母山僧

森然古巖裏淨行一番僧松下濾寒水佛前挑夜燈蓮花國土異貝葉梵書能想到空王境無心問愛憎

題王班水亭

湖上見秋色曠然如爾懷豈惟歡隴畝兼亦外形骸待月歸山寺彈琴坐暝齋布衣閑自貴何用謁天階

許州鄭使君孩子

毛骨貴天生肌膚片玉明見人空解笑弄物不知名國器嗟猶小門風望益清抱來芳樹下時引鳳雛聲

愴故人舊居

惆悵至日暮寒鴉啼樹林破堦苔色厚殘壁雨痕深命與時不遇福爲禍所侵空餘行逕在令我歎人吟

臨川道中

寄青龍寺原上人
斂履入寒竹安禪過
漏聲高杉殘子落
深井凍痕生罷磬
風枝動懸燈雪屋
明何當招我宿乘
月上方行

出谷入谷路回轉秋風已至歸期晚舉頭何處
望來蹤萬仞千山鳥飛遠

無可二十五首

遊山寺

千峰盤落盡林寺昔何名步步入山影房房聞
水聲多年人跡絕殘日石陰清自可求居止安
閑過此生

秋寄從兄賈島

暗蟲喧暮色默坐思西林聽雨寒更盡開門落葉深昔因京邑病併起洞庭心亦是吾兄事遲回直至今

送李騎曹之武寧

一歲一歸寧涼天數騎行河來當塞曲山遠與沙平縱獵旗風卷聽笳帳月生新鴻引寒色回日落京城

秋日寄厲玄先輩

楊柳起秋色故人猶未還別離俱自老少壯豈能關夜雨吟殘燭秋城憶遠山何當一相見語默此林間

贈詩僧

寒山對水廓竹葉影侵堂洗藥氷生岸開門月滿牀病多身又老枕倦夜兼長來謁吾曹者呈詩問否臧

送呂郎中赴滄州

出守滄州去西風送旆旌路遥經幾郡地盡到孤城拜廟千山緑開樓遍海清何人共東望日向積濤生

書馬如文石門居

别業逸高情暮泉喧客亭林回天闕近雨過石門青野果誰來拾山禽獨卧聽要迎文會友時復掃柴扃

送章正字秩滿東歸

朝衣登別席春色滿秦關芸閣吏誰替海門身
又還尋僧流水僻見月遠林閒雖是忘機者難
齊去住間

送姚宰任苕月安福縣

落絮滿衣裳携琴問水鄉挂帆南入楚到縣半
浮湘吏散翠禽下庭閒斑竹長人安宜遠泛沙
上蕙蘭香

送李少府之任臨邛

卭南方作尉調補一何早發論惟公幹承家乃
帝枝山長風梟棧江蔭石和澌舊井王孫宅還
尋獨有期

送僧歸中條

夜葉動飄飄寒來話數宵卷經歸物外轉雪下
山椒舊坐松杉大難行水石遥元戎宗內學應
就白雲招

贈圭峰禪師

絕壑禪牀底泉分落石層霧交高頂草雲隱下
方燈朝滿傾心客谿通學道僧半旬持一食此
行有誰能

金州別姚合

日日西亭上春畱到夏殘言之離別易勉以道
途難山出一千里溪行三百灘松闗樓裏月秋
入五陵看

隕葉

蕘巷夾溪紅蕭條逐北風別林遺宿鳥浮水載
鳴蟲石小埋初盡枝長落未終帶霜書麗什關
讀白雲中

李常侍書堂

結構因墳籍簷前竹未生塗油窗日早閱槧幌
風輕息架蛩驚客垂燈雨過城巳應窮古史師
律孰齊名

送邵錫及第歸湖州

春關鳥啼罷歸慶淛煙西郡守招延重鄉人慕

仰齊橋青逃暑寺茶緑隔湖溪乘暇知高眺微

應辨會稽

送清散遊太白山

卷經歸太白躡蘚别蘿龕若履浮雲上須看積

翠南倚身松入漢瞑目月離潭此境堪長往塵

中事可諳

冬晚姚諫議宅會送元緒上人歸南山

禪客詩家見凝寒忽告還分題回諫筆留偈出
商關盤徑緣高雪開房在半山自知麋鹿性亦
欲離人間

春晚喜悟禪師自瑠璃上方見過

瑠璃師到城談性外諸經下嶺雪霜在近人林
木清苔痕深草履瀑布滴銅缾樂問山中事宵
言徹曉星

秋暮與諸文士集宿姚端公所居

宵清月復圓共集侍臣筵獨寡區中學空論樹下禪風多秋晚竹雲盡夜深天此會東西去堪愁又隔年

客中聞從兄島遊蒲絳因寄

遥遥行李心蒼野入寒深吟待黄河雪眠聽絳郡砧差期逢缺月訪信出空林何處孤燈下只聞嘹唳禽

送李長吉之任東井

江盤棧轉虛候吏拜行車家世維城後官資宰邑初市饒黃犢賣田疇白雲鉏萬里千山路何因欲寄書

宿安國簡公院

雨後清涼境因還欲不回井甘桐有露竹迸地多苔幡映宮牆動香從御苑來青龍舊經疏寥落有誰開

夏日送崔秀才

南方山水地念子爲貧遊縱是逢佳景那能緩旅愁夕陽行遠道煩暑在孤舟莫向巴山過猿啼壓淚流

唐僧弘秀集卷第三

唐僧弘秀集卷四

荷澤李龏和父編

清塞四十五首

留辭杭州姚合郎中

波濤千里隔抱疾亦相尋會宿逢高燒辭歸值積霖叢桑山杏迥孤燭海船深尚有重來約知無省閤心

送分定歸靈夏

南遊多老疾見說講經稀塞寺幾僧在關城空自歸帶河衰草斷映月旱沙飛却到禪齋後邊軍識衲衣

酬吳之問見贈

已當聽鴈夜多事不同居故疾離城晚秋林（霖）見月疎趍鐘闕靜戶帶葉卷殘書濕槳期南去荒園久廢鉏

送康紹歸建業

南朝秋色滿君去意如何帝業空城在民田壞塚多月圓臺獨上栗綻寺頻過籬下西江水相思見白波

送耿山人歸湖南

南行隨老僧舊業一池菱兩鬢巳垂雪五湖歸挂罾夜濤鳴柵鎖寒葦露船燈此去應無事却來期未能

休糧僧

一齋難過日，況是更休糧。養力時行道，聞鐘不上堂。惟留煨藥火，豈寫化金方。舊有山厨在，從僧請作房。

贈李主簿

税時兼主印，每日得閑稀。對客妨科吏，爲官亦典衣。案遲吟坐待，宅近步行歸。見說論詩道，應愁斷是非。

栢巖禪師

野寺絕依念空山曾遍行老來披衲重病起讀經生乞食嫌村遠尋溪愛路平多年栢巖住不識栢巖名

宿開元寺樓

西峰殘日落誰見寂寥心孤枕客眠久兩廊僧話深寒扉關雨氣風葉隱鐘音此愛東樓望仍期别夜尋

送僧還南嶽

辭僧下水栅因聽嶽鐘聲遠路獨歸寺幾時重到城風高寒葉落雨絶夜堂清自說深居後鄰州亦不行

春日重至南徐舊居

綠水陰空院春深喜再來獨眠從草長留酒看花開過雨遠山出向風孤鳥回忽思秋夕事雲物却悠哉

送僧歸江南

洗足北林去遠途今已分麻衣行嶽色竹杖帶湘雲饑鼠緣危壁寒貍出壞墳前峰一聲磬此夕不同聞

贈慶餘校書

風泉盡結氷寒夢徹西陵越信楚城得遠懷中夜與樹停沙鳥鶴茶會石橋僧寺閣連官舍行吟過幾層

尋北岡韓處士

相過值早涼松帚掃山房坐石泉痕黑登城蘚色黃逆風洸寺磬初日耀鄰桑幾處逢僧說期來宿北岡

逢播公

帶病稀相見西城早曉來衲衣風壞帛香印雨沾灰坐久鐘聲盡談餘嶽影回却思同宿夜高枕說天台

入靜隱寺途中作

亂雲迷遠寺入路認青松鳥道緣巢影僧鞋印雪蹤草煙連野燒溪霧隔霜鐘更遇樵人問猶言過幾峰

冬日山居思鄉

太野始嚴凝雲天曉色澄樹寒稀宿鳥山迥少來僧背日收窓雪開爐釋硯氷忽然歸故國孤想寓西陵

送幻羣法師

北京從別後南越幾聽砧住久白髭出講長黃葉深香連鄰舍像磬徹遠巢禽寂默應關道何人見此心

玉芝觀王道士

四面松杉合空堂晝老仙䨇根停雪水曲角積茶煙道至機心盡宵清琴韻全暫來還又去不得坐經年

出關後寄賈島

故國知何處西風已度關歸人值落葉遠路入寒山多難喜相識久貧寧自閑惟將來往信遥慰别離顔

春喜友人至山舍

鳥鳴春日晚喜見竹門開路自高巖入人騎瘦馬來折花林影動移石澗聲回更欲留深語重城暮色催

留別南徐故人

二年蒙見待此夕是前程未斷却來約且伸臨去情潮回灘鳥下月上客船明他日南徐道緣君又重行

書實上人房

絕頂言無伴長懷落髮師齋歸門掩雪講徹樹生枝沙井泉澄疾秋鐘韻盡遲里中還受請又爽赤城期

早秋過郭涯書堂

暑消岡舍清閑語有餘情石水生茶味松風減扇聲遠分臨海雨静覺掩山城此地秋吟苦時來遶菊行

哭閑霄上人

林逕西風急松枝講鈔餘凍髭亡夜剃遺偈病時書地燥焚身後堂空著影初此來頻下淚曾省到吾廬

送張諲之睦州

遥憶新安舊扁舟往復還淺深看水石來往逐雲山到縣餘花在過門五柳閑東征隨子去俱隱薜蘿間

題何氏池亭

信是虛閑地亭亭亦有苔繞池逢石坐穿竹引山回果落纖萍散龜行細草開主人偏好事終不厭頻來

贈道士

藥力資蒼鬢應非舊日身一爲嵩嶽客幾葬洛陽人石縫瓢探水雲根斧斫薪關西來往路誰得水銀銀

送表兄東南遊

山水疊層層吾兄涉又登挂帆春背鴈尋磬夜逢僧雪濶懸南嶽江雲蓋秣陵評文永不忘此說是中典

晚秋江館寄姚郎中

病寄曲江居帶城傍門孤柳一蟬鳴澄波月上見魚擲荒徑葉乾聞犬行越島夜無侵閣色寺鐘寒有隔源聲故園賣盡休歸去湖水秋來空自平

同處士秋懷少室故居

曾居少室黄河畔秋夢長懸未得回抾病半年離水石思歸一夜隔風雷荒齋幾遇僧眠後野

菊頻經鹿踏來燈下此心君共說傍松幽宅幾多苔

贈道人

布褐高眠石竇春迸泉多濺黑紗巾搖頭說易當朝客落手圍棊對俗人自筭天年窮甲子誰同夜雨守庚申擬歸太華何時去他日相尋乞藥銀

寄新頭陀

見說北京尋祖後缾盂自挈遶窮邊相逢竹塢晦暝夜一別苕溪多少年遠洞省穿湖底過斷崖曾向壁中禪青城不得師同住坐想滄江意浩然

湘漢旅懷傑公

一宿空江聽急流仍同賈客坐歸舟遠書來隔巴陵雨衰鬢去經彭蠡秋不擬爲身謀舊業終期斷穀隱嵩丘吾宗尚作無寥者中夜癈吟生

旅愁

寄韓司兵

多病十年無舊識滄州亂後始逢君已知罷秩
辭瀧水相勸移家住嶽雲泗上旅帆侵疊浪雪
中歸路踏荒墳更爲此別愁應老書劄何由到
北軍

贈姚合郎中

望重來爲守土臣清高還似武功貧道從會解

惟求靜詩造玄微不趁新玉帛已知難撓思雲
泉終是得閑身兩衙向後長無事門館多逢請
益人

贈厲玄侍御

山松徑與瀑泉通巾舄行吟想越中塞鴈去經
華頂末鄉僧來自海濤東關分河漢秋鐘絕露
滴獮猴夜嶽空抱疾因尋周柱史杜陵寒葉落
無窮

上陝府姚中丞

此心長愛狎禽魚仍候登封獨著書領郡只嫌生樂少在官長恨與山疎成家盡是經綸後得句應多諫諍餘見說養真求退靜溪南泉石許同居

送韓評事

門枕平湖秋景好水煙松色遠相依罷官餘俸租田種送客回舟載石歸離岸遊魚逢浪返望

巢寒鳥逆風飛嵩陽舊隱多時別閉目閑吟憶
翠微

宿隱靜寺上方

一宿五峰杯渡寺虛廊中夜磬聲分疎林未落
上方月深澗忽生平地雲幽鳥背泉棲靜境遠
人當燭想遺文暫來此地歇勞足望斷故山滄
海濆

宿主簿林亭

獨樹倚亭新月入城牆四面鎖山多去年今夜還來此坐見西風裊燕窠

送宗禪師

衡陽一别十三春行脚同來有幾人老大却思歸嶽寺當時來[朱]漆祖師身

送蜀僧

萬里獨行無弟子惟齎筇竹與檀龕看經更向吳中老應是山川似劍南

過僧竹院

一生愛竹自未有每到此房歸不能高人留宿

話禪後寂寞雨堂空夜燈

送僧

草屩初登南客船銅缾猶貯北山泉衡陽舊寺

秋歸後門鎖寒潭幾樹蟬

唐僧弘秀集卷第四

癸亥十一月初八日校

唐僧弘秀集卷五

荷澤李　龏和父編

文益二首

覩木平和尚

木平山裏人貌古言復少相看陌路同論心秋月皎壞衲線非蠶助歌聲有烏城闕今日來一漚曾已曉

看牡丹

擁毳對芳叢由來趣不同髮從今日白花是去年紅艷色一作異隨朝露馨香逐晚風何須待零落然後始知空

可止四首

山居

雪消春力展花漫洞門垂果長纖枝曲巖崩直道移重猿園淺井鬭鼠下疎籬寒食微燈在高

風勢徹陂

寄積麥山會如長老

默然知大道塵世不相關青檜行時靜白雲禪處閒貧高一生行病長十年顔夏滿期遊寺尋山又下山

送僧

四海無拘繫行心與自濃百年三事衲萬里一枝筇夜滅當時影春消過雪蹤白雲深處去知

宿在何峰

哭賈島

燕生松雪地，蜀死葬山根。詩僻降今古，官卑悞子孫。塚欄寒月色，人哭苦吟魂。墓雨滴碑字，年年添蘚痕。

清江十三首

夕次襄邑

何處戒吾道，經年遠路中。客心猶向北，河水自

歸東古戍鳴寒角疎林振夕風輕舟惟載月那
與故人同
嚴秘書宅會章八元
佳期曾不遠甲第卽南鄰惠愛偏相及經過豈
厭頻秋寒林葉動夕霽月華新莫話羈棲事平
原是主人
贈淮西賈兵馬使
破虜功成百戰場天書新拜漢中郎映門旌旆

春風起對客絃歌白日長揩下鬬雞花乍發營
南試馬柳初黃由來吳楚多同調感激逢君共
異鄉

送堅上人歸杭州天竺寺

十年勞負笈經論化中朝流水知鄉近和風惜
別遥雲山零夜雨花岸上春潮歸卧南天竺禪
心更寂寥

送贊律師歸嵩山

禪意歸心急山深定易安清貧修道苦孝友別
家難雪路侵溪轉花宮映嶽看到時瞻塔暮松
月向人寒

上都訓童十八兄

每歎經年別人生有幾年關河長問道風雨獨
隨緣寓蝶成莊夢懷人識禰賢徽猷不及此空
媿白華篇

登樓望月寄鳳翔李少尹

陌上涼風槐葉凋夕陽清露溼寒條登樓望月
楚山上月到樓南山獨遥心送秦人超鳳闕目
隨陽雁極烟霄軒車不重無名客此地誰能訪
寂寥

湘川懷古

瀟湘連汨羅復對九嶷河浪勢屈原塚竹聲漁
父歌地荒征騎少天煖浴禽多脉脉東流水古
今同奈何

七夕

七夕景迢迢，相逢只一宵。月爲開帳燭，雲作渡河橋。映水金冠動，當風玉珮搖。惟愁更漏促，離别在明朝。

長安臥病

身世足堪悲，空房臥疾時。卷簾花雨滴，掃石竹陰移。已覺生如夢，堪嗟壽不知。未能通法性，詎可免支離。

送婆羅門僧

雪嶺金河獨向東吴山楚澤意無窮如今白首
鄉心盡萬里歸程在夢中

精舍遇雨

空門寂寂淡吾身溪雨微微洗客塵卧向白雲
情未盡任他黄鳥醉芳春

小雪

江雪臨風不厭看更多還恐蔽林巒愁人正在

書窓下一片飛來一片寒

法照三首

寄錢郎中

閉門深樹裏閑足爲經過駟馬不爲貴一僧誰奈何藥苗家自有香飯乞時多寄語嬋娟客將心向薜蘿

送清江上人

越人僧體古清慮洗塵勞一國詩名遠多生律

行高見山援葛藟避世着方袍早晚雲門去儂
應逐爾曹僧伽闍衣爲方袍

送無著禪師歸新羅國

萬里歸鄉路隨緣不筭程尋山百衲弊過海一
杯輕夜宿依雲色晨齋就水聲何年持貝葉却
到漢家城

寶月一首

行路難

君不見孤鴈關外發酸嘶度楊越空城客子心
腸斷幽閨思婦氣欲絶凝霜夜下拂羅衣浮雲
中斷開明月夜夜遥遥徒相思年年望望情不
歇取我匣中青銅鏡倩人爲君除白髮行路難
行路難夜聞南城漢使度使我流淚憶長安

廣宣七首

駕幸天長寺應制

天界宜春賞禪門不掩關宸遊雙闕外僧引百

花間車馬喧長路煙雲淨遠山觀空復觀俗皇鑒此中閑

九日菊花詠應詔

可訝東籬菊能知節候芳細枝青玉潤繁蘂碎金香爽氣浮朝露濃姿帶夜霜泛杯傳壽酒應共樂時康

駕幸聖容院應制

大唐國裏千年聖王舍城中百億身却指容顏

非我相自言空色是吾眞深殿虔心隨寶輦廣庭徐步引金輪古來貴重緣親近狂客慙爲侍從臣

聖恩顧問獨遊月磴閣直書其事應制

禪居河畔無多地來往尋春物正華磴道上盤千畝竹欄干低壓萬人家簷前施飯來飛鳥林下行春踏落花自解刹那知佛性不勞更喻幾塵沙

安國寺隨駕幸興唐觀應制

東林何殿是西鄰禪客垣墻接羽人萬乘遊仙宗有道三車引路本無塵初傳寶訣長生術已證金剛不壞身兩地盡修天上事共瞻鑾駕重來巡三車謂羊車鹿車牛車玄門亦有三車謂穴也

早秋降誕日獻壽二首應制

秋蓂開一七葉元聖誕千年繞殿祥風起當空瑞日懸道光中國主人識大羅仙敢贊無疆壽香

花上法筵

其三

萬方瞻聖日九土仰清光磬地山河壯彌年福壽長瑞烟薰法界真偈啓仁王看獻千秋樂千秋樂未央

唐僧弘秀集卷第五

唐僧弘秀集卷六

荷澤李　龏和父編

貫休六十一首

古意六首

一雨火雲盡閉門心冥冥蘭花與芙蓉滿院同芳馨佳人天一涯好鳥鳴嚶嚶我有雙白璧不羨於虞卿我有徑寸珠別是天地精玩之室生

白蕭灑身安輕只應天上人見我雙眼明

其二

陽烏爍萬物草木懷春恩范范塵土飛培擁名利根我本事簑笠那知天子尊學爲毛氏詩亦多直致言不慕蠕蠕類附勢同崩奔惟尋桃李蹊去去長者門

其三

美人如游龍被服金鴛鴦手把古刀尺在彼白

玉堂文章深掣曳珂珊鳴玎璫好風吹桃花片
片落銀牀何當舉羽翰遠逐朱鳥翔

其四

乾坤有清氣散入詩人脾聖賢遺清風不在惡
木枝千人萬人中一人兩人知憶在東溪日花
開葉落時我擬以黃金鑄作鍾子期

其五

古交如眞金百鍊色不回今交如暴流倏忽生

塵埃我恐君子氣散爲松柏裁我恐荆棘花只
爲小人開傷心復傷心吟上高高臺
其六
莫輕白雲白不與風雨會莫見守年兒謂是初
平輩人生非日月光輝豈長在一榮與一辱今
古常相對不見于公門子孫好冠蓋
行路難
君不見山高海深人不測古往今來轉青碧淺

近輕浮莫與交地甲只解生荊棘誰道黃金如
糞土張耳陳餘斷消息行路難行路難君自看

其二

不會當初作天地剛有多般愚與智到頭還用
眞宰心何如上下皆清氣大道冥冥不知處那
堪頓得羲和轡義不義兮仁不仁擬學長生更
容易負薪爲爐復爲火緣木求魚應且止君不
見燒金煉石古帝王鬼火熒熒白楊裏

其三

君不見道傍廢井生古木本是驕奢貴人屋幾度美人照影來素綆銀瓶濯纖玉雲飛雨散今如此繡闥雕甍作荒谷沸渭笙歌君莫誇不應長是西家哭休說遺編行者幾至竟終須合天理敗他成此亦何功蘇張終作多言鬼行路難行路難不在羊腸裏

輕薄篇

繡林錦野春態相壓誰家少年馬蹄蹋蹋鬬雞
走狗夜不歸一擲賭却如花妾惟言不顛不狂
其名不彰悲夫
木落蕭蕭蛩鳴唧唧不覺朱蔦臉紅霜刧鬢漆
世途多事泣向秋日方今少壯不努力老大悲
傷復何益
野田黄雀行
高樹風多吹爾巢落蒿深葉㷞宜爾依泊莫近

鵶類蛛網亦惡飲野田之清水食野田之黄粟
深花中驩埣土裹浴如此即全勝啄太倉之穀
而更穿人之屋

懷素上人草書歌

張顛顛後顛非顛直至懷素之顛始是顛師不
談經不坐禪筋力惟於草書妙顛狂却恐是神
仙有神助兮神莫及鐵石畫兮墨須入金鐏竹
葉數斗餘半飲半傾山衲濕醉來把筆猛如虎

粉壁素屏不問主亂挐亂抹無規矩羅刹石上坐伍子胥蒯通八字立對漢高祖勢崩騰兮不可止天機暗轉鋒鋩裏閃電光中霹靂飛古栢身中旱龍死駭人心兮目眓（呼鬱切）瞁（香激切）頓人足兮神辟易乍如沙塲大戰後斷槍橛箭何狼籍又似深山怪石上古病松枝掛鐵錫月兔筆天竈墨斜鑿黃金側剉玉珊瑚枝長大如束天馬驕獰不可勒東却西南又北倒還起斷復續

忽如郢公捉住單雄信秦王肩上搭着棗木槊懷素師若不是星辰降瑞即必是河嶽孕靈固宜須令笑逸少爭得不醉罵伯英天台古杉一千尺崖崩岸折何崢嶸或細微仙衣縫綻金線垂或妍媚桃花半紅公子醉我恐山爲墨海爲水天爲筆兮書大地乃能略展狂僧意長恨師不相識一見此書空歎息伊昔張渭任華葉季良數子贈歌豈虛飾所不足者渾未曾道着其

神力石橋被燒却良玉不土蝕錐畫沙兮印印泥世人世人莫得知素師雄名在世間明月清風有何極

獻錢尚父

貴逼人來不自由龍驤鳳翥勢難收滿堂花醉三千客一劍霜寒十四州鼓角揭天嘉氣冷風濤動地海山秋東南永作金天柱誰羨當時萬戶侯

春山行

重疊太古色濛濛花雨時好山行恐盡流水語

相隨黑壤生紅朮黃猿領白見因思石橋日曾

與道人期

詠吟

經天緯地物動必計天才盡日覓不得有時還

自來眞風含素髮秋色入靈臺吟向霜蟾下終

須神鬼哀

送人赴舉

兩河兵火後哂笑見吾曹海靜三山出天空一鶴高賃石槐陟屋行卷雪埋袍他日如相見裁桃向海濤

老僧

獨住無人處松龕嶽色侵僧中九十臘雲外一生心白髮垂不剃青眸笑轉深猶能指孤月爲我暫開襟

贈道士

闌茸復埃塵難親復易親皆疑有仙術問看却愁人秪是䖍浮蟻曾云見泣麟相逢先合掌渾似有前因

苦熱

松桂晝不動陽烏飛上天稍麻雖結實砂石欲生煙毒氣仍干扇高枝不立蟬舊山多貯雪歸去是何年

贈隱者

千峰映碧湘眞隱此中藏飯不煑石喫衣應似雲長楓根支酒瓮鶴蝨落琴牀雖效忘機者斯人尚未忘

送僧歸天台

天台四絕寺歸去見師眞莫折枸杞葉令他拾得嗔天空聞聖磬瀑細落花巾必若雲中老他時得有隣

天台國清寺有拾得巾即波羅巾也

新蟬

尋常看不見，花落樹多苔。忽向高枝發，又從何處來。風清聲更揭，月苦思彌哀。多少求名者，年年被爾催。

秋寄李頻使君

務簡趣誰陪，清吟共緑苔。葉和秋蟻落，僧帶野風來。留客朝嘗酒，憂民夜晝灰。終期冒風雪，結叅過夏解制謂之終期江上見宗雷。宗炳雷次宗佛家法城也

題簡禪師院

機忘室亦空靜與沃洲同惟有半庭竹能生竟日風思山海月上出定印香終繼後傳衣者還須立雪中

懷智體上人

把筆懷吾友庭鶯百囀時惟應一處住方得不相思雪水淹門閫春雷折樹枝平生無限事不獨白雲知

憶在山中時

憶在山中時丹桂花葳蕤紅泉浸瑤草日夕生華滋箬屋開地爐翠墻挂藤衣看經竹牕邊白猿三四枝東峰有老人眼碧頭骨奇種薤煮白石旨趣如嬰兒月上來打門月落方始歸授我微妙訣恬然無所爲別來六七年只恐白日飛

春晚書山家主人壁

柴門寂寂黍飯馨山家煙火春雨晴庭花濛濛

水泠泠小兒啼索樹上鸎

深山逢老僧

衲衣線粗心似月自把短鉏同榾柮青石溪邊踏葉行數片雲隨兩眉雪

邊上作二首

山無綠兮水無清風既毒兮沙亦腥胡兒走馬疾飛鳥聯翩射落雲中聲

其二

陣雲忽向沙中起探得胡兵過遼水堪嗟護塞征戍兒未戰巳疑身是鬼

宿深村

行行一宿深村裏雞犬豐年鬧如市黄昏見客合家喜月下取魚戽塘水

書石壁禪居

赤旃檀塔六七級白菡萏花三四枝禪客相逢祇彈指此心能有幾人知

聽僧彈琴
家住吳王古戰城海風終日打檣聲今朝鄉思
渾堆積琴上聞師大蟹行
再遊東林寺三首
臺殿參差聳瑞煙桂花飄雪水潺潺莫疑遠去
無消息七萬餘年始半年
其二
宣玄舊輦殘雲濕耶舍孤墳落照遲佛陀耶舍譯經師也

有箇山僧倚松睡恐人來取白猿兒

其三

玉像珠龕香陣橫錦霞多旁石墻生辟蛇行者今何在花裏惟聞鳩鳥聲

題蘭江言上人院二首

一生只着一麻衣道業還期習彥威高僧傳有曇彥手把新詩說山夢石橋天柱雪霏霏

其二

只是危吟坐翠層門前岐、路自崩騰青雲名士
時相訪茶煑西峰瀑布氷

風琴

至境心為造化功一枝青竹四絃風寥寥雙耳
更深後如在緱山明月中

繡州張相公見訪

德符唐德瑞通天曾叱讒諛玉座前千襲綵衣
宮錦薄數牀御札主恩偏出師暫放張良箸得

罪惟撑范蠡船未報君恩終必報不妨金地禮
青蓮

秋夜曲

蟪蛄切切風騷騷芙蓉噴香蟾蜍高孤燈耿耿
征婦勞更深撲落金錯刀

湘江懷古

煙浪漾秋色高吟孰得隣一輪湘渚月萬古獨
醒人岍濕穿花遠雲香禱廟頻秖應謏佞者到

此不傷神

寒思廬山賈生

山兄詩僻甚寒夜更何爲覓句惟湏坐嚴霜打不知石膏粘木屐崖栗落氷池近見禪僧說生涯勝往時

雪夜寄友人

晴彩中宵合開門失所蹤何年今夜意共子在孤峰氣射燈花落光侵壁鏄濃惟君心似我吟

到五更鐘

途中逢周朴

東西南北路相遇共興衰世獨無知己子從何處來菊衰芳艸在程遠宿煙開儻遇中興主還應不用媒

休糧僧

不食更何求自由中自由身輕嫌衲重天旱爲民愁應器誰將去（鉢盂謂之應量器）生臺蟻不遊會須

傳此術相共老林丘

題擇詞律師院

律中麟角者高淡出塵埃芳草不曾觸幾生如此來壑風吹磬斷杉露滴花開如結林中社伊予願一陪

山居十首

休話喧譁事事難山翁只合在深山數聲清磬是非外一箇閒人天地閒綠圖空階雲冉冉異

禽佳草水潺潺無人爲向羣儒道巗桂枝高更好攀

其二

誰是言休卽便休高吟靜坐碧峰頭三間茅屋無人到十里松門獨自游明月清風宗炳社夕陽秋色庾公樓脩心未到無心地萬種千般逐水流

其三

露滴紅蘭玉繞畦閑拖象屐到峰西但令心似蓮花潔何必身將槁木齊古塹細煙紅樹老半巖殘雪白猿啼雖然不是桃源洞春至桃花亦滿溪

其四

嵐嫩風輕似碧紗雲樓金像滿煙霞葳包玉粉生香壠菌簇銀丁出靜槎舉世只知嗟逝水無人惟解悟空花可憐擾擾塵埃裏雙鬢如絲事

似麻

其五

心心心不住希夷石室巉巖白髮垂惜竹不除當路笋愛松畱得礙人枝焚香開卷霞生砌捲箔冥心月在池無限故人頭已白不知今日復何之

其六

一菴瞑目在穹冥菌桄松牀蘚陣青乳鹿暗行

樫徑雪瀑泉微濺石樓經閒吟不覺過天井長

嘯還能動嶽靄應恐無人知此意非凡非聖獨

惺惺

其七

五嶽煙霞連不斷三山洞穴去應通石牕欹枕

疎疎雨水碓無人浩浩風童子念經深竹裏獼

猴拾蝨夕陽中因嗟往事抛心力六七年來楚

水東

其八

翠竇煙巖畫不成桂華瀑沫雜芳馨撥霞掃雪和雲母掘石移松得茯苓好鳥似花窺玉磬嫩苔如水沒金瓶從他人笑從他笑地覆天翻也只寧

其九

自古浮華能幾幾逝波終日去滔滔漢王廢苑生秋草吳主荒宮入夜濤滿屋黃金機不息一

頭白髮氣猶高豈知物外金仙子甘露天香滴
毿袍
其十
自休自了自安排常願居山事偶諧僧擇樹衣
臨絕壑狖爭山果落空階閑檐茶器緣青嶂靜
衲禪袍坐綠崖虛作新詩反招隱出來多與此
心乖
春野作

閒步淺青平綠流水征車自速誰家挾彈少年

擬打紅衣啄木

寒江上望

荒岸燒未死白雲凝不動極目無人行浪打取

魚籠

月夕

霜月夜徘徊樓中毳管催曉風吹不盡江上落

殘梅

六卷終

唐僧弘秀集卷七

何澤李　龔和父編

齊己六十首

君子行

聖人不生麟龍何瑞梧桐不高鳳凰何止吾聞
古之有君子行藏以時進退求已榮必爲天下
榮恥必爲天下恥苟進不如此退不如此亦何

必用虛僞之文章取榮名而自美

風琴引

擘音壁吳絲雕楚竹高託天風拂爲曲一一宮商在素空鸞鳴鳳語翹梧桐夜深天碧松風多孤窗寒夢驚流波愁魂俛挽不肯去翻疑住處隣湘娥蕙風聲盡金風發冷泛虛堂韻難歇常恐聽多耳漸繁清音不絕知音絕

夏雲曲

紅嵯峨爍晚波乖龍慵臥旱鬼多爞爞萬里壓
天塹颸雷驅電空閃閃好雨不雨風不風徒倚蒼
穹作巖險男巫女覡更走魂焚香祝天天不聞
天若聞必能使爾爲潤澤洗埃氛而又變之成
五色捧日輪將以表唐堯虞舜之明君

祈眞壇

玉甃瑤壇二三級學僊弟子參差入霓旌隊仗
下不下松檜森森天露濕殿前寒氣束香雲朝

祈暮禱玄元君茫茫俗骨醉更昬樓臺十二遥
崑崙縱廣一萬二千里中有九色雲霞五色水
何當斷慾便飛去不要九轉神丹換骨髓

讀李白集

竭雲濤刳巨鼇搜括造化空牢牢冥心入海海
神怖驪龍不敢爲珠主人間物像不供取飽飯
遊神向玄圃鏘金鏗玉千餘篇膾吞炙嚼人口
傳須知一一丈夫氣不是綺羅兒女言

觀李瓊處士畫海濤

巨鼇轉側長鰌翻狂濤顛浪高漫漫李瓊奪得
造化本都盧縮在秋毫端一揮一畫皆筋骨滉
瀁崩騰大鯨臬蘖檥儽槎擺欲沉下頭應是驪
龍窟昔年曾夢涉蓬瀛惟聞撼動珊瑚聲今來
正歎陸沈久見君此畫思前程千尋萬派功難
測海門山小濤頭白令人錯認錢塘城羅刹石
上奔雷霆

湘妃廟

湘煙濛濛湘水急汀露凝紅裛蓮濕蒼梧雲疊九嶷深二女魂飛江上立相攜泣鳳蓋龍輿追不及廟荒松朽啼飛猩筍鞭迸出堦基傾黃昏一片陰風起新月如眉生濶水

昇天行

身不沉骨不重驅青鸞駕白鳳幢蓋飄搖入冷空天風瑟瑟星河動瑤闕參差阿母家樓臺虛

閑凝彤霞三五僊子乘龍車堂前碾爛蟠桃花
回頭却顧蓬山頂一點濃嵐在深井

弔汨羅

落日倚闌干徘徊汨羅曲寃魂如可弔煙浪聲
似哭我欲考黿鼉之心烹魚龍之腹爾既啖大
夫之血食大夫之肉千載之後猶斯藏伏將謂
唐堯之尊還如荒醉之君更有逐臣於焉葬魂
得以縱其噬恣其吞

贈念法華經僧

念念念兮入惡易念念念兮入善難念經念佛能一般愛河無處生波瀾言公少年眞法器白晝不出夜不睡心心緣經口緣字一室寥寥燈照地沉檀卷軸寶函盛薝蔔香薰水精記空山木落古寺閑松頂鶴眠霜霰乾牙根舌根冰滴寒珊瑚枝打紅琅玕但恐蓮花七朶一時拆朶朶似君心簇攢又恐風槩吹天花繽紛如雨飄

袈裟況聞此經甚微妙百千諸佛真秘要靈山說後始傳來聞者雖多持者少更堪誦入陀羅尼（此云總持）唐音梵音相襍時彈絃和雅薰風吹文王武王絃更悲如此爭不遣空碧中有龍來聽有鬼來聽亦使人間聞者敬見者敬自然虛空性清淨此經真體即毗盧（毗盧此云種種光）雪嶺白牛君識無

行路難

行路難君好看驚波不在灩澦間小人心裏藏崩湍七盤九折寒崤崪翻車倒蓋猶堪出未似是非脣舌危暗中潛毀平人骨君不見楚靈均千古沉冤湘水濱又不見李太白一朝却作江南客

謝徽上人惠二龍障子

我見蘇州崑山佛殿中金城柱上有二龍老僧相傳道是僧繇手尋常入海共龍鬭又聞蜀國

玉局觀有孫遇跡盤屈身長八十尺遊人爭看不敢近頭覷寒泉萬丈碧近有五羊徽上人閑工小筆得意新畫龍不誇頭角及鬚鱗只求筋骨與精神徽上人眞藝者惠我雙龍不言價等閑不敢將懸掛恐似葉公好假龍及見眞龍却驚怕

夏日草堂作

沙泉帶草堂紙帳卷空牀靜是眞消息吟非俗

肺腸園林坐清影梅杏嚼紅香誰住原西寺鐘聲送夕陽

早梅

萬木凍欲折孤根煖獨回前村深雪裏昨夜一枝開風遞幽香出禽窺素艷來明年如應律先發映春臺

寄鏡湖方干處士

賀監舊山川空來近百年聞君與琴鶴終日在

漁船島露深秋石湖澄半夜天雲門幾回去題徧好林泉

送人遊塞

槐栁野橋邊行塵暗馬前秋風來漢地客路入胡天雁聚河流濁羊羣磧艸羶那堪隴頭宿鄉夢逐潺湲

新秋雨後

夜雨洗河漢詩懷覺有靈籬聲新蟋蟀艸影老

蜻蜓靜引閑機發涼吹遠思醒逍遥向誰說時註漆園經

送遷客

天涯即愛州謫去莫多愁若似承恩寵何如佞主休瘴昏銅柱黑艸赤火山秋應想堯階下當時獬豸頭

經吳平觀

中元齋醮後殘燼滿空壇老鶴心何待尊師鬢

巳乾幡燈古殿夜霜霞大椿寒誰見長生路人
閒事萬端

白髮

莫染亦莫鑷任從伊滿頭白雖無耐藥黑也不
禁秋靜枕聽蟬臥閑垂看水流浮生自達此多
爲爾爲愁

秋興寄徹公

風聲吹竹健涼氣着身輕誰有閑心去江邊看

水行村遥紅樹迴野闊白煙平試裂芭蕉片題
詩問竺卿

送中觀進公歸巴陵

一論破雙空持行大國中不知從此去何處挫
邪宗晝雨懸帆黑殘陽泊島紅應遊到灃所相
憶繞茶叢

贈曹松先輩

今歲赴春闈達如夫子稀山中把卷去膀下注

官歸楚月吟前落江禽酒外飛閑遊向詩寺却看白麻衣

傷鄭谷郎中

鍾陵千首作筆絕亦身終知落干戈裏誰家煨燼中吟齋春長蕨釣渚夜鳴鴻惆悵秋江月曾招我看同

題終南山隱者室

終南山北面。直下是長安。自掃青苔室。閑欹白

石看風吹牕樹老日曬賣雲乾時向圭峰宿僧
房瀑布寒

經費徵君舊居

高眠當聖代雲鳥未爲孤天子徵不起閑人親
得無猿猱狂欲墜水石怪難圖寂寞荒齋外杉
松相倚枯

原上晚望

倚杖聊攄望寒原遠近分夜來何處火燒出古

人墳野勢盤空澤江流合暮雲殘陽催百鳥各
自看棲羣

聞貫休下世

吾師詩匠者眞箇碧雲流爭得梁太子更爲文
選樓錦江新塚樹婺女舊山秋欲去焚香禮啼
猿峽阻脩

山寺喜道者至

閏年春過後山寺始花開還有無心者閑尋此

境來鳥幽聲忽斷茶好味重回知住南巖久冥心坐綠苔

巳卯歲值凍阻歸有作

河冰連地凍朔氣壓春寒閉戶思歸遠出門移步難湖雲粘雁重廟樹括風乾坐看孤燈焰微微向曉殘

寄懷江西僧達禪弟

長憶舊山日與君同聚沙未能精貝葉便學詠

楊花苦甚傷心骨清還切齒牙何妨繼餘習菩薩修行餘習未盡前世是詩家聚沙爲佛塔見法華經

過陳陶處士舊居

一室貯琴樽詩皆大雅言夜過秋竹寺醉打老僧門遠燒來籬下寒蔬簇石根閑庭除鶴跡半是杖頭痕

春興

柳煖鶯多語花明艸盡長風流在詩句牽率繞

池塘叫切禽名字飛狂蝶姓莊時來眞可惜自
勉掇蘭芳

過商山

疊疊疊嵐寒紅塵翠裏盤前程有名利此路莫
艱難雲木侵天老輪蹄到月殘何能尋四皓過
盡見長安

贈無本上人

休年吟月社因亂散揚州未是無端事寺何妨出

世遊洞庭禪過臘衡嶽坐經秋終說將衣鉢天台老去休

題眞州精舍

波心精舍好那哢是繁華礙目無高樹當門即遠沙晨齋來海客夜磬到漁家石鼎秋濤靜禪回有嶽茶

謝人惠藥

五金元造化九鍊更精新敢謂長生客將遺必

死人久餐應換骨一服已通神終逐淮王去永
抛浮世塵

秋夜聽業上人彈琴

萬物都寂寂堪聞彈正聲人心盡如此天下自
和平湘水瀉秋碧古風吹太清往年廬嶽奏今
夕更分明

中秋愴懷寄二三知己

眼暗心還白逢春強凭欄因聞積夜雨却憶舊

山寒竹撼煙叢滑花燒露朵乾故人相會處應
話此衰殘

聞落葉

楚樹霜晴後蕭蕭落晚風因思故園夜流水幾
林空煮茗燒乾脆行苔踏爛紅來年未離此還
見碧叢叢

逢詩僧

禪玄無可示詩妙有何評五七字中苦百千年

後。濤。難求方至理。不朽始爲名。珍重相見忘
機話此情。

送人南遊

且聽吟贈遠君此去蒙州瘴國頻聞説邊鴻亦
不遊蠻花藏孔雀。野石隱犀牛。到彼誰相慰知
音有郡侯

謝虛中上人晚秋見寄

楚外同文在荆門得信時幾重相别意。一首晚

秋詩日暮山洸雨蓮殘水滿池登樓試南望為
子動歸思

聽泉

落石幾萬仞遠聲飄冷空高秋初雨後半夜亂
山中只有照壁月更無吹葉風昔曾廬嶽聽到
曉與僧同

弔杜工部墳

鵬翅蹋於斯明君知不知域中詩價大荒外土

墳甲膚雨無時滴蠻風有穴吹惟應李太白精
魄往來疲

寄廬嶽僧

一聞飛錫別區中深入西南瀑布峰天際雲埋
千片石洞前冰折幾株松煙霞明媚栖心地苔
蘚縈紆出世踪莫問江南舊居寺火燒兵刼斷
秋鐘

送泰禪師歸南嶽

石龕閑鎖白雲邊歸去途程半在船杉簇曉霜離水寺路穿新燒入山泉已尋嵐壁臨空盡却看星辰向地懸有興寄題紅葉上不妨收拾別爲編

荊州貫休大師舊房

疎篁抽笋栁垂陰舊是休公種此吟入貢文儒來請益出官卿相駐過尋右軍書畫神傳髓康樂文章夢授心消得青城千嶂下白蓮標塔帝

恩深

韶陽微公

曲江晴影石千株吾子思歸夢斷初有信北來

山疊疊無言南去雨疎疎祖師門接園林路丞

相家同井邑居閒野老身留得否相招多是秀

才書

早鶯

蚤鶯

何處經年絕好音煖風催出囀喬林羽毛新刷

陶潛菊喉舌初調叔夜琴藏雨金樓紅杏窖避人雙入綠楊深曉來枝上千般語應共桃花說舊心

寄萍鄉唐稟正字

新詩聲價滿皇都高卧林中更起無春與酒香薰肺腑夜吟雲氣濕髭鬢同登水閣僧皆別共上漁船鶴亦孤長憶前年送行處洞門殘日照菖蒲

送李才歸湘中

詞客携文訪病夫因吟送別憶湘湖寒消浦溆催鳴雁煖入溪山養鷓鴣僧向月中尋嶽麓雲從城上去蒼梧君歸爲問峰前寺舊住松房鎖在無

聞尚顏上人刱居有寄

移居山南面橘洲西別搆新齋與竹齊野客已聞將鶴贈江僧未說有詩題牕臨香靄雲千嶂椃

遍潺湲月一溪可想乍移吟榻處松陰冷濕壁新泥

遣懷

詩病相兼老病深世醫徒更費千金無生豈必虛抛擲未死何妨樂詠吟流水不回休歎息白雲無迹莫追尋閑身自有閑消處黃葉秋風蟬一林

送人入蜀

何必閑吟蜀道難知君心出險巇間尋常秋泛
江陵去容易春浮錦水還兩面碧懸神女峽幾
重青出丈人山文君酒市逢初雪滿貫新沽洗
旅顏

寄南嶽泰禪師

江頭默想坐禪峰白石山前萬丈空山下獵人
應不到雪深花鹿在菴中

寄清溪道者

萬重千疊紅霞嶂夜燭朝香白石龕常記溪牕
凭危檻看經影落古龍潭

貽九峰上人

一法傳聞繼老能九華閑臥最高層秋鐘盡後
殘陽暝門掩松邊雨夜燈老能曹溪也

謝猿皮

貴向獵師家買得攜來乞與坐禪床不知嘯月
秋潭畔曾對何人啼斷腸

酬光上人

禪言難後到詩言坐石心同立月魂應記前秋

會吟處五更猶立老松根

無本四首

馬嵬

長川幾處樹青青孤驛危樓對翠屏一自上皇

惆悵後至今來往馬蹄腥

行次漢上

習家池沼草萋萋嵐樹光中信馬蹄漢主廟前湘水碧一聲風角夕陽低

尋隱者不遇

松下問童子。言師採藥去。只在此山中。雲深不知處。

寄友

聞說到揚州吹簫有舊遊人来多不見莫是上迷樓

唐僧弘秀集卷第七

唐僧弘秀集卷八

荷澤李　龏和父編

脩睦十二首

秋日閑居

是事不相關誰人似此閑卷簾當白晝移榻對青山野鶴眠松上秋苔長雨間嶽僧頻有信昨日得書還

宿岳陽開元寺

竟々憑虛檻何當與歎頻往來人自老今古月長新風逆沈漁唱松疎露鶴身無眠鐘又動幾客在迷津

送邊將

人盡有離別而君獨可嗟言將身報國敢望祿榮家戰思風吹野鄉心月照沙歸期定何日塞北樹無花

雪中送人北遊

然知心去速其奈雪飛頻莫喜無危道雖平更陷人遠郊光接漢曠野色通秦此去迢遙極卻回應過春

落葉

雨過閑田地重重落葉紅翻思向春日肯信有秋風幾處隨流水何邊亂暮空祇應松自立而不與君同

落花

一片又一片，等閑苔面紅。不能延數日，開亦是春風。公子歌聲歇，詩人眼界空。遥思故山下，經雨兩三叢。

題田道者院

入門空寂寂，眞箇出家兒。有行鬼不見，無心人謂癡。古巖寒柏對，流水落花隨。欲別一何嬾，相從所恨遲。

東林寺

欲去不忍去徘徊吟繞廊水光秋澹蕩僧好語尋常碑古苔文疊山晴鐘韻長翻思南嶽上欠此白蓮香

寄貫休上人

常語亦關詩常流安得知楚郊來未久吳地住多時立月無人近歸林有鶴隨所居渾不遠相識偶然遲

喜僧友到

十年消息斷。空使夢煙蘿。嵩嶽幾時下。洞庭何日過。瓶乾離澗久。衲壞臥雲多。意欲相留住。遊方肯舍麼。

懷虛中上人

簷雨滴更殘思君安未安湘川聞不遠道路去亦難吟髮霜應蝕禪衣雪漸寒倚松因獨立一鳥下江干

簡寂觀

正同高士坐煙霞思着閑忙又是嗟碧岫觀中人似鶴紅塵路上事如麻石肥滯雨添蒼蘚松老涵風落翠花莫道此間無我分遺民長在惠持家

無悶二首

暮春送人

折柳亭邊手重攜江煙澹澹艸萋萋杜鵑不顧

離人意更向落花枝上啼

寒林石屏

艸堂無物伴身閑惟有屏風枕簟閒本向他山

求得石却於石上看他山

太易一首

贈司空拾遺

侍臣何事辭雲陛江上微吟見雪花望闕未承

丹鳳詔閑門空對楚人家陳琳草奏才還在王

枝

綮登樓興尚賒高館更容塵外客仍令歸路奉
瑶華

景雲三首

老僧

日照西山雪老僧門始開凍缾粘柱礎宿火陷
爐灰童子病歸去鹿麋寒入來齋鐘知漸近飯枝
烏下生臺施食臺謂出生臺

谿叟

谿翁居處靜，谿鳥入門飛。早起釣魚去，夜深乘月歸。露香菰米熟，煙煖荇絲肥。瀟灑塵埃外，扁舟一草衣。

畫松

畫松一似真松樹，且待尋思記得無。曾在天台山上見，石橋南畔第三株。

法振十一首 振一作震

病愈寄友

哀樂暗戚疾臥中方月移西山尚有清士孤嘯不
可追擣藥晝林靜汲泉陰澗遲微蹤與麋鹿遠
謝求半知

送韓侍御自使幕巡海北

微雨過山夜洗兵繡衣逢拂海風清幕中運策
心應苦馬上題詩卷已成離亭不惜花源醉古
道猶看蔓艸生因說元戎能破虜高歌一曲隴
關情

送常大夫赴朔方

關山今不掩軍候鳥先知大漢嫖姚入烏孫部曲隨高旌天外駐寒角月中吹歸到長安第花應再滿枝

送人遊越

不須行借問爲爾話閩中海島春寒雨江帆來去風道遊玄度宅身寄朗陵公此別何傷遠如今關塞通

越中贈程先生

紗帽度殘春虛舟寄一身溪邊逢越女花裏問秦人古塞連山靜陰霞落海新有時城郭去暗與酒家親

題萬山許鍊師

道成人不識流水響空山花暗軒窻外雲生坐臥閣驗圖名已久絕粒事長閑更欲崑崙去羞看絳節還

丹陽浦送客之海

不到終南向幾秋移居更欲近滄洲風吹雨色連村暗潮擁菱花出岍浮漠漠望中春自艷寥寥泊處夜堪愁如君豈得空高枕只益天書遺遠求

別盧使君歸故柵村

歸風白馬引嘶聲落日猶看楚與情塞戶竹緣空戍沒潮頭沙擁慢岡成松田且欲親耕種郡

宋本脫此首

守何偏問姓名東道宿程投故柵依依漁父解相迎

張舍人南溪別業

新田繞屋半春畊藜杖閑門引客行山翠自成微雨色溪花不隱亂泉聲漁家遠到堪留興公府懸知亦厭名入夜更宜明月滿雙童呼出解吹笙

送褚先生海上尋封鍊師

潮落風吹定天吴避客舟近承三殿旨欲向五湖遊不厭烏皮几新縫鶴氅裘明珠漂斷岍陰火映中流華蓋芝童引神丹桂女收懸知居縹緲因爲識浮丘

月夜泛舟

西塞長雲盡南湖片月斜漾舟人不見臥入武陵花

送友人之上都

玉帛徵賢楚客稀猿啼相送武陵歸潮頭望入
桃花去一片春帆帶雨飛

栖白十四首

送圓三藏歸本國

家山臨曉日海路信歸橈樹滅渾無岸風生只
有潮歲窮程未盡天末國仍遥已入閩王夢香
花境外邀

贈李濱秀才

南居古廟深高樹宿山禽明月上清漢騷人動
楚吟數篇正始韻一片補亡心孤悄欺何謝雲
波不可尋

八月十五夜翫月

尋常三五夜不是不嬋娟及至中秋滿還勝別
夜圓清光凝有露皓魄爽無煙自古皆如此年
來又一年

送禪師宗極歸玉峰

背郭去歸宿頭隨意頗濃鶴爭栖遠樹猿鬬上
孤峰夜戍經霜月秋城過雨鐘由來無定止何
處訪高蹤

尋山僧眞勝上人不遇

松下禪栖所苔滋徑莫分青山春莫見流水夜
深聞不坐看山石應隨出定雲猿猱非可問巖
谷日空曛

邊思

西北黃雲暮聲聲畫角愁陰山一夜雨白艸四
郊秋亂鴈鳴寒渡飛沙入廢樓何時番色盡此
地見芳洲

送王錬師歸嵩嶽

飄然綠毛節杳去洛城端隔水見秋嶽兼霜埽
石壇一溪松色古半夜鶴聲寒迥與人寰別勞
生不可觀

送石秀才

正是歎羇遊知音拜楚侯何須辭遠道自可樂
扁舟倚棹江洲雨聞猿島岫秋謝家山水興終
日待詩流

寄南山景禪師

一度林前見遠公靜聞眞語世情空至今寂寞
禪心在任起桃花柳絮風

月夜懷劉秀才

獨夜相思但自勞阮生吟罷夢雲濤此時小定

未禪寂古塔月中松磬高

哭劉得仁

爲愛詩名吟至死風魂雪魄去難招直須桂子落墳上生得一枝寃始銷

經廢宮

終日河聲咽暮空煙愁此地晝濛濛錦帆東去沙侵苑玉輦西來樹滿宮曾客望津天欲雪朔鴻離岍葦生風那堪獨立思前事回首殘陽雉

堞紅

贈識古法師

重城深寺講初休却憶家山訪舊遊對月與君相送夜聞蛩教我獨驚秋雲心杳杳難爲别鶴性蕭蕭不可留遥想孤舟清渭上飄然帆影起離愁

壽昌節賦得紅雲表夏日

景候融融陰氣潛如峰雲共火相兼霞光捧日

登天上丹彩乘風入殿簷行逐赤龍千歲出冊明
當朱夏萬方瞻微臣多幸逢佳節得賦殊祥近
御簾

隱巒四首

牧童

牧童見人俱不識盡着芒鞋戴篛笠朝陽未出
衆山晴露滴簑衣猶半濕二月三月時平原艸
初綠三箇五箇騎羸牛前村後村來放牧笛聲

纔一舉衆稚齊歌舞看看白日向西斜各自騎
牛又歸去

蜀中送人遊廬山

君遊正值芳春月蜀道千山皆秀發溪邊十里
五里花雲外三峰兩峰雪君上匡山我舊居松
蘿抛擲十年餘君行試到山前問山鳥只今相
憶無

琴

七條絲上寄深意澗水松風生十指自乃知音
猶尚稀欲教更入何人耳
浮橋
横壓驚波防沒溺當初元剏是軍機行人到此
全無滯一片江雲踏欲飛
處默六首
憶廬山舊居
粗衣糲食老煙霞免抱衰顔惜歲華獨鶴秖應

山客伴閑雲常在野僧家叢生嫩蕨粘松粉自
落乾薪帶蘚花明月淸風舊相得十年歸恨可
能赊

題栖霞寺僧房

名山不取買山錢任構花宮近碧巔松檜老依
雲裏寺樓臺深鎖洞中天風經險嶂回疎雨石
倚危屏掛落泉欲結茆菴體師住肯饒多少薜
蘿煙

題聖果寺

路自中峰上。盤回出薜蘿。到江。吳地。盡。隔岸。越
山。多。古木叢青靄。遥天浸白波。下方城郭近。鐘
磬雜笙歌。

送僧遊西域

一盂兼一錫秖此度流沙野性雖爲客禪心即
是家寺披雲嶠雪路入曉天霞自說遊諸國回
應歲月賒

遠煙

靄靄前山上凝光滿薜蘿高風吹不盡遠樹得偏多翠與晴雲合輕將淑氣和正堪流野目朱閣意如何

山中作

席簾高捲枕高欹門掩垂蘿蘸碧溪閑把史書眠一覺起來山日過松西

唐僧弘秀集卷第八

十二月初九日校完

唐僧弘秀集卷九

荷澤李　龏和父編

卿雲四首

長安言懷寄沈彬侍郎

故園梨嶺下歸路接天涯生作長安艸勝爲邊地花雁南飛不到書北寄來賒堪羡神仙客青雲早致家

秋日江居閑詠

寄居江島邊閑詠幾秋秋殘艸白牛羊擾風高猿鳥寒檢方醫故疾挑薺備中餐時復停書卷鉏莎種木蘭

送人遊塞

去去玉關路省君曾未行塞深多伏寇時靜亦屯兵雪每先秋降花嘗近夏生閑陪射鵰將應到受降城

舊國里

舊居梨嶺下風景近炎方地煖生春早家貧覺歲長石房雲過濕杉徑雨餘香日夕竟無事詩書聊自強

栖一二首

垓下懷古

緬想咸陽事可嗟楚歌哀怨思無涯八千子弟歸何處萬里鴻溝屬漢家弓指陣前爭日月血

流垓下定龍蛇拔山力盡烏江水今古悠悠空
浪花

武昌懷古

戰國城池盡悄然昔人遺迹遍山川笙歌罷歇
幾多日臺榭荒凉七百年蟬響夕陽風滿樹雁
横秋島雨漫天堪嗟世事如流水空見蘆花一
釣船

澹交二首

病後作

未得亡身法此身終未安病腸猶可洗瘦骨不禁寒藥少心情餌經無氣力看悠悠片雲質獨對夕陽殘

寫真

圖形期自見自見却傷神已是夢中夢更逢身外身水花凝幻質墨彩聚空塵堪笑予兼爾俱爲未了人

良乂一首

答盧善

風泉祗向夢中聞身外無餘可寄君當戶一輪

惟曉月掛簷數片是秋雲

若虛二首

樂真觀

樂氏騎龍上碧天東吳遺宅尚依然悟來大道

無多事眞後丹經不直錢老樹夜風蟲咬葉。古

壇春雨蘚生氈松傾鶴死桑田變華表歸鄉未
有年

懷廬山舊隱

九疊嵯峨倚着天悔隨寒瀑下巖煙深秋猿鳥
來心上夜靜松杉到眼前書架想遭苔蘚裹石
牕應被薜蘿纏一枝節竹遊江北不見爐峰二
十年

雲表一首

寒食日

寒食悲看郭外春野田無處不傷神平原壘壘添新塚半是去年來哭人

曇域二首

宿鄭諫議山居

堂開星斗邊大諫採薇還禽隱石中樹月生池上山凉風吹詠思幽語隔禪關莫擬歸城計終妨此地閑

懷齊巳

鬢髯秋景兩蒼蒼靜對茅齋一炷香病後身心俱澹泊老來朋友半凋傷峨嵋山色侵雲直巫峽灘聲入夜長猶喜深交有支遁時時音信到松房

子蘭十四首

短歌行

日月何忙忙出沒住不得使我勇壯心少年如

頃刻人生石火光通時少於塞四季倏往來寒
暑變爲賊偷人面上花奪人頭上黑

飲馬長城窟

游客長城下飲馬長城窟馬嘶聞水腥爲淩征
人骨豈不是流泉終不成潺湲洗盡骨上土不
洗骨中寃骨若比流水四海有還魂空流嗚咽
聲聲中疑是言

夜直

大內隔重墻多聞樂未央燈明宮樹色茶煑禁泉香鳳輦通門靜雞歌入漏長宴榮陪御席話密近龍章吟步彤庭月眠分玉署涼欲粘朱紱重頻艸白麻忙筆力將舉吏人情在致唐萬方瞻仰處晨夕面吾皇

蟬

獨蟬初唱古槐枝委曲悲涼斷續遲雨後忽聞誰最苦異鄉孤館憶家時

登樓

邊色鴻聲一列秋大波平日遶山流故人千里同明月盡夕無言空倚樓

長安早秋

風舞槐花落御溝終南山色入城秋門門走馬徵兵急公子笙歌醉玉樓

對雪

寥寥無聲墜碧空霏霏有韻舞微風幽人吟望

颼飀處飄入䆫來落硯中

太平里尋兵部裴郎中

不語淒涼無限情荒階行盡又重行昔年住此人何在空見槐花秋艸生

寄乾陵楊侍郎

冷落官資不畏貧司曹且共內官分步量野色成公案點檢樵聲入奏聞陵廟路因朝去掃御鑪香每使來焚碑寒樹古神門上管得無窮空

白雲

登樓憶友

物象遠濛濛周廻極望中帶煙千井樹和磬一樓風月色寒流地波聲夜颸空登臨無限趣恨不與君同

華嚴寺望樊川

萬木落初紅人家樹色中疎鐘搖雨脚秋水浸雲容雪積回寒鴈村燈促夜舂舊山歸未得生

計欲何從

與道侶同於水陸寺會宿

論道窮心少有朋此時淸話昔年曾栁凋紅葉鋪寒井鶴墜霜毛着定僧風遞遠聲秋澗水竹穿深色夜房燈出門盡是勞生者只此長閑幾箇能

城上吟

古塚密於草新墳侵官道城外無閑地城中人

又老

襄陽曲

爲憶南遊人移家大堤住千帆萬帆來盡過門
前去

僧鸞二首

苦熱行

燭龍銜火飛天地平陸無風海波沸彤雲疊疊
聳奇峰焰焰流光熱凝翠煙鳥摶鵬翼雙翅羲

和赫怒强驄轡飲流夸父斃長途如見當中印
玉宇明明夜西朝又東古來有道仍再中扶桑
老葉蔽不得輝華直欲凌蒼空行人揮汗翻成
雨口燥喉乾嗌塵土西郊雲色晝冥冥如何不
救生靈若何山怪木藏蛟龍縮鱗卷鬛爲乖慵
不發滂澤注天下欲使風雷何所從旱苗原上
枯成焰獄靈徒祝無神驗豪家簾外喚清風水
紋明角鋪長簟玉扇畫堂凝夜秋歌艷繞梁催

莫愁陽烏落盡酒不醒扶上西園當月樓廢田

睊死非吾屬庫有黃金倉有粟

贈李粲秀才字輝用

隴西輝用眞才子擦奇探險無倫比筆下銛磨

巨闕鋒鋩胷中靜灑西江水哀絃古樂清人耳月

露激寒哭秋鬼苔地無塵到曉吟杉松老葉風

乾起十軸示余三百篇金碧爛光繞蜀牋雄芒

遞氣測不得使我躑躅成狂顛大郊遼闊空無

邊凝明淡綠收餘煙曠懷相對景何限落日亂
峰青倚天又驚大舶帆高懸行濤劈浪凌飛仙
回首瞥見五千仞撲下香爐瀑布泉何事古人
誇八斗焉敢今朝定妍醜颯風驅雷暫不停始
向場中稱大手駿如健鶻鶚與鵰拏雲獵野翻
重霄狐狸竄伏不敢動却下雙鳴當迅飈愁如
湘靈哭湘浦咽咽哀音隔雲霧九嶷深翠轉巍
峨仙骨寒消不知處清同野客敲越甌丁當急

響涵清秋鸞鶵相引叫未定霜結夜闌仍在樓
高若太空露雲物片白激青皆彷彿仙鶴閑從
淨碧飛巨鼇頭戴蓬萊出前輩歌詩惟翰林神
仙老格何高深鞭馳造化繞筆轉燦爛不爲酸
苦吟夢乘明月清沉沉飛到天台天姥岑傾湖
湧海數百字字字不朽長擬金此日多君可儔
侶堆珠疊璣滿玄圃終日盈鑾遊崑崙十二樓
中宴王母

懷楚二首

謝友人見訪留詩

軒車誰肯到泉石自相親暮雨凋殘寺秋風悵望人庭新一片葉衣上十年塵賴有瓊華贈清吟愈病身

送新平故人

常聽倉庾思舊友又因蝴蝶夢生涯一千餘里河連郭三十六峰寒到家陰島宜分東號雁晴

樓高入上陽鵶姜嫄廟非與君别應笑薄寒悲

落花

惠標四首

賦山

靈山蘊麗名秀出寫蓬瀛香爐帶煙上紫蓋入

霞生霧卷蓮峰碧巖開石鏡明定知丘壑裏併

佇白雲情

又

峨眉信重險天目本仙居金華抱丹竈玉笥藴神書幽人披薜荔怨妾採蘼蕪紫岩無暮雨何時送故夫

咏水

曾添疎勒井經湧貳師營玉津花色亮銀溪錦磧明舟如空裏泛。人似鏡中行。持將符上善利物動高情

又

長川落日照深浦漾清風弱栟垂江翠新蓮夾
岓紅船行疑泛迴與上第五句犯月映似沈空顧逐琴
高戲乗魚入浪中

可朋一首

桐花鳥

五色毛衣比鳳雛深花叢裏秖如無美人買得
偏憐惜移向金釵重幾銖

懷浦二首

贈智舟三藏

壯歲心難伏師心伏豈難尋常獨在院行坐不離壇嶽雪當禪暝松風入呪寒更因文字外多把史書看

初冬旅舍蚤懷

枕上角聲微離情未惜機夢回三楚寺寒入五更衣月沒棲禽動霜晴凍葉飛自慚行役早深與道相違

幕幽四首

酬友人見寄

家國各萬里同吟六七年可堪隨北雁迢遞向南天水共行人遠山將落日連春淮有雙鯉莫忘尺書傳

冬日淮上別文上人

勞歌好自看終久偶齊桓五字若教易一名爭得難侵䝉紅樹老陰砌雪花殘莫效齊僚屬東

歸翦釣竿

柳

今古憑君一贈行幾回折盡復重生五株斜傍淵明宅千樹低垂太尉營臨水帶煙藏翡翠倚風兼雨宿流鸎隋皇堤畔依依在曾惹當時歌吹聲

三峽聞猿

誰向茲來不恨生聲聲都是斷腸聲七千里外

一家住十二峰前獨自行瘴雨曉藏神女廟蠻煙寒鎖夜郎城憑君且莫哀吟好會待青雲道路平

善生四首

送王禪師

飄然無定迹逈與律乘違入郭隨緣住思山破夏歸過夏不終謂之破夏王孟擘數家飯衲乞幾人衣洞了曹溪旨寧輸俗者機

送智光之南值雨

結束衣囊了。炎州定去遊。艸堂方惜別。山雨爲相留。又得一宵話。免生千里愁。莫辭重卜日。後會必經秋。

旅中答喻軍事問客情

一自遊他國。相逢少故人。縱然爲客樂。爭似在家貧。畜恨霜侵鬢。攙詩病入神。若非憐片善。誰肯問風塵。

贈盧逸人

高眠巖野闊至藝敵應難詩苦無多首藥靈惟一丸引泉魚落釜攀果露沾冠已得嵇康趣逢迎事每闌

亞栖二首

對御書後一絕

通神筆法得玄門親入長安謁至尊莫怪出來多意氣草書曾悅聖明君

題英禪師

將知德行異尋常每見持經在道場欲識用心

精潔處一缾秋水一鑪香

上空二行

唐僧弘秀集卷九

唐僧弘秀集卷十

荷澤李　龏和父編

尚顔十八首

寄華陰司空侍郎

劒佩已深扃茅爲嶽面亭詩猶少綺美畫肯愛丹青換筆脩僧史焚香閱道經相邀來未得但想鶴儀形

二

送劉必先

力進憑詩業心焦闕問安遠行無處易孤立本來難楚月船中沒秦星馬上殘明年有公道更以命推看

三

送獨孤處士

萬里去非忙惟攜貯藥囊山家消夜景酒肆過年光立鶴洲侵浪喧蛩音邛壁近床誰人臨上路乞得變髭方

四

紫閣隱者

天高紫閣侵隱者信洸洸道長年兼長雲溪草

復深如非禪客見即是獵人尋比笑長安道埃

塵古到今

五

匡山居

無才加性拙道理合藏蹤是處非深遠共山已

萬重經時隣境戰獨夜隔雲舂昨日泉中見常

魚亦化龍

此五律詩後半首在下葉改題爲讀齊己上人集

此下接第六葉與王嵩隱首

六

夷陵即事

不難饒白髮相續是灘波避世嫌身晚思家乞

夢多暑衣經雪着凍硯向陽呵豈謂臨岐路還聞聖主過

十三　寄荊門鄭準

傳衣傳鉢理難論綺靡銷磨二雅尊不許姓名

畱月觀終携瓶錫去雲門䰟閒掛燭通宵在竹

上題詩隔歲存珍重荊門鄭從事十年同受景

升恩

十四　懷智棲上人

臨水登山自有期不同遊子暮何之閑眠默坐身堪賞已去還來事可知林鳥隔雲飛一餉艸蟲和雨叫多時思君最易令人老倚檻空吟所寄詩

十五　將欲再遊荊渚畱辭岐下司徒

竹錫銅瓶配衲衣殷公樓畔偶然離白蓮幾看從開日明月長吟到落時活計本無桑柘潤疎

慵尋有水雲資今朝回去精神別爲得頭廳宰
相詩
十六 峽中酬荆南鄭準
山齋西向蜀江濆四載安居復有羣風雁勢高
猶可見雪猿聲苦不堪聞新詩寫出難勝寶破
衲披行却類雲每喜泝流賓客說元瑜刀筆潤
雄軍
十七 贈村公

紬衣木突此鄉尊白盡鬚眉眼未昏醉舞神筵隨鼓笛閑歌聖代和兒孫黍苗一頃垂秋日茅棟三間映古原也笑長安名利處紅塵半是馬蹄翻

秋夜吟

梧桐雨畔夜愁吟抖擻衣裾藓色侵枉道一生無繫着看湘南山水別人尋

栖蟾十首

短歌行

蟬聲催菊笑浮世懶思量身得幾時活眼開終日忙千門無壽藥一鏡有愁霜早晚雲泥外光陰任短長

放歌行

諫頻甘得罪一騎入南滨若順吾皇意即無臣了心織花蠻市布擣月象州砧蒙雪知何日凭樓望北吟

宿巴江

江聲五千里瀉碧急于絃不覺日又夜爭教人少年一汀巫峽月兩岸子規天山影似相伴濃遮到曉船

遊邊

邊雲四顧濃饑馬嗅枯叢萬里八九月一身西北風偷營天正黑戰地雪多紅昨夜東歸夢桃花暖色中

此四句乃武陵即事之後半首也

贈南嶽玄泰禪師

曹溪入室人。終老甚難羣。四十餘年内。青山與白雲。松和巢鶴看。果共野猿分。海外僧來説。名高自小聞。

讀齊己上人集

暑衣經雪着。凍硯向陽呵。豈謂臨岐路。還聞聖主過。

與王嵩隱

一生吟與僻方見業精微事若經難得鄉應不易歸亂收西日葉雙掩北風扉合國諸卿相皆曾着布衣

八　江上秋思

到來江上久誰念旅遊心故國無秋信鄰家有夜砧坐遙翻不睡愁極却成吟卽恐髭連鬢還爲白所侵

九　冬暮送人

長安冬欲盡又送一遺賢醉後情渾可言休理
不然射衣秦嶺雲搖月漢江船亦過春兼夏回
期信有蟬

十 送徐道人東遊

長安人擾擾獨自有閑心海上山中去風前月
下吟引猿秋果熟藏鶴曉雲深易姓更名數難
教弟子尋

十一 與陳陶處士

鍾陵城外住喻以玉沉泥道直貧嫌殺神清語
亦低雲溔加酒債春盡減詩題憶昔曾邀宿山
茶獨自攜

十三　自紀

諸機忘盡未忘詩似向詩中有所依違境等閑
支枕覓空山容易杖藜歸清猿一一居林叫白
鳥雙雙避釣飛欲畫淨名居士像維摩居士焚日淨名
香願見陸探微

讀齊己上人集

詩為儒者禪此格的惟仙古雅如周頌清和甚舜絃冰生聽瀑句香發早梅篇想得吟成夜文星照楚天

居南嶽懷沈彬

石房開竹扉茗外獨支頤萬木還無葉百年能幾時隔雲聞狖過截雨見虹垂因憶嶽僧客晏眠吟好詩

寄問政山聶威儀

先生臥碧岑諸祖是知音得道無一法孤雲同寸心嵐光薰鶴詔茶味敵人參若向壺中去他年許我尋

南中懷友生

荔枝江下立望北幾思量隔海無書劄前年在漢陽瘴村人起早銅柱象揹光居此成何事尋君過碧湘

除夜

九冬三十夜寒與煖分開坐到四更後身添一歲來魚燈延臘火獸炭化春灰青帝今應老迎新見幾回

理瑩一首

送戴三徵君還谷口舊居

巖穴多遺秀公車屢遠招周王尊渭叟潁客傲唐堯出處天波洽關河地勢遙瞻星吳郡夜作

露華山朝淸論虛重席閑居掛一瓢漁歌思坐
酌宸渥寵行軺春爲荷裳煖霜因葛屨消層崖
懸瀑灑萬壑振淸飈谷鳥還遷木塲駒正食苗
謝安何日起台鼎佇君調

歸仁六首

自遣

日日爲詩苦誰論春與秋一聯如得意萬事總
忘憂雨墮花臨砌風吹竹近樓不吟頭也白任

白此生頭

酬沈顏先輩卷

一百八十首清泠韻可敲任從人不愛終是我難拋桂魄吟來滿蒲團坐得凹先生聲價在寰宇幾人抄

題賈島吟詩臺

此臺如可廢此恨有誰平縱使迷青艸終難沒嶲名天悲朝雨色嶽哭夜猿聲不是心偏苦應

關自古情

題楚廟

羞容難更返江東誰問從來百戰功天地有心歸道德山河無力爲英雄蘆花尚認霜戈白海日猶思火陣紅也是男兒成敗事不須惆悵對西風

牡丹

三春堪惜牡丹奇半倚朱欄欲綻時天下更無

花勝此人間偏得貴相宜偷香黑蟻斜穿葉覷
蕊黃蜂倒掛枝除却解禪心不動筭應狂殺五
陵兒

悼羅隱

一著謝書未快心幾抽胸臆縱狂吟管中窺豹
我猶在海上釣鼇君也沉歲月盡能消憤懣寰
區那更有知音長安冠蓋皆塗地仍喜先生葬
碧岑

玄寶一首

路

南北東西去莽莽萬古塵關河無盡處風雪有
行人險極山通蜀平多地入秦營營名利者來
往豈辭頻

虛中九首

贈秀才

筠陽多勝致夫子縱遊遨鳳鳥瑞不見鱸魚價

轉高門開沙觜靜船繫樹根牢誰解伊人趣村
酤
沽對鬱陶

送遷客

倏忽墮鵶行天南去路長片言曾不諂獲罪亦
何傷象戀藏牙浦人貪賣子鄉此心終合雪去
巳莫思量

石城金谷

昔日作一傾摧驕奢去不回只應荆棘地猶作綺

羅灰狐兎閑生長樵蘇靜往來踟躕意無盡寒
日又西隤

庾樓

郡樓名甚遠幾換見樓人庾亮魂應在清風到
白蘋晴軒分楚漢夜酒揖星辰何必匡山上獨
言無世塵

哭悼朝賢

前昨回私第旋聞寢疾終四隣方響絕二月牡

丹空塚已遷名境碑仍待至公秪應遺愛理長
在楚南風
寄華山司空圖二首
門徑放莎垂往來投刺稀有時開御札特地掛
朝衣嶽信僧傳去仙香鶴帶歸他年二南化無
復更衰微
其二
逍遥短褐成一劒動精靈白晝夢仙島清晨禮

道經黍苗侵野徑桑椹汚閑庭肯要爲隣者西
南太華青

悼方干處士

先生在世日秪向鏡湖居明主未巡狩白頭閑
釣魚煙波一徑小洲島四隣疎獨有爲儒者時
來弔舊廬

贈栖蟾上人

巖房高且靜住此幾寒暄鹿嗅安禪石猿啼乞

食村朝陽生樹觧古路透雲根獨我閑相覔淒
凉碧洞門

惠侶一首

聽獨杵擣衣

非是無人助意欲自鳴砧向月憐孤影承風送
逈音疑擣雙絲練似奏一弦琴今君聞獨杵知
妾有專心

法宣一首

和趙王觀妓

桂山留上客蘭室命妖嬈城中畫廣黛宮裏束纖腰舞袖風前舉歌聲扇後嬌周郎不須顧今日管絃調

文秀一首

端午

節分端午自誰言萬古傳聞爲屈原堪笑楚江空渺渺不能洗得直臣寃

僧泚一首

北原別業

野外車騎絶古邨桑柘陰流鷺出谷靜青艸閑

門深學稼農爲業忘情道作心因知上皇日鑿

開松竹林

淸尚二首

贈樊川長老或作可止

瘦顏諸骨現滿面雪毫垂坐石鳥疑死出門人

謂癡照身潭入楚浸影檜生隋太白曾經夏清
風凉四肢

哭僧

道力自超然身亡同坐禪水流元在海月落不
離天溪白葬時雪風香焚處烟世人頻下淚不
見我師玄

智暹一首

律僧

濾水與龕燈長長護有情衆生謂有情自從青艸出

便不下堦行北闕應無夢南山舊有名將何喻

浮世惟指浪漚輕

唐僧弘秀集卷第十終

嘉興崇德鳳鳴世醫蔡濟公惠家無甔石之儲

惟好蓄書于藏以爲子孫計因書此傳之不朽

卌一佛禱式丹色木記

余藏唐僧弘秀集此殘宋本外祇有明刻廿四行〻廿字本每卷次行止有荷澤云〻一行無校刻人姓名卷首但載李序并目録前後無他序跋必從舊本出也因僅為明刻行款又與宋本不同故未之取校頃從李明古家散出之書獲一明吳興沈春澤雨若校刻本殊不遠向藏明刻而其本却經孫潛夫校舊刻本又經葉石君校舊鈔照陳解元書棚本録出之本因出殘宋刻覆之益見宋刻之妙而孫校之舊刻本葉校之照録書棚本皆不遠遂手校一過始於卷一之缺葉起及八卷止可謂能正兩家所校之

誤矣始而向止有明刻本而無校宋本不敢以明刻為是今得孫
校知舊刻即明刻本葉校即照録之書棚本則凡宋本所缺俱
可以兩家所校本補之未可謂校本之可廢也憶余自癸亥始得
此今歲星一終而又得兩家校本副之藏書之難一至于是乙亥
二月望後一日校此殘宋本於兩家校本上既竣事書其顛末於
此云　　復翁

唐僧弘秀集十卷钱述古所藏不過元人鈔本惟此尚是宋刻惜失其九十两卷於六年前為五柳居主人所遺紙本破損腹襯字紙殊不耐觀近輯百宋一廛書目舉宋刻之殘鱗片甲盡登簿録爰命工重加補綴裝成二冊一以紀良友投贈之雅一以見古書完全之難云尔

癸亥端陽日蕘翁黄丕烈

嘉慶丁卯端陽後五日於王府基書坊見有舊刻唐僧清塞詩集唐貫休詩集皆題菏澤李龔和父編与此行款正同

蓋翻宋刻也和父編唐僧弘秀集見於讀書敏求記而文集不傳由此推之古書之湮沒者多矣因附記于此　潛翁又識

僧而詩非僧之本分也詩而僧是詩之方外也余交君與莽僧寒石餘事作詩久而成帙吳中石遠梅為刻其詩杖吟一卷近主淅之理安方丈又得詩若干首余為之梓于吳中并前所定者編次為初藁一續藁一云重陽前四日偶得舊鈔唐僧弘秀集係崇禎癸未年間鈔本重是百六十餘年物取而藏之出此殘宋刻相對因坿記近人詩僧非無專集未知後代能有如和父其人

者為之編纂乎書此以俟

己巳中秋月八日時風雨滿城重陽節近矣復翁記

此殘本唐僧宏秀集乃士禮居舊藏百宋一廛賦所稱衲子之宏秀是也甲申夏書賈仲仁卿從金陵收孫澄之家書中有此種以番餅十六枚易之頃從繆筱珊編脩從都中寄新刻士礼居題跋中載蕘夫先生校据宋本所校即此宋本元本即跋中所稱沈刻曾於國初為孫潛夫葉石君以舊鈔本（即陳解元書棚本）明刻本校過據蕘夫跋知諸本皆不如是本之善則此本誠當世鴻寶也惜不得以蕘夫

先生校本補足使成完書耳乙酉閏歲雨水後四日盛鐸記

宋槧本唐僧弘秀集爲樹徵師所藏昨自津門從師假得以汲古刻本對勘一過補詩一首（宋本亦脫詩一首）改定如干字并薨翁跋語於後他日當訪求舊鈔以補勘後二卷庶完師之素志云癸亥十二月十三日藏園居士傅增湘記

余記此未跋日忽有持宋本弘秀集一册來售首尾完具爲蔡李徐季四家遞藏之物書中有夫戩知爲乾隆五十七年三月暢春園發下付裱者因補校卷首數葉及九十兩卷卷十尚有詩割析紊亂賴此改正之精神所會異書來投古緣眼福良足自詡矣

癸亥東坡生日沅叔又記

國家出版基金項目

詹福瑞 陳紅彥 主編

唐僧弘秀集

歷代唐詩珍稀選本彙編

（唐宋金元卷）

31

鳳凰出版社

目次

唐僧弘秀集

國家圖書館藏萬曆四十七年沈春澤刻本

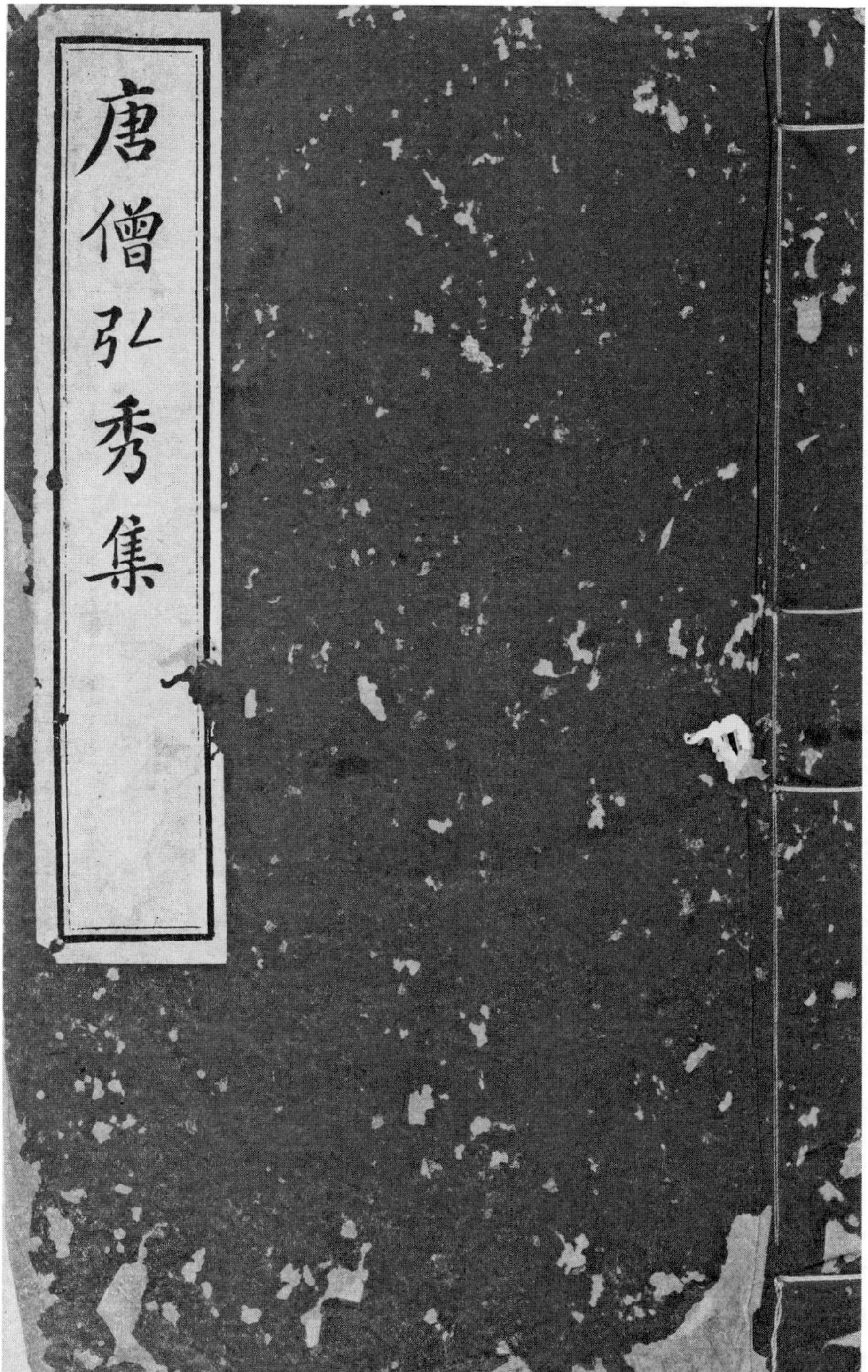
唐僧弘秀集

此書四冊後有陸勅先字一行實未校畢也檢全唐詩
唐本細校一過頗有異同全唐詩鈔本所據爲善
本其源出於錢牧翁故可貴也　壬子九月校訖識此
小傳亦摘入今全唐詩所載與牧翁底冊亦異蓋此詳而
彼略於書體裁又不同耳　正闇
正闇
卷中惟法宣一首不見牧翁編入鈔本唐引宏秀
集不忘所以獨遺之也　三坡六願居士又記
三坡六願居士

刻弘秀集序

宋李龔編唐僧弘秀集十卷久無善板予從何季穆所借抄本刻之秋雪堂去寸調集並鈔今年秋入白門寓囊

蕭索惟二書板隨行曰與友
人郭聖僕宗以玉葛震父三
君校異訂譌始稱全璧披手
調躍〻如柔荑之始芽咏弘
秀謖〻如高風之餘引真一

時怏事也客或謂予詩盛於唐其時多論英君名卿幽人韻士婉女妖童皆流艷摛藻應運迭興即赤髭白足之侶亦往往以金承作佛事若弘

秀一編大略可覩矣雖既現
業先斷名根如來痛戒綺語
則詩之於僧何有焉予笑曰
子非知詩者即非知禪者也
禪從聲聞證入於詩家近

當其萬籟歛響寸心如水鼎兮微兮若斷若續可以覓句即可以參宗神境既構以腕遍迫枯髯流滯欲割欲殺於此沈酣即於此解脫不觀

天地間春龝冬夏水色山光竹
風松月遠鴈低蟲種〻有詩
意便是禪理是詩詩理便是禪
機有詩〻經歌徽吟便有
禪〻法音宣流有情〻惕

嘿然歸源看禪之熱喝痛棒今集中宅特貫休齊己諸賢皆法門龍象即其偈現詩人身而為說灋者亦何必不現禪和身而為說法也

哉其不可多傳也急矣客又
曰是也吾懼其濫觴作偈證
為野狐旁門又懼夫吠聲
竊影變為沿門乞食為活
累并為祿累也予笑曰野

孤窮門自看濃眼若夫沿門
乞食要方代爲止懺悔顛
借淨瓶楊枝水拂之即淸是
編尔何看焉聖僕以玉震
父搖掌稱善遂書之爲

序

萬曆己未長至吳興沈春
澤在蒔樹選
莆陽宗穀書于浪樓

唐僧弘秀集序

古之吟詠情性一本於詩詩至唐爲盛唐之詩僧亦盛唐一代爲高道爲内供奉名弘才秀者三百年間今得五十二人詩五百首或取於各僧本集或出於諸家纂録皆有拔山之力搜海之功風致不塵一字弗贅發音雄富羣立崢嶸名曰唐僧弘秀集不敢藏於巾笥刊梓用傳識者茀毫殘松管燈熖蘭膏截錦揚珠神愁鬼毒

詩教湮微取以爲緇流砥柱藝苑規衡非假沽
名鼓吹於江湖也兼禪餘風月客外山川千古
之下一目可見耳皇宋寶祐第六春中和節日
菏澤李龏和父序

唐僧弘秀集目錄

曇域二首
子蘭十四首
僧鸞二首
懷楚二首
惠標四首
可朋一首
懷浦二首
幕幽四首

唐僧弘秀集目錄終

唐僧弘秀集卷一

宋　荷澤李　龏和父編

明　吳興沈春澤雨若校

皎然七十首

皎然名晝姓謝氏長城人靈運十世孫也文章儁麗當時號爲釋門偉器

戛銅椀爲龍吟歌并序

唐故太尉房公琯，早歲曾隱終南山峻壁之下，往往聞龍吟聲，清而靜，滌人邪想。時有好事僧潛戛以五金寫之，惟銅聲酷似。他日房公偶至山寺聞林嶺間有此聲乃曰龍吟復遷於茲矣僧因之出其器以告公公命戛之驚曰眞龍吟也大曆十三載秦僧傳至桐江予使見童戛金放之亦不滅秦聲也緇人或有識者予曰此達僧之事可以嬉禪爾曹無以瑣行自拘因賦詩以見其意

逸僧戛椀爲龍吟世上未曾聞此音一從太尉房公賞遂使秦人傳至今初戛徐徐聲漸顯樂

章不管何人辨似出龍淵萬丈底乍怪聲來近而遠未必全由戛者工聲生虛無非檢中寥亮掩清狖縈迴凌細風遙聞不斷在煙杪萬籟無聲天境空聽專一境則衆音不聞非萬籟之無聲也昨向天台宿華頂秋宵一吟更清迴能令聽者易常性憂人忘憂躁人靜今日鏗鍠江上聞蛟螭奔飛如得羣聲過陰嶺忽成雨響駐晴天將起雲坐來吟盡江空碧却尋向者聲無迹人生萬事將此同暮

賤朝榮動還寂、

周昉長史畫毗沙門天王歌

長史畫神獨感神、高步區中無兩人、雅而逸、高

且眞、形生虛無忽可親、降魔大戟縮在手、倚天

長劒横諸紳、慈威示物雖凜栗、在德無秋惟有

春、吾知眞像本非色、此中妙用君心得、苟能下

筆合神造、誤點一點亦爲道、寫出霜縑可舒卷、

何人曾識此情遠、秋齋清寂無外物、盥手焚香

聊自展憶昔胡兵圍未解感得此神天上下至今雲旗圖我形爲君一顧煙塵清

買藥歌送楊山人

華陰少年何所希欲餌丹砂化骨飛江南藥少淮南有暫別胥門出京口京口斜通江水流徘徊應上青山頭夜驚潮沒鸕鷀堰朝看日出芙蓉樓搖蕩春風亂帆影片雲無數是楊州楊州喧喧賣藥市浮俗無由識仙子河間姹女直千

金紫陽夫人服不死吾於此道復何如昨朝新得蓬萊書

飲茶歌送鄭容

丹丘羽人輕玉食採茶飲之生羽翼（天台記云丹丘出大茗服之羽化）名藏仙府世空知骨化雲宮人不識雪山童子調金鐺楚人茶經虛得名霜天半夜芳草折爛熳緗花啜又生賞君茶祛我疾使人胸中蕩憂慄日上香爐情未畢亂踏虎溪雲高歌

送君出。

姑蘇行

古臺不見秋草萋却憶吳王全盛時千年月照
秋草上、吳王在時幾回望、至今月出君不還、世
人空對姑蘇山、山中精靈安可覩、轍跡人蹤麋
鹿聚、嬋娟西子傾國容、化作寒陵一堆土、

短歌行

古人若不死、吾亦何所悲、蕭蕭煙雨九原上、白

樛青松葬者誰、貴賤同一塵、死生同一指、人生
在世共如此、何異浮雲與流水、短歌行、短歌無
窮日已傾、鄴宮梁苑徒有名。春草秋風傷我情。
何爲不學金仙侶、一悟空王無死生。

效古 天寶十四年作

日出天地正、煌煌闢晨曦、六龍驅羣動、古今無
盡時、夸父亦何愚、競走先自疲、飲乾咸池水、折
盡長桑枝、渴死化爝火、嗟嗟徒爾爲、空留鄧林

在摧折令人嗤

寓興

天下生白榆白榆直上連天根高枝不知幾萬丈世人仰望徒攀援誰能上天採其子種向人間笑桃李因問老仙求種法老仙咍咍不我答始知此道無所成還如瞽夫學長生

答蘇州韋使君 應物

詩敎殆淪缺庸音互相傾忽覩風騷韻會我宿

昔情蕩漾學海資鬱爲詩人英格將寒松高氣與秋江清何必鄴中作可爲千載程受辭分虎竹萬里臨江城一到掃煩政況今休黷兵應憐禪家子林下寂無營跡隳世上華心得道中精脫略文字累免爲外物攖書衣流埃積硯石駁蘚生恨未識君子空傳手中瓊安無誘我性始願懲素誠爲無鸑鷟音繼公雲和笙吟之向禪藪反嫓幽松聲

酬李司直從諸公冬日遊妙喜寺題照昱二上人房寄長城潘丞述

達賢貴貞隱、常懼迹不滅、遂與永公期、遺身坐林樾、華軒何轔轔、爲我到幽絕、心境寒草花、空門青山月、潘生獨不見、淸景屢盈缺、林下長寂寥、人閒自離別、何時解輕珮、來稅丘中轍、

山居示靈徹上人

晴明路出山初煖、行踏春蕪看茗歸、乍削柳枝

聊代札、時窺雲影學裁衣。身閒始覺隳名是、心了方知苦行非。外物寂中誰似我、松聲草色共無機。

酬薛員外誼若熱行見寄

六月金數伏、茲辰日在庚、炎曦曝肌膚、毒霧昏檐檻、安得奮翅翩、迢遙出雲征、不知天地心、如何匠生成火德、燒百卉、瑤草不及榮、省客當此時、忽貽懷中瓊、捧翫煩袂滌、嘯歌美風生、遲君

佐元氣調使四序平中令霜不袄火餘氣常貞
江南詩騷客休吟苦熱行

訪陸羽處士不遇

太湖東西路吳王古山前所思不可見歸鴻自翩翩何山賞春茗何處汲春泉莫是滄浪子悠悠一釣船

戲題贈吳憑

予讀古人書遂識古人面不是識古人邪正心

目見貴義輕財求俗譽、一錢與人便驕倨、昨朝爲火今爲冰、此道非君獨撫膺、

奉應顔使君眞卿與陸處士羽登妙喜寺

三癸亭　亭即陸生所創

秋意西山多、列岑縈左次、繕亭歷三癸、以癸丑歲癸卯朔癸亥日立故名顔名陸創疏址鄰釋寺、元化隱靈蹤、始君啓高致、誅榛養翹楚、鞭草理芳蕙、俯砌披水容、遍天掃峰翠、境新耳目換、物遠風烟異、倚石忘

世情援雲得眞意嘉林幸勿翦禪侶欣可庇衛法大臣過佐遊羣英萃龍池護清澈虎節到深邃徒想峰頂期于今沒遺記

冬日天目西峰張鍊師所居

採薪逢野泉漸見棲閒所坎坎山上聲幽幽林中語仙卿何代隱鄉服言亦楚開氷洗藥苗掃雪候山侶零葉聚敗籬幽花積寒渚寞寞孤鶴性天外思輕舉

出遊

少時不見山、便覺無奇趣、狂發從亂歌、情來任閒步、此心誰共證、笑看風吹樹

題周諫別業　予寺與周生所俱臨苕水

隱身苕上欲如何、不着青袍愛綠蘿、柳巷任疎容騎馬入、水籬從破許船過、昂藏獨鶴閒心遠、寂歷秋花野意多、若訪禪齋遥可見、竹窓書幌共煙波、

奉酬李員外嘉祐蘇臺屏居春首有懷

昔歲爲邦初未識今朝休沐始相親移家水巷貪依静種柳風窓欲占春詩思先邀烏府客山情閒訪白樓人登臨許作煙霞伴高在方袍閃幅巾

送闞小師還金陵

如何有歸思愛别欲忘難白鷺沙洲晚青龍水寺寒蕉花鋪淨地桂子落空壇持此爲心境應

堪月夜看、

酬襄陽詩僧少微詩中答上人歸夢之意

證心何有夢、示說夢歸頻、文字齋秦本、泓華文字多宏秦本詩騷學楚人、蘭開衣上色、柳向手中春、別後須相見、浮雲是我身

早秋桐廬思歸示道諺上人

桐江秋信早、憶在故山時、靜夜風鳴磬、無人竹掃墀、猿來觸淨水、鳥下啄寒梨、可即關吾事、歸

心自有期

舟行懷閻士和

二月湖南春草遍橫山渡口花如霞相思一日在孤舟空見孤雲兩三片

寄題雲門寺梵僧無側房時人傳是寶月後身

越山千萬雲門絕西僧貌古還名月清朝掃石行道歸林下眠禪看松雪

法華寺上方題江上上人禪室

路入松聲遠更奇山光水色共參差中峰禪寂
一僧在坐對梁朝老桂枝

題秦系山人麗句亭

獨將詩教領諸生但愛青山不愛名滿院竹聲
堪愈疾亂林花片足忘情

奉和顔使君修韻海畢州中重宴得雙字

世學高南郡身封盛魯邦九流宗韻海七字揖
文江惜賞雲歸堞畱轍月在窓不知名教樂千

載與誰雙

游溪待月

溪色思泛月沿洄欲未歸殘燈逢水店疎磬憶山扉夜滿魚驚火空林鵲遶稀可中纔望見撩亂擣寒衣

往丹陽尋陸處士不遇

遠客殊未歸我來幾惆悵叩關一日不見人繞屋寒花笑相向寒花寂寂遍荒阡柳色蕭蕭愁

暮蟬行人無數不相識獨立雲陽古木邊鳳翅

山中思古本寺魚竿村口望歸船歸船不見見寒

煙離心遠水共悠然他日相期那可定閒僧着

處郎經年

寄常一上人

雁塞五山臨汗漫雲州一路出青冥何因請住

嘉祥寺內史新脩湖上亭

贈柳喜自號嵩山老 得嵩山法門 萬首絕句一作贈柳先生

一見嵩山老，吾生恨太遲。問君年幾許，曾出上皇時。

酬秦系山人見寄

左右香童不識君，擔簦訪我領鷗羣。山僧待客無俗物，惟有窻前片碧雲。

聽寒更寄朱巨川

欹枕聽寒更，寒更發還住。一夜千萬聲，幾聲到君處。

秋居法華寺下院望高頂贈如獻上人

峰色秋天見松聲靜夜聞影孤長不出行道在深雲

送沈秀才之閩中得過字

楚客未成歌春風起綠波嶺重寒不到海近瘴偏多野戍桄榔發人家翡翠過翻疑此中好君問定如何

送履霜上人還金陵西山

携錫西山步綠莎禪心未了奈情何湘宮水寺

清秋夜月落風悲松栢多

送顧道士遊洞庭山

見說洞庭無上路春遊亂踏五靈芝含桃風起

花狼籍正是仙翁棊散時

送邢台州濟　英華作送獨孤使君赴岳州

海上仙山屬使君石橋琪樹古來聞他時畫出

白團扇乞取天台一片雲

冬日梅溪送裴方舟之宣州

平明疋馬上村橋花發梅溪雪未消日短天寒愁送客楚山無限路遥遥

送秘上人遊京

共居方異路山伴與誰同日冷行人少時清古鎮空煖瓶和雪水鳴錫帶江風撩亂終南色遥應入夢中

送贇上人還京得微字

久遊春草盡還寄北船歸沙鳥窺中食江雲入
淨衣秦原山色近楚寺磬聲微見説翻經館多
聞似爾稀者

送李秀才赴盧婺州招得時字

山開江上色上孤賞去應遲緑水延迎吴榜秋風入出
楚詞猿清獨宿處木落遠行時見説東陽守登
樓爲爾期

銅雀妓

强開樽酒向陵看憶得君王舊日歡不覺餘歌悲自斷非關艷曲轉聲難

長門怨

春風日日閉長門搖蕩春心似夢魂若遣花開只笑妾不如桃李自無言

啼猨送客　英華作賦得巴峽啼猨送客

萬里巴江外三聲月峽深何年有此路幾客共沾襟斷臂分垂影流泉入苦吟淒凉離别後聞

此夏傷心

江上風

江風西復東飄暴忽何窮初生虛無際稍起蕩漾中應吹夏戶檣竿折定蹙溢城浪花咽今朝莫怪沙岍（崩）明昨夜聲狂捲成雪

夏日登觀農樓和崔論使君詠微雨（紀事作微雨）

片雨拂簷楹煩襟四座清霏微過麥隴蕭散傍莎城靜愛和花落幽聞入竹聲朝觀趣無限高

詠寄閒情

南樓望月

夜月家家望亭亭愛此樓纖雲溪上斷疎柳影中秋漸映千峰出遥分萬派流關山誰復見應獨起邊愁

雜言

詠史

田氏門下客馮公衆中賤一朝市義還百代名獨擅始知下客不可輕能使主人功業成借問

高車與珠履何如瓶賤一書生

送常清上人歸舒州

灊人思爾法楚信有回船估客親宵話閒鷗偶晝禪經聲含石浪麈尾拂江煙常說歸山意誅茅廬霍前

送志弘沙彌赴上元受戒（上元江中有蔡洲古戒壇）

不肯資章甫勝衣被木蘭今隨秣陵信欲及蔡洲壇野寺鐘聲遠春山戒足寒歸來次第學應

見後心難

送烏程李明府得陟狀赴京

驛吏滿江城、深仁見此情、士林推玉振、公府薦氷清、爲政移風久、承恩就日行、仲容綸綍貴、南巷有光榮、

尋陸鴻漸不遇

移家雖帶郭、野徑入桑麻、近種籬邊菊、秋來未着花、扣門無犬吠、欲去問西家、報道山中去、歸

時每日斜

懷舊山（或作滄浩詩題云留別嘉興知己）

一坐西林寺從來未下山不因尋長者無事到人間宿雨愁爲客寒花笑未還空懷舊山月童子念經閑

送覃上人遊越

雲泉誰不賞獨見爾情高投宿輕龍窟臨流笑鷺濤折荷爲片席灑水淨方袍剡路逢禪侶多

應問我曹、

從軍行

黃紙君王詔、青泥校尉書、誓師張、虎落選將擁犀渠、霧暗津蒲失、天寒塞柳疎、橫行十萬騎欲掃虜塵餘、

隴頭水

隴頭心欲絕、隴水不堪聞、碎影搖槍壘、寒聲咽幔裙、素從鹽海積、綠帶柳城分、月落天邊望、透

遙入塞雲

塞下曲二首

寒塞無因見落梅胡人吹入笛聲來勞勞亭上春應度夜夜城南戰未回

都護今年破武威胡沙萬里鳥空飛旄竿瀚海掃雲出氊騎天山蹋雪歸

支公詩

支公養馬復養鶴率性無羈（機）多脫略天生支公

與凡異凡情不到支公地得道由來天上仙爲
僧却下人間寺道家諸子論自然此公惟許逍
遙篇山陰詩友喧四座佳句縱横不廢禪

宿吴匡山破寺 與餘不溪廢寺略同

雙峰百戰後真界滿塵埃蔓草緣空壁悲風起
故臺野花寒更發山月暝還來何事池中水東
流獨不回

長安少年行

字句俱依註中

翠樓春酒蝦蟇陵，長安少年皆共矜。紛紛半醉緑槐道，蹀躞花驄驕不勝。

春日杼山寄李縱員外

南山惟與北山鄰，一閉禪關老此身。（一作古樹連拳伴我）
黃鶴有心多不住，白雲何（一作無可）事獨相親。
閒持竹錫行（一作深）看水，懶着麻衣出見人。
無限幽芳徒欲寄（一作芳蘭聯贈遠），郎官那（一作許）賞石門春。

宿法華寺簡徹上人

至道無機但杳冥孤燈寒竹自青熒不知何處
来
小乘客一夜風前聞誦經

九月十日

愛殺柴桑隱名溪近訟庭掃沙開野步搖舸出
閒汀窗簡邀詩伴餘花在酒瓶悠然南望意自
有峴山青

秋晚宿
晚秋破山寺

秋風落葉滿空山古寺殘燈石壁閒昔日經行

人去盡寒雲夜夜自飛還

青陽上人院說金陵故事

君說南朝全盛日秣陵才子更多人千年秋色古池館誰見齊王西邸春

送僧之京師

綿綿渺渺楚雲繁萬里西歸望國門禪子初心易悽斷秋風莫上少陵原

送許丞還洛陽

剡茗情來亦好斟空門一别肎沾襟悲風不動
罷瑾軫忘却洛陽歸客心

題湖上草堂

山居不買剡中山湖上千峰處處閒芳草白雲
留我住世人何事得相關

唐僧弘秀集卷一

唐僧弘秀集卷二

宋　荷澤李　龔和父編

明　吳興沈春澤雨若校

靈徹十一首（澈）

霊澈生於會稽本湯氏字澄源与吳興詩僧皎然遊貞元中遊京師得罪徙汀州後歸會稽元和十一年終于宣州劉禹錫曰詩僧多出江右獨吳興晝公能備衆體澈公承之可謂入作者閫域豈獨雄於詩僧間耶

聽鶯歌

新鶯傍簷曉更悲、孤音清泠囀素枝、口邊血出語未盡、豈是怨恨人不知・不食枯桑葚、不銜苦李花、偶然弄樞機、婉轉凌煙霞衆雛飛鳴何踽

一無註

俔自晛游蜂啄枯木、玄猿何事朝夜啼、白鷺長在汀洲宿、黑鵰黃鶴豈不高、金籠玉鈎傷羽毛、三江七澤去不得、風煙日暮生波濤、飛去來、莫上高城頭、莫下空園裏、城頭鴟烏拾羶腥、空園燕雀爭泥滓、願當結舌含白雲、五月六月一聲不可聞、

冬

送鑒供奉歸蜀寧親

林閒出定戀庭闈、聖主恩深暫許歸、雙樹欲辭

金錫冷、世尊入滅于婆羅雙樹四花猶向玉階飛、四花曼殊沙摩訶曼陀羅摩訶曼殊沙此云柔軟曼陀羅此云適意也梁山拂漢分清境、蜀雪和煙惹翠微、此去不須求綵服、紫衣全勝老萊衣、朝廷賜僧衣日紫衣

九日和于使君上京親故紀事作九日和于使君思上京親故

清晨有高會、賓從出東方、楚俗風煙古、汀洲水木涼、山情來遠思、菊意在重陽、心憶華池上、從容鵷鷺行、

一無註

宿東林寺

天寒猛虎嘯巖穴林下無人空有月千年像教今不聞（與像教龍樹太師也）焚香獨爲鬼神說

東林寺酬韋丹刺史（紀事作東林寺寄陳丘二侍郎）

年老心閒無外事麻衣草座亦容身相逢盡道休官去林下何曾見一人

答徐廣叔四問（萬首絶句作徐廣州）

童子出家無第行隨師乞食遺稱名長沙豈敢

論年幾絳老惟知甲子生

遠公墓

古墓石稜稜寒雲晚景凝空悲虎溪月不見鴈門僧

歸湖南

山邊水邊待月明暫向人間借路行如今還向山邊去只有湖水無路行

簡寂觀

古松古栢巖壁間猨攀鶴巢古枝折五月有霜六月寒時見山翁來取雪

聞李處士亡（英華作聞李處州亡）

時時聞說故人死日日自悲垂老身白髮不生應不得青山長在屬何人

天台山華頂峰（萬首絕句題作天姥）

天台衆峰外華頂當寒空有時半不見崔嵬在雲中

靈一二十八首　靈一姓吴氏廣陵人寶應元年寂滅于杭州龍興寺每禪誦之隙輙賦詩歌事思入冥間興含飛動

棲霞山夜坐

山頭戒壇路幽映雪巖側四面青石牀一峰苔蘚色松風靜復起月影開還黑何獨乘夜來殊非晝所得

宿天柱觀　中興間氣作宿靈洞觀才調集作太易詩

石室初投宿仙翁喜暫容花源隔水見洞府過山逢泉湧階前地雲生戶外峰中宵自入定非

是欲降龍、

酬皇甫冉將赴無錫於雲門寺贈別

湖南通古寺、來往意無涯、欲識雲門路、千峰到若耶、春山子敬宅、古木謝敷家、自可長偕隱、那言相去賒

宜豐新泉

泉源新湧出、洞澈映纖雲、稍落芙蓉沼、初淹苔蘚文、素將空意合、淨與衆流分、每到清宵月、泠

泠夢裏聞

靜林精舍 寺即梁武帝未達時所居寺中有鐘磬皆古物時之有聲 在安吉州

靜林溪路遠蕭帝有遺蹤水擊羅浮磬山鳴于闐鐘燈傳三世火樹老萬株松無數煙霞色空聞昔臥龍

江行寄張舍人

客程終日風塵苦蓬轉還家未有期林色曉分殘雪後角聲寒奏落帆時月高星使東看遠雲

破霜鴻北度遲、流蕩此心難共說、千峰澄霽隔
瓊枝、

送王頴悟 英華作送王頴悟佐歸州

客意天南興巳闌、不堪言別向仙官、夢揺玉珮
隨旄節、心到金華憶杏壇、荒郊極望歸雲盡、瘦
馬空嘶落日殘、想得故山青靄裏、泉聲入夜獨
潺湲、

安公

彌天稱聖哲、象法初緊賴、弘道識行藏、匡時知進退、秦王輕與舉、習生重酬對、學文古篆中、義顯新經內、法服應華夏、金言流海岱、西方浮雲間、更陪龍花會、

林公

支公信高逸、久向山林住、時將孫許遊、豈以形骸遇、幸辭天子詔、復覽名臣疏、西晉尚虛無、南朝久淪悟〔悞〕、因談老莊意、乃盡逍遙趣、誰爲竹林

賢風流相比附

遠公

遠公逢道安、一朝棄儒服、眞機久消歇、世教空拘束、誓入羅浮中、遂棲廬山曲、禪經初纂定、佛語新名目、鉢帽絕朝宗、簪裾翻拜伏、東林多隱士、爲我辭榮祿

雨後欲尋天目山問元駱二公溪路

昨夜雲生天井東、春山一雨一回風、林花併逐

溪流下、欲上龍池通不通、

題王僧院

虎溪閒月引相過、帶雪松枝挂薜蘿、無限青山行欲盡、白雲深處老僧多、

宿靜林寺

山寺門前多古松、溪行欲到已聞鐘、中宵引領尋高頂、月照雲峰凡幾重、

再還宜豐寺

再尋招隱地重會息心期樵客問歸日山僧記別時野雲陰遠甸秋雨漲前陂勿謂探形勝吾今不好奇

酬陳明府舟中見贈

長溪通夜靜素舸與人閑月影沈秋水風聲落暮山稻花千頃外蓮葉兩河間陶令多真意相思一解顏

題東蘭若

上人禪室路徘徊萬木清陰向日開寒竹影侵行道（逕）石秋風聲入誦經臺閒雲不繫從舒卷狎鳥無機任往來更惜片陽談妙理歸時莫待暝鐘催

送朱放

若見人間世思歸洞裏天縱令山鳥語不廢野人眠

歸岑山過惟審上人別業　英華作歸岑山留別

禪客無心憶薜蘿自然行徑向山多知君欲問
人間事始與浮雲共一過
於潛道中作呈元八處士
苕水灘行淺潛行路漸深參差遠岫色迢遞野
人心凍澗冰難釋秋山月易陰不知天目下何
處是雲林
送殷判官歸上都
瀁舟雲路客來過夕陽時向背堪遺恨逢迎宿

未期水容愁暮急花影動春遲別後王孫草青青入夢思

贈別皇甫曾

幽人從遠岳過客愛春山高駕能相送孤舟且未還紫苔封井石綠竹掩柴關若到雲峰外齊心去住間

送陳元初卜居麻源

欲向麻源隱能尋謝客蹤空山幾千里幽谷第

三重茅宇寧須葺荷衣不待縫因君見往事爲
我謝喬松

秋題劉逸人林泉

涼飇亂黃葉遲客橘陰清蘿徑封行跡雲門閉
野情零林秋露響穿竹暮煙輕莫戀幽棲地懷
安却敗名

自大林與韓明府歸郭中精舍

野客同舟楫相携復一歸孤煙生暮景遠岫帶

春輝不道還山是誰云向郭非禪門有通隱諠寂共忘機

同使君宿大梁驛（或作清江）

旌旗江上出花外捲簾空夜色臨城月春寒度水風雖然行李別且喜語音同若問匡廬事終身媿遠公

題黃公陶翰別業（元遺山鼓吹集作蘊庚文自高山宿陶令隱居詩）

聞說花源堪避秦幽尋數月不逢人煙霞洞裏

無雞犬。風雨林中有鬼神。黃公石上三芝秀，陶令門前五柳新。醉臥白雲閒作夢，不知何物是吾身。

哭衛尚書

晝戟重門楚水陰，天涯欲暮亦傷心。南荊雙履痕猶在，北斗孤䰟望已深。蓮花幕下悲風起，細柳營邊曉月臨。前路茫茫向誰問，感君空有淚沾襟。

贈靈徹禪師

禪師來往翠微間，萬里千峰到剡山。何時共到天台裏，身與浮雲處處閒。

惟審二首

春日旅懷呈知巳

生涯萬事有蒼蒼，應任流萍便越鄉。春水獨行人漸遠，故園歸路夜空長。一聲隔浦猿啼處，數滴驚心淚滿裳。不爲知音皆鮑叔，信誰（憑）江上去

茫茫

賦得聞黃鳥啼

曉鶯

捲簾清夢後芳樹引流鶯隔葉傳春意穿花送曉聲未調雲路翼空負桂林情莫盡關關興

西

羇愁正厭生

唐僧弘秀集卷二

唐僧弘秀集卷三

宋　荷澤李　龔和父編
明　吳興沈春澤雨若校

護國十首

護國江南人工詞翰有聲大曆間

題王喬觀傳道士所得

紀事題作題醴陵玉仙觀歌

王喬已去空山觀、白雲只今凝不散、壇場月露幾千年、往往笙歌下天半、瀑布西行過石橋、黃精採根還採苗、忽見一人擎茶椀、蓼花昨夜風

吹滿自言佳處在東坡白犬相邀隨我過松間石上有碁局能使樵人爛斧柯

歸山作

諠靜各有路偶隨心所安縱然好朝市終不忘林巒四皓將拂衣二疎能挂冠寫前隱逸傳每日三時看靳尚那可論屈原亦可歎至今黄泉下名及青雲端松牖見初月花間禮古壇何處論心懷世上空漫漫

別盛安

情人取次幾淹畱、別後南州與北州、月色爲憐今夜客、砧聲那似去年秋、欲除豺虎論三略、莫對雲山詠四愁、親故相逢且借問、古來無種是王侯

逢靈道士

浮丘山上見黃冠、松栢森森登古壇、一莖青竹以爲杖、數顆仙桃仍未餐、長安市裏仍賣卜、武

陵溪畔每燒丹，締地往來無定所，花源到處路漫漫。

傷蔡處士

篋中遺草是琅玕，對此空令灑淚看。三徑尚餘行跡在，數螢猶是映書殘。晨光不借泉門曉，暝色惟添隴樹寒。欲問皇天天更遠，有才無命說應難。

訪雲毋山僧

森然古巖裏淨行一番僧松下濾寒水佛前挑夜燈蓮花國土異貝葉梵書能想到空王境無心問愛憎

題王班水亭

湖上見秋色曠然如爾懷豈惟歡隴畝兼亦外形骸待月歸山寺彈琴坐暝齋布衣閒自貴何用謁天階

許州鄭使君孩子

毛骨貴天生、肌膚片玉明、見人空解笑。弄物不知名。國器嗟猶小、門風望益清、抱來芳樹下、時引鳳雛聲、

愴故人舊居

惆悵至日暮、寒鴉啼樹林、破階苔色厚、殘壁雨痕深、命與時不遇、福爲禍所侵、空餘行逕在、令我歎人吟、

臨川道中

出谷入谷路回轉秋風已至歸期晚舉頭何處
望來蹤萬仞千山鳥飛遠

無可二十五首 無可范陽人姓賈氏島從弟居天仙寺名与島齊

遊山寺

千峰盤落盡林寺昔何名步步入山影房房聞
水聲多年人跡絕殘日石陰清自可求居止安
閑過此生

寄青龍寺原上人
斂履入寒竹安禪過漏聲高杉殘子落深井凍痕生
罷磬風枝動懸燈雪屋明何當招我宿乘月上方行

秋寄從兄賈島 一作秋夜宿西林寄賈島

暗蟲喧暮色、默坐思西林、聽雨寒更盡、開門落葉深。昔因京邑病、併起洞庭心、亦是吾兄事、遲回直至今、

送李騎曹之武寧　一作送戴武李騎曹之靈武寧省

一歲一歸寧、涼天數騎行、河來當塞曲、山遠與沙平、縱獵旗風卷、聽笳帳月生、新鴻引寒色、回日落京城、

秋日寄厲玄先輩

楊柳起秋色、故人猶未還、別離俱自老、少壯豈能閒、夜雨吟殘燭、秋城憶遠山、何當一相見、語默此林間、

贈詩僧

寒山對水廓、竹葉影侵堂、洗藥氷生岍、開門月滿牀、病多身又老、枕倦夜兼長、來謁吾曹者、呈詩問否臧、

送呂郎中赴滄州

出守滄州去、西風送旆旌、路遥經幾郡、地盡到孤城、拜廟千山緑、登開樓遍海清、何人共東望、日向積濤生、

書馬如文石門居

別業逸高情、暮泉喧客亭、林回天闕近、雨過石門青、野果誰來拾、山禽獨臥聽、要迎文會友、時復掃柴扃、

送章正字秩滿東歸

朝衣登別席，春色滿秦關。芸閣吏誰替，海門身又還。尋僧流水僻，見月遠林閒。雖是忘機者，難辭去住間。

送姚宰任苦月安福縣（吉州）（英華作王明府之任安福）

落絮滿衣裳，携琴問水（湎）鄉。挂帆南入楚，到縣半浮湘。吏散翠禽下，庭閒斑竹長。人安宜遠泛，沙上蕙蘭香。

送李少府之任臨邛

卭南方作尉調補一何畢發論惟公幹承家乃
帝枝山長風梟棧江蔭石和澌舊井王孫宅還
尋獨有期

送僧歸中條　一作送覺法師往中條舊隱

夜葉動飄飄寒來話數宵卷經歸物外轉雪下
山椒舊坐松杉大難行水石遥元戎宗內學應
就白雲招

贈圭峰禪師

絕壑禪床底泉分落石層霧交高頂草雲隱下方燈朝滿傾心客谿通學道僧半旬持一食此行有誰能

金州別姚合

日日西亭上春醑到夏殘言之離別易勉以道途難山出一千里溪行三百灘松間樓裏月秋入五陵看

隕葉

遶巷夾溪紅、蕭脩逐北風、別林遺宿鳥、浮水載鳴蟲、石小埋初盡、枝長落未終、帶霜書麗什、閑讀白雲中、

李常侍書堂

結構因墳籍、簷前竹未生、塗油窻日早、閱槧幌風輕、息架蛩驚客、垂燈雨過城、已應窮古史、師律孰齊名、

送邵錫及第歸湖州

春關鳥啼罷歸慶淅煙西郡守招延重鄉人慕仰齊橋青逃暑寺茶綠隔湖溪乘暇知高眺微長應辨會稽

送清散遊太白山

卷經歸太白躡蘚別蘿龕若履浮雲上須看積翠南倚身松入漢瞑目月離潭此境堪長往塵中事可諳

冬晚姚諫議宅會送元緒上人歸南山

禪客詩家見凝寒、忽告還、分題回諫筆、留偈出
商闕盤徑緣高雪、開(閑)房在半山、自知麋鹿性、亦
欲離人閒

春晚喜悟禪師自瑠璃上方見過

瑠璃師到城、談性外諸經、下嶺雪霜在、近人林
木清、苔痕深草履、瀑布滴銅缾、樂問山中事、宵
言徹曉星、

秋暮與諸文士集宿姚端公所居

宵清月復圓、共集侍臣筵、獨寡區中學、空論樹下禪、風多秋曉竹、雲盡夜深天、此會東西去、堪愁又隔年、

客中聞從兄島遊蒲絳因寄

迢遞行李心、蒼野入寒深、吟待黃河雪、眠聽絳郡砧、差期逢缺月、訪信出空林、何處孤燈下、只聞嘹唳禽、

送李長吉之任東井

江盤棧轉虛候吏拜行車家世維城後官資宰邑初市饒黃犢（獨犢）賣田躡白雲鉏萬里千山路何因欲寄書

宿安國簡公院 一作安國寺靜居法師故院

雨後清涼境因還欲不回井甘桐有露竹迸地多苔幡映宮牆動香從御苑來青龍舊經疏（德山著青龍疏鈔）寥落有誰開

夏日送崔秀才遊南

一無註

南方山水地念子爲貧遊縱是逢佳景那能緩
旅愁夕陽行遠道煩暑在孤舟莫向巴山過猿
啼蹙淚流

唐僧弘秀集卷三

唐僧弘秀集卷四

宋　荷澤李　龔和父編

明　吳興沈春澤雨若校

清塞四十五首

清塞字南卿姓周氏東洛人少從浮圖法遇姚合而返易名賀詩格清雅与賈長江並可齊名

畱辭杭州姚合郎中

波濤千里隔、抱疾亦相尋、會宿逢高燒、辭歸值積霖、叢桑山杏（店）迴、孤燭海船深、尚有重來約、知無省閤心、

送分定歸靈夏

南遊多老疾、見說講經稀、塞寺幾僧在、關城空自歸、帶河衰草斷、映月早沙飛、却到禪齋後、邊軍識衲衣、

酬吴之問見贈

已當聽鴈夜、多事不同居、故疾離城晚、秋林見月疎、趍鐘關靜戸、帶葉卷殘書、湯盞禁期南去荒園久廢鉏、

送康紹歸建業

南朝秋色滿，君去意如何。帝業空城在，民田壞塚多。月圓臺獨上，栗綻寺頻過。籬下西江水，相思見白波。

送耿山人歸湖南

南行隨老僧，舊業一池菱。兩鬢已垂雪，五湖歸挂罾。夜濤鳴柵鎖，寒葦露船燈。此去應無事，却來期未能。

休糧僧

一齋難過日況是更休糧養力時行道聞鐘不上堂惟留煨藥火豈寫化金方舊有山厨在從僧請作房

贈李主簿

稅時兼主印每日得閒稀對客妨科吏爲官亦典衣案遲吟坐待宅近步行歸見說論詩道應愁斷是非

栢巖禪師　紀事作百岩

野寺絕依念空山曾遍行老來披衲重病起讀經生乞食嫌村遠尋溪愛路平多年栢巖住不識栢巖名

宿開元寺樓

西峰殘日落誰見寂寥心孤枕客眠久兩廊僧話深寒扉闗雨氣風葉隱鐘音此愛東樓望仍期別夜尋

送僧還南嶽

辭僧下水棚、因聽嶽鐘聲、遠路獨歸寺、幾時重到城、風高寒葉落、雨絕夜堂清自說深居後鄰州亦不行

春日重至南徐舊居

綠水陰空院春深喜再來獨眠從草長留酒看花開過雨遠山出向風孤鳥回忽思秋夕事雲物却悠哉

送僧歸江南

洗足北林去遠途今已分麻衣行嶽色竹杖帶湘雲饑鼠緣危壁寒貍出壞墳前峰一聲磬此夕不同聞

贈慶餘投書

風泉盡結氷寒夢徹西陵越信楚城得遠懷中夜興樹停沙鳥鶴茶會石橋僧寺閣連官舍行吟過幾層

尋北岡韓處士

相過值早凉，松帚掃山房。坐石泉痕黑，登城蘚色黄。逆風沈寺磬，初日耀鄰桑。幾處逢僧說，期來宿北岡。

逢播公

帶病稀相見，西城早晚來。衲衣風壞帛，香印雨沾灰。坐久鐘聲盡，談餘嶽影回。却思同宿夜，高枕說天台。

入靜隱寺途中作

亂雲迷遠寺、入路認青松、鳥道緣巢影、僧鞋印雪蹤、草煙連野燒、溪霧隔霜鍾、更遇樵人問、猶言過幾峰

冬日山居思鄉

太野始嚴凝、雲天曉色澄、樹寒稀宿鳥、山迴少來僧、背日收窓雪、開爐釋硯氷、忽然歸故國、孤想寓西陵、

送幻羣法師 紀事作贈幻羣法師

北京從一別，後南越幾聽砧。住久白髭出，講長黄葉深。香連鄰舍像，磬徹遠巢禽。寂默應關道，何人見此心。

玉芝觀王道士

四面松杉合，空堂畵老仙。蠹根停雪水，曲角積茶煙。道至機心盡，宵清琴韻全。暫來還又去，不得坐經年。

出關後寄賈島

故國知何處，西風已度關。歸人值落葉，遠路入寒山。多難喜相識，久貧寧自閑。惟將來往信，遙慰別離顏。

春喜友人至山舍

鳥鳴春日晚，喜見竹門開。路自高巖入，人騎瘦馬來。折花林影動，移石澗聲回。更欲留深語，重城暮色催。

留別南徐故人

三年蒙見待此夕是前程未斷却來約且伸臨去情潮回灘鳥下月上客船明他日南徐道緣君又重行

書實上人房　紀事作送曇上人　英華作寄林禪師

絕頂言無伴長懷落髮師齋歸門掩雪講徹樹生枝沙井泉澄疾秋鐘韻盡遲里中還受請又爽赤城期　一作將行誰請住又與禁城期

禪中燈落爐次柏　閣　空　有向南

早秋過郭涯書堂 紀事作郭劭古齋

暑消岡舍清閒語有餘情石水生茶味松風減扇聲遠分臨海雨靜覺掩山城此地秋吟苦時來遠菊行

哭閑霄上人 宵

林逕遠西風急松枝講鈔餘凍髭亡吊夜剃遺偈病時書地燥焚身後堂空著影初此來頻下淚落曾憶省到吾廬

送張諲之睦州

遙憶新安舊扁舟往復還淺深看水石來往逐
雲山到縣餘花在過門五柳閒東征隨子去俱
隱薜蘿間

題何氏池亭

信是虛閒地亭亭亦有苔繞池逢石坐穿竹引
高　到
山回果落纖萍散龜行細草開主人偏好事終
不厭頻來

贈道士

藥力資蒼鬢應非舊日身一爲嵩嶽客幾葬洛陽人石縫瓢探水雲根斧斫薪關西來往路誰得水銀銀

送表兄東南遊

山水疊層層吾兄涉又登挂帆春背鴈尋磬夜逢僧雪溜懸南嶽江雲蓋秣陵評文永不忘此說是中典

晚秋江館寄姚郎中

病寄曲江居帶城傍門孤柳一蟬鳴澄波月上見魚擲荒徑葉乾聞犬行越島夜無侵閣色寺鐘寒有隔源聲故園賣盡休歸去湖水秋來空自平

同處士秋懷少室故居

曾居少室黃河畔秋夢長懸未得回扶病半年離水石思歸一夜隔風雷荒齋幾遇僧眠後野

菊頻經鹿踏來燈下此心君共說傍松幽宅幾
多苔

贈道人　紀事作贈李道士

布褐高眠石竇春迸泉多濺黑紗巾搖頭說易
當朝客落手圍棊對俗人自筭天年窮甲子誰
同夜雨守庚申擬歸太華何時去他日相尋乞
藥銀

寄新頭陀

見說北京尋祖後缾盂自挈遶窮邊相逢竹塢晦暝夜一別苕溪多少年遠洞省穿湖底過斷崖曾向壁中禪青城不得師同住坐想滄江意浩然

湘漢旅懷傑公

一宿空江聽急流仍同賈客坐歸舟遠書來隔巴陵雨衰鬢去經彭蠡秋不擬爲身謀舊業終期斷穀隱嵩丘吾宗尚作無寥者中夜廢吟生

旅愁

寄韓司兵　一作泗上逢韓司徒歸北

多病十年無舊識，滄州亂後始逢君。已知罷秩辭瀧水，相勸移家住嶽雲。泗上旅帆侵疊浪，雪中歸路踏荒墳。更爲此別愁應老，書劄何由到北軍。

贈姚合郎中

望重來爲守土臣，清高還似武功貧。道從會解

惟求靜詩造玄微不趍新玉帛已知難撓思雲泉終是得閒身兩衙向後長無事門館多逢請益人

贈厲玄侍御

山松徑與瀑泉通巾舄行吟想越中塞鴈去經華頂末鄉僧來自海濤東關分河漢秋鐘絕露滴獼猴夜嶽空抱疾因尋周柱史杜陵寒葉落無窮

上陝府姚中丞

此心長愛狎禽魚，仍候登封獨著書。領郡只嫌生藥少，在官長恨與山踈。成家盡是經綸後，得句應多諫諍餘。見説養眞求退靜，溪南泉石許同居。

送韓評事業　一作送韓評事

門枕平湖秋景好，水煙松色遠相依。罷官餘俸租田種，送客回舟載石歸。離岸遊魚逢浪返，望

巢寒鳥逆風飛嵩陽舊隱多時別閉目閑吟憶翠微

宿隱靜寺上方

一宿五峰杯渡寺虛廊中夜磬聲分疎林未落上方月深澗忽生平地雲幽鳥背泉栖靜境遠人當燭想遺文暫來此地歇勞足望斷故山滄海濆

宿王簿林亭 萬首絶句作劉員外

獨樹倚亭新月入城牆四面鎖山多去年今夜還來此坐見西風裊燕窠

送宗禪師

衡陽一別十三春行脚同來有幾人老大却思歸嶽寺當時來漆祖師身

送蜀僧

萬里獨行無弟子惟齎節竹與檀龕看經更向吳中老應是山川似劒南

過僧竹院

一生愛竹自未有每到此房歸不能高人留宿話禪後寂寞雨堂空夜燈曉

送僧　萬首絶句作送僧歸南嶽

草履屨初登南客船銅瓶猶貯北山泉衡陽舊寺秋歸後去院門鎖寒潭幾樹蟬

唐僧弘秀集卷四

唐僧弘秀集卷五

宋　荷澤李　龔和父編
明　吳興沈春澤雨若校

文益二首

觀木平和尚

木平山裏人貌古言詳復少相看陌路同論心秋月皎壞衲線非蠶助歌聲有鳥城闕今日來一謳靈（音）曾已曉

看牡丹

擁毳對芳叢由來趣不同髮從今日白花是去年紅艷色一作異隨朝露馨香逐晚風何須待零落然後始知空

可止四首

山居

雪消春力展花漫洞門垂果長纖枝曲巖崩直道移重猿園淺井鬬鼠下疎籬寒食微燈在高

風勢徹陂

寄積麥山會如長老

默然知大道塵世不相關青檜行時靜白雲禪處閒貧高一生行病長十年顏夏滿期遊寺尋山又下山

送僧

四海無拘繫行心與自濃百年三事衲萬里一枝筇夜滅當時影春消過雪蹤白雲深處去知

宿在何峰

哭賈島

燕生松雪地蜀死葬山根詩僻降今古官卑悮子孫塚欄寒月色人哭苦吟魂墓雨滴碑字年年添蘚痕

清江十三首 清江代宗大曆時人与章八元倡和

夕次襄邑

何處戒吾道經年遠路中客心猶向北河水自

歸東古戍鳴寒角疎林振夕風輕舟惟載月那
與故人同

嚴秘書宅會章八元

宿　維　簡　英華作宿嚴秘書宅

佳期曾不遠甲第即南鄰惠愛偏相及經過豈
厭頻秋寒林葉動夕霽月華新莫話羇栖事平
原是主人

贈淮西賈兵馬使

破虜功成百戰場天書新拜漢中郎映門旌旆

春風起對客絃歌，白日長階下鬭雞花乍發營南試馬柳初黄由來吴楚多同調感激逢君共異鄉

送堅上人歸杭州天竺寺

十年勞負笈經論化中朝流水知鄉近和風惜別遙雲山零夜雨花岸上春潮歸卧南天竺禪心更寂寥

送贊律師歸嵩山

禪意歸心急山深定易安清貧修道苦孝友別
家難雪路侵溪轉花宮映嶽看到時瞻塔暮松
月向人寒

上都訓童十八兄

每歎經年別人生有幾年關河長問道風雨獨
隨緣寓蝶成莊夢懷人識爾賢徽猷不及此空
媿白華篇

登樓望月寄鳳翔李少尹

陌上涼風槐葉凋夕陽清露溼寒條登樓望月
楚山上月到樓南山獨逢心送秦人超鳳闕目
隨陽鴈極烟霄軒車不重無名客此地誰能訪
寂寥

湘川懷古

瀟湘連汨羅復對九嶷河浪勢屈原塚竹聲漁
父歌地荒征騎少天煖浴禽多脉脉東流水古
今同奈何

七夕

七夕景迢迢相逢只一宵月爲開帳燭雲作渡河橋映水金冠動當風玉珮搖惟愁更漏促離別在明朝

長安臥病 [紀事作病起]

身世足堪悲空房臥疾[病]時卷簾花雨滴掃石竹陰移已覺生如夢堪嗟壽不知未能通法性詎可免支離

送婆羅門

雪嶺金河獨向東吴山楚澤意無窮如今白首鄉心盡萬里歸程在夢中

精舍遇雨

空門寂寂淡吾身溪雨微微洗客塵卧向白雲情未盡任他黄鳥醉芳春

小雪

落
江雪臨風不厭看更多還恐蔽林巒愁人正在

書窓下一片飛來一片寒

法照三首　法照大曆貞元間僧

寄錢郎中

閉門深樹裏閒足爲經過駟馬不爲貴一僧誰奈何藥苗家自有香飯乞時多寄語嬋娟客將心向薜蘿

送清江上人

越人僧體古清慮洗塵勞一國詩名遠多生律

行高見山援葛藟避世着方袍早晚雲門去儂
應逐爾曹僧伽閣衣爲方袍

送無著禪師歸新羅國

萬里歸鄉路隨緣不筭程尋山百衲弊過海一
杯輕夜宿依雲色晨齋就水聲何年持貝葉却
到漢家城

寶月一首

行路難

君不見孤鴈關外發酸嘶度楊越空城客子心腸斷幽閨思婦氣欲絶凝霜夜下拂羅衣浮雲中斷開明月夜夜遥遥徒相思年年望望情不歇取我匣中青銅鏡倩人爲君除白髮行路難行路難夜聞南城漢使度使我流淚憶長安

廣宣七首

廣宣武宗會昌間有詩名与劉禹錫最善寄居在蜀与常袞唱和有紅樓集行世

駕幸天長寺應制

天界宜春賞禪門不掩關宸遊雙闕外僧引百

花間車馬喧長路煙雲淨遠山觀空復觀俗皇
鑒此中閒

九日菊花詠應詔制　紀事作清江詩

可訝東籬菊能知節候芳細枝青玉潤繁蘂碎
金香爽氣浮朝露濃姿帶夜霜泛杯傳壽酒應
共樂時康

駕幸聖容院應制

大唐國裏千年聖王舍城中百億身却指容顔

非我相自言空色是吾眞深殿虗心隨寶輦廣
庭徐步引金輪古來貴重緣親近狂客慙爲侍
從臣
聖恩顧問獨遊月磴閣直書其事應制
禪居河畔無多地來往尋春物正華磴道上盤
千畝竹欄干低壓萬人家簷前施飯來飛鳥林
下行春踏落花自解刹那知佛性不勞更喻幾
塵沙

安國寺隨駕幸興唐觀應制

東林何殿是西鄰，禪客垣墻接羽人。萬乘遊仙宗有道，三車引路本無塵。初傳寶訣長生術，已證金剛不壞身。兩地盡修天上事，共瞻鑾駕重來巡。三車謂羊車鹿車牛車，玄門亦有三車，謂穴也

早秋降誕日獻壽二首應制

秋蓂開一葉，元聖誕千年。繞殿祥風起，當空瑞日懸。道光中國主，人識大羅仙。敢贊無疆壽，香

花上法筵

其二

萬方瞻聖日，九土仰清光。鑿地山河壯，彌年福壽長。瑞烟薰法界，真偈啓仁王。看獻千秋樂，千秋樂未央。

唐僧弘秀集卷五

唐僧弘秀集卷六

宋　荷澤李　龏和父編

明　吳興沈春澤雨若校

貫休六十一首

貫休字德隱姓姜氏金華蘭谿登高人七歲出家日誦法華經一千字與處默同削染鄰院而居每隔籬論詩互吟尋偶初為吳越錢鏐所重後謁成汭〻終撲書詩觸汭怒放黔中天復中入益州王建禮遇之署號禪月大師或呼為得〻來和尚年八十一終於蜀初有西嶽集後弟子曇域更名寶月集

古意六首

原詩九首

一雨火雲盡閉門心冥冥蘭花與芙蓉滿院同

開

芳馨佳人天一涯好鳥鳴嚶嚶我有雙白璧不

羡於虞卿我有徑寸珠別是天地精玩之室生

白蕭灑身安輕只應天上人見我雙眼明

其二

陽烏爍萬物草木懷春恩茫茫塵土飛培擁名利根我本事簑笠那知天子尊學爲毛氏詩亦多直致言不慕蠕蠕類附勢同崩奔惟尋桃李蹊去去長者門

其三

美人如游龍被服金鴛鴦手把古刀尺在彼白

玉堂文章深掣曳珂珮鳴玎璫好風吹桃花片
片落銀牀何當舉羽翰遠逐朱鳥翔

其四

乾坤有清氣散入詩人脾聖賢遺清風不在惡
木枝千人萬人中一人兩人知憶在東溪日花
開葉落時我擬以黃金鑄作鍾子期

其五

古交如眞金百鍊色不回今交如暴流倏忽生

塵埃我恐君子氣散爲松柏栽我恐荊棘花只爲小人開傷心復傷心吟上高高臺。

其六

莫輕白雲白不與風雨會莫見守年見謂是初平輩人生非日月光輝豈長在一榮與一辱今古常相對不見于公門子孫好冠蓋

已下有常思謝康樂常思李太白憶在山中時三首

行路難 原詩五首

君不見山高海深人不測古往今來轉青碧淺

近輕浮莫與交，地卑只解生荆棘。誰道黃金如糞土，張耳陳餘斷消息。行路難，行路難，君自看。

其二

不會當初作天地，剛有多般愚與智。到頭還用眞宰心，何如上下皆清氣。大道冥冥不知處，那堪頓得羲和轡。義不義兮仁不仁，擬學長生更容易。負薪爲爐復爲火，緣木求魚應且止。君不見燒金煉石古帝王，鬼火熒熒白楊裏。

其三

君不見道傍廢井生古木，本是驕奢貴人屋。幾度美人照影來，素綆銀瓶濯纖玉。雲飛雨散今如此，繡閨雕甍作荒谷。沸渭笙歌君莫誇，不應長是西家哭。休說遺編行者幾，至竟終須合天理。敗他成此亦何功，蘇張終作多言鬼。行路難，行路難，不在羊腸裏。

下有九有范〻共堯日君不見道傍樹有寄生枝二首

輕薄篇

唐僧弘秀集　國家圖書館藏萬曆四十七年沈春澤刻本

繡林錦野春態相壓誰家少年馬蹄蹋蹋鬬雞走狗夜不歸一擲賭却如花妾惟言不顛不狂其名不彰悲夫

木落蕭蕭蛩鳴唧唧不覺朱蔫臉紅霜刼髩漆世途多事泣向秋日方今少壯不努力老大悲傷復何益

野田黄雀行

高樹風多吹爾巢落蒿深葉煖宜爾依泊莫近

鳴類蛛網亦惡飲野田之清水食野田之黃粟
深花中睡埒土裏浴如此即全勝啄太倉之穀
而更穿人之屋

懷素上人草書歌

張顛顛後顛非顛直至懷素之顛始是顛師不
談經不坐禪筋力惟於草書妙顛狂却恐是神
仙有神助兮神莫及鐵石畫兮墨須入金罇竹
葉數斗餘半飲半傾山衲溼醉來把筆猛如虎

粉壁素屏不問主亂拏亂抹無規矩羅剎石上坐伍子胥蒯通八字立對漢高祖勢崩騰兮不可止天機暗轉鋒鋩裏閃電光中霹靂飛古柏身中旱龍死駭人心兮目眓呼鬱切瞁香激切頓人足兮神辟易乍如沙場大戰後斷槍檝箭何狼籍又似深山怪石上古病松枝掛鐵錫月兔筆天竈墨斜鑿黃金側剉玉珊瑚枝長大如束天馬驕獰不可勒東却西南又北倒還起斷復續

忽如郢公捉住單雄信秦王肩上搭着棗木槊懷素師若不是星辰降瑞郎必是河嶽孕靈固宜須令笑逸少爭得不醉罵伯英天台古杉一千尺崖崩岸折何崢嶸或細微仙衣縫綻金線垂或妍媚桃花半紅公子醉我恐山爲墨海爲水天爲筆兮書大地乃能略展狂僧意長恨師不相識一見此書空歎息伊昔張渭任華葉季良數子贈歌豈虛飾所不足者渾未曾道着其

神力石橋被燒却、良玉不土蝕、錐畫沙兮印印泥、世人世人莫得知、素師雄名在世間、明月清風有何極、

（旁批：燒　爭　測知）

獻錢尚父

（批注：錢鏐自称吳越國王，休以詩授之，鏐諭改為四十州乃可相見。休曰：州亦難添，詩亦難改，閑雲孤鶴，何天不可飛。遂入蜀。）

貴逼人來不自由、龍驤鳳翥勢難收、滿堂花醉三千客、一劒霜寒十四州、鼓角揭天嘉氣冷、風濤動地海山秋、東南永作金天柱、誰羨當時萬戶侯、

春山行

重疊太古色濛濛花雨時好山行恐盡流水語相隨黑壤生紅朮黃猿領白見因思石橋日曾與道人期

詠吟

經天緯地物動必計天木盡日覓不得有時還自來眞風含素髮秋色入霧臺吟向霜蟾下終須神鬼哀

送人赴舉

兩河兵火後，哂笑見吾曹。海靜三山出，天空一鶴高。賃居槐陟屋，行卷雪埋袍。他日如相見，栽桃向海濤。

老僧

獨住無人處，松龕嶽色侵。僧中九十臘，雲外一生心。白髮垂不剃，青眸笑轉深。猶能指孤月，爲我暫開襟。

贈道士

闞茸復埃塵難親復易親皆疑有仙術問看却愁人秖是駝浮蟻曾云見泣麟相逢先合掌渾似有前因

若熱

松桂晝不動陽烏飛上天稻麻雖結實砂石欲生煙毒氣仍干扇高枝不立蟬舊山多貯雪歸去是何年

贈隱者

千峰映碧湘真隱此中藏飯不煑石喫肴應似雪長楓根支酒瓮鶴蝨落琴牀雖效忘機者斯人尚未忘

送僧歸天台

天台四絕寺歸去見師眞莫折枸杞葉令他拾得嗔天空聞聖磬瀑細落花巾必若雲中老他時得有鄰天台國清寺有拾得花巾即波羅巾也

新蟬〔猗〕　一作新蟬

尋常看不見花落樹多苔忽向高枝發又從何處來風淸聲更揭月苦思彌哀〔意〕多少求名者年年被爾催

秋寄李頻使君　原詩二首選第二首

務簡趣誰〔難〕陪淸吟共綠苔葉和秋蟻落僧帶野〔香〕風來留客朝嘗酒憂民夜晝灰終期冒風雪〔結冬〕

過夏解制謂之終期江上見宗雷宗炳雷次宗佛家法城也

題簡禪師院

機忘室亦空、靜與沃洲同、惟有半庭竹、能生竟日風、思山海月上、出定印香終、繼後傳衣者、還須立雪中

懷智體上人

把筆懷吾友、庭鶯百囀時、惟應一處住、方得不相思、雪水淹門閫、春雷折樹枝、平生無限事、不獨白雲知

憶在山中時

憶在山中時、丹桂花葳蕤、紅泉浸瑤草。日夕生華滋。箬屋開地爐、翠牆挂藤衣、看經竹窻邊、白猿三四枝。東峰有老人、眼碧頭骨奇、種薤煮白石、旨趣如嬰兒、月上來打門、月落方始歸、授我微妙訣、恬然無所爲、別來六七年、只恐白日飛

春晚書山家主人壁

柴門寂寂黍飯馨、山家煙火春雨晴、庭花濛濛

水泠泠小兒啼索樹上鸎

深山逢老僧　原詩二首

衲衣線粗心似月自把短鉏同榾柮青石溪邊

踏蘖行數片雲隨雨眉雪

邊上作二首　原詩三首

山無綠兮木無潹風旣毒兮沙亦腥胡兒走馬

疾飛鳥聯翩射落雲中聲

其二

陣雲忽向沙中起、探得胡兵過遼水、堪嗟護塞征戍兒、未戰已疑身是鬼。

宿深村

行行一宿深村裏、雞犬豐年鬧如市。黃昏見客合家喜、月下取魚戽塘水。

書石壁禪居 此首妄

赤旃檀塔六七級、白菡萏花三四枝、禪客相逢祇彈指、此心能有幾人知、

聽僧彈琴

家住吳王古戰城，海風終日打檣聲。今朝鄉思渾堆積，琴上聞師大蟹行。

再遊東林寺三首 原詩五首

臺殿參差聳瑞煙，桂花飄雪水潺潺。莫疑遠去無消息，七萬餘年始半年。傳記云安遠務焚三車者生兜率天，人間四千年彼天一晝夜，亦三十日為一月，十二月為一年，壽四千歲。

其二

宣玄舊輦殘雲濕，耶舍孤墳落照遲。昔桓玄入山禮遠。佛陀耶舍，譯經師也。

有箇山僧倚松睡恐人來取白猿兒

其三

玉像珠龕香陣橫錦霞多旁石墻生薜蛇行者
今何在花裏惟聞鳩鳥聲
下有愛陶長官醉兀兀白薝蔔花露滴滴二首

題蘭江言上人院二首
時王禹偁先輩有詩二首題其院因和題之

一生只着一麻衣道業還期習彥威
高僧傳有曇彥
手
把新詩說山夢石橋天柱雪霏霏

其二

只是危吟坐翠層門前岐路自崩騰青雲名士
時相訪茶煮西峰瀑布氷

風琴

至境心爲造化功、一枝青竹四絃風、寥寥雙耳
更深後、如在緱山明月中、

繡州張相公見訪

德符唐德瑞通天曾叱讒諛玉座前千襲綵衣
宫錦薄數牀御札主恩偏出師暫放張良箸得

罪惟撐范蠡船未報君恩終必報不妨金地禮

青蓮

秋夜曲

蟪蛄切切風騷騷芙蓉噴香蟾蜍高孤燈耿耿

征婦勞更深樸落金錯刀

湘江懷古

煙浪漾秋色高吟孰得隣一輪湘渚月萬古獨

醒人岓濕穿花遠雲香禱廟頻秖應諛佞者到

此不傷神

寒思廬山賈生

山兄詩僻甚寒夜更何爲覓句惟頽坐嚴霜打不知石膏粘木屐崖栗落氷池近見禪僧說生涯勝往時

雪夜寄友人

皓彩中宵合開門失所蹤何年今夜意共子在孤峰氣射燈花落光侵壁鏄濃惟君心似我吟

到五更鐘

途中逢周朴

東西南北路相遇共興衰世獨無知己子從何處來菊衰芳艸在程遠宿煙開儻遇中興主還應不用媒

休糧僧

不食更何求自由中自由身輕嫌衲重天旱為民愁應器誰將去（鉢盂謂之應量器）生臺蟻不遊會須

傳此術相共老林丘

題擇（嶧）詞（祠）律師院

律中麟角者高淡（談）出塵埃芳草不曾觸幾生如此來壑風吹磬斷杉露滴花開如結林中社伊予願（亦願）一陪

山居十首

原詩廿四首并序　序曰愚咸通四五年中於鍾陵作山居詩二十四章放筆藁被人將去厥後或有散在于屋壁或吟詠於人口一首兩首時時聞之皆多字句舛錯洎乾符辛丑歲避寇於山寺偶獲其本風調野俗格力低濁豈可聞於大雅君子一日抽毫改之或留之除之修之補之却成二十四首亦斐然也蚀木也槃山詬之例也或作者氣合始為一篇吟之可也

休話喧譁事事難山翁只合在（住）深山數聲清磬是非外一箇閒人天地間綠圃空階雲冉冉異

禽佳草水潺潺無人爲向羣儒道巉桂枝高更好攀

其二

誰是言休即便休高吟靜坐碧峰頭三間茅屋無人到十里松門獨自游明月清風宗炳社夕陽秋色庾公樓修心未到無心地萬種千般逐水流

其三

露滴紅蘭玉繞畦，閑拖象屐到峰西。但令心似蓮花潔，何必身將槁木齊。古塹細煙紅樹老，半巖殘雪白猿啼。雖然不是桃源洞，春至桃花亦滿溪。

其四　此首其十四

嵐嫩風輕似碧紗，雲樓金像滿煙霞。蕨包玉粉生香壠，菌簇銀丁出靜槎。舉世只知嗟逝水，無人惟解悟空花。可憐擾擾塵埃裏，雙鬢如絲事

似麻、

其五

心心心不住希夷、石室巉巖白髮垂、惜竹不除當路筍、愛松留得礙人枝、焚香開卷霞生砌捲箔冥心月在池無限故人頭已白、不知今日復何之、

其六

一菴瞑目在穹冥、菌枕松牀蘚陣青、乳鹿暗行

樫徑雲瀑泉微濺石樓經閒吟不覺過天井長嘯還能動嶽霛應恐無人知此意非凡非聖獨惺惺

其七　此首其十

五嶽煙霞連不斷三山洞穴去應通石牕欹枕疎疎雨水碓無人浩浩風童子念經深竹裏獮猴拾蝨夕陽中因嗟往事抛心力六七年來楚水東

其八　此首其十二

翠竇煙巖畫不成，桂華瀑沫雜芳馨。撥霞掃雪和雲母，掘石移松得茯苓。好鳥似花窺玉磬，嫩苔如水沒金瓶。從他人笑從他笑，地覆天翻也只寧。

其九　此首其二十二

自古浮華能幾幾，逝波終日去滔滔。漢王廢苑生秋草，吳主荒宮入夜濤。滿屋黃金機不息，一

頭白髮氣猶高豈知物外金仙子甘露天香滴
毳袍
其十
自休自了自安排常願居山事偶諧僧採樹衣
臨絕壑狖爭山果落空階閒檐荼器緣青嶂靜
衲禪袍坐綠崖虛作新詩反招隱出來多與此
心乖
春野作

閒步淺青平綠，流水征車自速，誰家挾彈少年，擬打紅衣啄木。

寒江上望

荒岸燒未死，白雲凝不動，極目無人行，浪打取魚籠。

月夕

霜月夜徘徊，樓中羌管（笛）催，曉風吹不盡，江上落殘梅。

六卷終

唐僧弘秀集卷七

宋　荷澤李龏和父編

明　吳興沈春澤雨若校

齊己六十首

齊己名得生姓胡氏益陽人七歲為長沙大溈同慶寺牧牛天性頴悟日以竹枝畫牛背為篇什羣僧奇之且欲壯其山門勸令出家後居道林寺高從誨以為龍興寺僧正非其所好頸有瘤贅時號詩囊與蕭山隱士鄭谷相酬唱卒于江陵自號衡嶽沙門有詩十卷曰白蓮集

君子行

聖人不生、麟龍何瑞、梧桐不高、鳳凰何止、吾聞古之有君子、行藏以時、進退求已、榮必爲天下榮、恥必爲天下恥、苟進不如此、退不如此、亦何

必用虛僞之文章、取榮名而自美、

風琴引

挼音蹉吳絲、雕楚竹、高託天風拂爲曲、一一宮商在素空、鸞鳴鳳語翹梧桐、夜深天碧松風多、孤窓寒、夢驚流波、愁魂傍枕不肯去、翻疑住處鄰湘娥、薰風聲盡金風發、冷泛虛堂韻難歇、常恐聽多耳漸繁、清音不絕知音絕、

夏雲曲

紅嵯峨爍晚波乖龍慵臥旱鬼多爞爞萬里壓天塹颭雷驅電空閃閃好雨不雨風不風徒倚蒼穹作巖險男巫女覡更走魂焚香祝天天不聞天若聞必能使爾爲潤澤洗埃氛而又變之成五色捧日輪將以表唐堯虞舜之明君

祈眞壇

玉甃瑤壇二三級學儺弟子參差入霓旌隊仗下不下松檜森森天露濕殿前寒氣束香雲朝

祈暮禱玄元君茫茫俗骨醉更昏樓臺十二遥
崑崙縱廣一萬二千里中有九色雲霞五色水
何當斷慾便飛去不要九轉神丹換骨髓

讀李白集

竭雲濤刳巨鼇搜括造化空牢牢冥心入海海
神怖驪龍不敢爲珠主人間物像不供取飽飯
遊神向玄圃鏘金鏗玉千餘篇膾吞炙嚼人口
傳須知一一丈夫氣不是綺羅兒女言

泉瓦二字疑非

觀李瓊處士畫海濤

巨鼇轉側長鰌翻狂濤顛浪高漫漫李瓊奪得造化本都盧縮在秋毫端一揮一畫皆筋骨滉瀁崩騰大鯨臯藥樣僊槎擺欲沉下頭應是驪龍窟昔年曾夢涉蓬瀛惟聞撼動珊瑚聲今來正歎陸沈久見君此畫思前程千尋萬派功難測海門山小濤頭白令人錯認錢塘城羅刹石上奔雷霆

湘妃廟

湘煙濛濛湘水急、汀露凝紅褭蓮濕、蒼梧雲疊九嶷深、二女魂飛江上立、相攜泣、鳳蓋龍輿追不及、廟荒松朽啼飛猩、筭鞭迸出堦基傾、黃昏一片陰風起、新月如眉生潤水、

昇天行

身不沉、骨不重、驅青鸞、駕白鳳、幢蓋飄搖入冷空、天風瑟瑟星河動、瑤闕參差阿母家、樓臺虛

閑凝彤霞三五僊子乘龍車堂前碾爛蟠桃花回頭却顧蓬山頂一點濃嵐在深井

弔汨羅

落日倚闌干徘徊汨羅曲冤魂如可弔煙浪聲似哭我欲考黿鼉之心烹魚龍之腹爾既啖大夫之血食大夫之肉千載之後猶斯藏伏將謂唐堯之尊還如荒醉之君更有逐臣於焉葬魂得以縱其噬恣其吞

贈念法華經僧

念念念兮入惡易念念念兮入善難念經念佛能一般愛河無處生波瀾言公少年眞法器白晝不出夜不睡心心緣經口緣字一室寥寥燈照地沉檀卷軸寶函盛薝蔔香薰水精記空山木落古寺閒松頂鶴眠霜霰乾牙根舌根冰滴寒珊瑚枝打紅琅玕但恐蓮花七朵一時拆朵朵似君心簇攢又恐風縣吹天花繽紛如雨飄

袈裟况聞此經甚微妙百千諸佛眞秘要靈山說後始傳來聞者雖多持者少更堪誦入陀羅尼（此云總持）唐音梵音相襍時舜絃和雅薰風吹文王武王絃更悲如此爭不遣空碧中有龍來聽有鬼來聽亦使人間聞者敬見者敬自然虛空性淸淨此經眞體卽毗盧（毗盧此云種種光）雪嶺白牛君識無

行路難

行路難、君好看、驚波不在黿鼉間、小人心裏藏崩湍、七盤九折寒嶮崒、翻車倒蓋猶堪出、未似是非唇舌危、暗中潛毀平人骨、君不見楚靈均、千古沉冤湘水濱、又不見李太白、一朝却作江南客、

謝徽上人惠二龍障子以短歌訓之

我見蘇州崑山佛殿中、金城柱上有一龍、老僧相傳道是僧繇手、尋常入海共龍鬬、又聞蜀國

玉局觀有孫遇跡盤屈身長八十尺遊人爭看不敢近頭覷寒泉萬丈碧近有五羊徽上人閑工小筆得意新畫龍不誇頭角及鬚鱗只求筋骨與精神徽上人眞藝者惠我雙龍不言價等閑不敢將懸掛恐似葉公好假龍及見眞龍却驚怕

夏日草堂作 方回云此齊己自賦草堂事也洪覺範取此八句賦為八詩

沙泉帶草堂紙帳卷空牀靜是眞消息吟非俗

肺腸園林坐清影梅杏嚼紅香誰住原西寺鐘聲送夕陽

早梅

萬木凍欲折孤根煖獨回前村深雪裏昨夜一枝開風遞幽香出禽窺素艷來明年如應律先發映春臺

寄鏡湖方干處士（紀事作寄方干處士鑑湖舊居）

賀監舊山川空來近百年聞君與琴鶴終日在

漁船島露深秋石湖澄半夜天雲門幾回去題徧好林泉

送人遊塞

槐枒野橋邊行塵暗馬前秋風來漢地客路入胡天雁聚河流濁羊羣磧艸羶那堪隴頭宿鄉夢逐潺湲

新秋雨後

夜雨洗河漢詩懷覺有靈籬聲新蟋蟀艸影老

蜻蜓靜引閑機發涼吹遠思醒逍遥向誰説時

註漆園經

送遷客

天涯即愛州謫去莫多愁若似承恩寵何如伎

主休瘴昏銅柱黑艸赤火山秋應想堯階下當

時獬豸頭

經吳平觀

中元齋醮後殘燼滿空壇老鶴心何待尊師髩

巴乾幡燈古殿夜霜霰大椿寒誰見長生路人間事萬端

白髮

莫染亦莫鑷任從伊滿頭白雖無耐藥黑也不禁秋靜枕聽蟬臥閑垂看水流浮生自達此多爲爾爲愁

秋興寄衞公

風聲吹竹健涼氣着身輕誰有閑心去江邊看

水行村遥紅樹迴野闊白煙平試裂芭蕉片題
詩問竺卿

送中觀進公歸巴陵

一論破雙空持行大國中不知從此去何處挫
邪宗晝雨懸帆黑殘陽泊島紅應遊到灧澦相
憶繞茶叢

詩

贈曹松先輩

余歲赴春闈達如夫子稀山中把卷去牓下注

官歸楚月吟前落江禽酒外飛閑遊向詩寺却
看白蔴衣
傷鄭谷郎中
鍾陵千首作筆絶亦身終知落干戈裏誰家煨
燼中吟齋春長蕨釣渚夜鳴鴻惆悵秋江月曾
招我看同
題終南山隱者室
終南山北面直下是長安自掃青苔室閑欹白

石看風吹𢠸樹老日曬竇雲乾時向圭峰宿僧房瀑布寒

經費徵君舊居

高眠當聖代雲鳥未爲孤天子徵不起閑人親得無猿猱狂欲墜水石怪難圖寂寞荒齋外杉松相倚枯

原上晚望

倚杖聊攄望寒原遠近分夜來何處火燒出古

人、墳、野勢盤空澤。江流合暮雲。殘陽催百鳥。各自看棲羣、

聞貫休下世

吾師詩匠者、眞箇碧雲流、爭得梁太子、更爲文選樓、錦江新塚、樹、婺女舊山秋、欲去焚香禮、啼猿峽阻脩、

山寺喜道者至

閏年春過後、山寺始花開、還有無心者、閑尋此

境來鳥幽聲忽斷茶好味重回知住南巖久宾
心坐綠苔

巳卯歲值凍阻歸有作

河冰連地凍朔氣壓春寒閉戶思歸遠出門移
步難湖雲粘雁重廟樹括風乾坐看孤燈焰微
微向曉殘

寄懷江西僧達禪弟

長憶舊山日與君同聚沙未能精貝葉便學咏

楊花苦甚傷心骨清還切齒牙何妨繼餘習菩薩修行餘習未盡前世是詩家聚沙爲佛塔見法華經

過陳陶處士舊居

一室貯琴樽詩皆大雅言夜過秋竹寺醉打老僧門遠燒來籬下寒蔬簇石根閑庭除鶴跡半是杖頭痕

春興

柳煖鶯多語花明艸盡長風流在詩句牽率繞

池塘叫切禽名字飛狂蝶姓莊時來眞可惜自
勉掇蘭芳

過商山

疊疊疊嵐寒紅塵翠裏盤前程有名利此路莫
艱難雲木侵天老輪蹄到月殘何能尋四皓過
盡見長安

贈無本上人

往年吟月社因亂散揚州未是無端寺何妨出

世遊洞庭禪過臘衡嶽坐經秋終說將衣鉢天台老去休

題眞州精舍

波心精舍好那岍是繁華礙目無高樹當門即遠沙晨齋來海客夜磬到漁家石鼎秋濤靜禪回有嶽茶

謝人惠藥

五金元造化九鍊更精新敢謂長生客將遺必

死人久餐應換骨、一服已通神、終逐淮王去、永抛浮世塵、

秋夜聽業上人彈琴

萬物都寂寂、堪聞彈正聲、人心盡如此、天下自和平、湘水瀉秋碧、古風吹太淸、往年廬嶽奏、今夕更分明、

中秋愴懷寄二三知巳

眼暗心還白、逢春强凭欄、因聞積夜雨、却憶舊

山寒竹撼煙叢滑花燒露朶乾故人相會處應話此衰殘

聞落葉

楚樹霜晴後蕭蕭落曉風因思故園夜流水幾林空煑茗燒乾脆行苔踏爛紅來年未離此還見碧叢叢

逢詩僧

禪玄無可示詩妙有何評五七字中苦百千年

後淸難求方至理不朽始爲名珍重重相見忘
機話此情

送人南遊

且聽吟贈遠君此去蒙州瘴國頻聞說邊鴻亦
不遊蠻花藏孔雀野石隱犀牛到彼誰相慰知
音有郡侯

謝虛中上人晚秋見寄

楚外同文在荊門得信時幾重相別意一首晚

秋詩日暮山洸雨蓮殘水滿池登樓試南望爲
子動歸思

聽泉

落石幾萬仞遠聲飄冷空高秋初雨後半夜亂
山中只有照壁月更無吹葉風昔曾廬嶽聽到
曉與僧同

弔杜工部墳

鵬翅蹋於斯明君知不知域中詩價大荒外上

墳里、瘴雨無時滴、蠻風有穴吹、惟應李太白精
魄往來疲、

寄廬嶽僧

一聞飛錫別、區中深入西南瀑布峰天際雪埋
千片石、洞前冰折、幾株松、煙霞明媚栖心地苔
蘚縈紆出世蹤、莫問江南舊居寺、火燒兵劫斷
秋鐘、

送泰禪師歸南嶽

石龕閒鎖白雲邊歸去途程半在船林簇曉霜
離水寺路穿新燒入山泉已尋嵐壁蹄空盡却
看星辰向地懸有興寄題紅葉上不妨收拾別
爲編

荆州貫休大師舊房

踈篁抽筍柳垂陰舊是休公種此吟入貢文儒
來請益出官卿相駐過尋右軍書畫神傳髓康
樂文章夢授心消得青城千嶂下白蓮標塔帝

恩深

韶陽微公

曲江晴影石千株，吾子思歸夢斷初。有信非來

山疊疊，無言南去雨踈踈。祖師門接園林路，丞

相家同井邑居。閑野老身留得否，相招多是秀

才書。

鸂鶒

何處經年絕好音，煖風催出囀喬林。羽毛新刷

陶潛菊、喉舌初調叔夜琴、藏雨金樓紅杏密、避人雙入綠楊深、曉來枝上千般語、應共桃花說舊心、

寄萍鄉唐稟正字

新詩聲價滿皇都、高臥林中更起無、春興酒香薰肺腑、夜吟雲氣濕髭鬚、同登水閣僧皆別、共上漁船鶴亦孤、長憶前年送行處、洞門殘日照菖蒲、

送李才歸湘中

詞客攜文訪病夫因吟送別憶湘湖寒消浦漵催鴻雁煖入溪山養鷓鴣僧向月中尋嶽麓雲從城上去蒼梧君歸爲問峰前寺舊住松房鎖在無

聞尚顏上人刱居有寄

麓山南面橘州西別搆新齋與竹齊野客已聞將鶴贈江僧未說有詩題牕臨香靄雲千嶂枕

遍瀑湲月一溪可想乍移吟榻處松陰冷濕壁新泥

遣懷

詩病相兼老病深世醫徒更費千金餘生豈必虛拋擲未死何妨樂咏吟流水不回休歎息白雲無迹莫追尋閑身自有閑消處黃葉秋風蟬一林

送人入蜀

何必閑吟蜀道難知君心出險巇閒尋常秋泛
江陵去容易春浮錦水還兩面碧懸神女峽幾
重青出丈人山文君酒市逢初雪滿貫新沽洗
旅顔

寄南嶽泰禪師

江頭默想坐禪峰白石山前萬丈空山下獵人
應不到雪深花鹿在菴中

寄清溪道者

萬重千疊紅霞嶂夜燭朝香白石龕常記（寄）溪牕

凭危檻看經影落古龍潭

貽九峰上人

一法傳聞繼老能九華閑臥最高層秋鐘盡後

殘陽暝門掩松邊雨夜燈老能曹溪也

謝猿皮

貴向獵師家買得攜來乞與坐禪床不知嘯月（摘）

秋潭畔曾對何人啼斷腸

酬光上人

禪言難後到詩言坐石心同立月魂應記前秋會吟處五更猶立老松根

無本四首 無本即賈島初爲僧

馬嵬

長川幾處樹青青孤驛危樓對翠屏一自上皇惆悵後至今來往馬蹄腥一作腥

行次漢上

習家池沼草萋萋嵐樹光中信馬蹄漢主廟前湘水碧一聲風角夕陽低

尋隱者不遇

松下問童子言師採藥去只在此山中雲深不知處

寄友

聞說到揚州吹簫有舊遊人來多不見莫是上迷樓

唐僧弘秀集卷七

唐僧弘秀集卷八

宋　荷澤李　龏和父編

明　吳興沈春澤雨若校

脩睦十二首

秋日閑居

是事不相關誰人似此閑卷簾當白晝移榻對青山野鶴眠松上秋苔長雨間嶽僧頻有信昨日得書還

宿岳陽開元寺

竟夕憑虛檻，何當興歎頻。往來人自老，今古月長新。風逆沈漁唱，松疏露鶴身。無眠鐘又動，幾客在迷津。

送邊將

人盡有離別，而君獨可嗟。言將身報國，敢望祿榮家。戰思風吹野，鄉心月照沙。歸期定何日，塞北樹無花。

雪中送人北遊

然知心去速、其奈雪飛頻、莫喜無危道、雖平更陷人、遠郊光接漢、曠野色通秦、此去迢遥極、却回應過春、

落葉

雨過閑田地、重重落葉紅、翻思向春日、肯信有秋風。幾處隨流水、何（河）邊亂暮空。秖應松自立、而不與君同、

落花

一片又一片、等閑苔面紅、不能延數日、開亦是
春風、公子歌聲歇、詩人眼界空、遥思故山下、經
雨兩三叢、

題田道者院

入門空寂寂、眞箇出家兒、有行鬼不見、無心人
謂癡、古巖寒栢對、流水落花隨、欲別一何嬾、相
從所恨遲、

東林寺

欲去不忍去徘徊吟繞廊水光秋澹蕩僧好語尋常碑古苔文疊山晴鐘韻長翻思南嶽上欠此白蓮香

寄貫休上人

常語亦關詩常流安得知楚郊來未久吳地住多時立月無人近歸林有鶴隨所居渾不遠相識偶然遲

喜僧友到

十年消息斷，空使夢煙蘿。嵩嶽幾時下，洞庭何日過。缾乾離澗久，衲壞臥雲多。知意欲相留住，遊方肯舍麽。

懷虚中上人

簷雨滴更殘，思君安未安。湘川聞不遠，道路去尋難。吟鬢霜應蝕，禪衣雪漸寒。倚松因獨立，一鳥下江干。

簡寂觀

正同高士坐煙霞思着閑忙又是嗟碧岫觀中人似鶴紅塵路上事如痲石肥滞雨添蒼蘚松老涵風落翠花莫道此閒無我分遺民長在惠持家

無悶二首

暮春送人

折楊亭邊手重攜江煙澹澹艸萋萋杜鵑不顧

離人意更向落花枝上啼

寒林石屏

艸堂無物伴身閑惟有屏風枕簟間本向他山求得石却於石上看他山

太易一首　太易公安沙门

贈司空拾遺

侍臣何事辭雲陛江上微吟見雪花望闕未承丹鳳詔閉門空對楚人家陳琳草奏才還在王

纔登樓輿尚賒高館更容塵外客仍令歸路奉

瑤華

景雲三首

老僧一作鄭棨詩

日照西山雪老僧門始開凍瓶粘柱礎宿火陷

爐灰童子病歸去鹿麋寒入來齋鐘知漸近飯

鳥下生臺施食臺謂出生臺

谿叟

谿翁居處靜谿鳥入門飛早起釣魚去夜深乘月歸露香菰米熟煙煖荇絲肥瀟灑塵埃外扁舟一草衣

畫松

畫松一似眞松樹且待尋思記得無曾在天台山上見石橋南畔第三株

法振十一首 振一作震 大曆貞元間李益同時人以詩名

病愈寄友 一作皎然詩

哀樂瘖成疾、臥中方月移、西山有清士、孤嘯不可追、搗藥晝林靜、汲泉陰澗遲、微蹤與麋鹿、遠謝求羊知、

送韓侍御自使幕巡海北

微雨過山夜洗兵、繡衣逢拂海風清、幕中運策心應若、馬上題詩卷已成、離亭不惜花源醉、古道猶看蔓艸生、因說元戎能破虜、高歌一曲隴關情、

送常大夫赴朔方

關山今不掩、軍候烏先知、大漢嫖姚入、烏孫部曲隨、高旌天外駐、寒角月中吹、歸到長安苐花應再滿枝、

送人遊越 一作送人遊閩越

不須行借問、爲爾話閩中、海島春寒雨、江帆來去風、道遊玄度宅、身寄朗陵公、此別何傷遠、如今關塞通、

越中贈程先生

紗帽度殘春虛舟寄一身溪邊逢越女花裏問秦人古塞連山靜陰霞落海新有時城郭去暗與酒家親

題萬山許鍊師

道成人不識流水響空山花暗軒牕外雲生坐臥閒驗圖名已久絕粒事長閑更欲崑崙去羞看絳節還

丹陽浦送客之海上

不到終南向幾秋、移居更欲近滄洲、風吹雨色連村暗、潮擁菱花出岸浮、漠漠望中春自艷、寥寥泊處夜堪愁、如君豈得空高枕、只益天書遣遠求

别盧使君歸故柵村

歸風白馬引嘶聲、落日猶看楚輿情、塞戶竹緣空戍沒、潮頭沙擁慢岡成、松田且欲親耕種、郡

守何偏問姓名、東道宿程投故棚、依依漁父解相迎、

張舍人南溪別業

新田繞屋半春畊、藜杖閑門引客行、山翠自成微雨色、溪花不隱亂泉聲、漁家遠到堪畱興、公府懸知亦厭名、入夜更宜明月滿、雙童呼出解吹笙、

送褚先生海上尋封鍊師

潮落風吹定天吴避客舟近承三殿旨欲向五湖遊不厭烏皮几新縫鶴氅裘明珠漂斷岸陰火映中流華蓋芝童引神丹桂女收懸知居縹緲因爲識浮丘

月夜泛舟

西塞長雲盡南湖片月斜漾舟人不見臥入武陵花

送友人之上都

玉帛徵賢楚客稀猿啼相送武陵歸潮頭望入
桃花去一片春帆帶雨飛

栖白十四首

栖白越中僧文宗開成时人与劉得仁曹松李洞友善宣宗朝嘗居薦福寺内供奉賜紫

送圓三藏歸本國

家山臨晚日海路信歸橈樹藏渾無岸風生只
有潮歲窮程未盡天末國仍遙已入閩王夢香
花境外邀

贈李濱秀才

南居古廟深高樹宿山禽明月上清漢騷人動楚吟數篇正始韻一片補亡心孤悄欺何謝雲波不可尋

八月十五夜翫月

尋常三五夜不是不嬋娟及至中秋滿還勝別夜圓清光凝有露皓魄爽無煙自古皆如此年來又一年

送禪師宗極歸玉峰

背郭去歸宿頭隨意頗濃鶴爭栖遠樹猿鬬上
孤峰夜戍經霜月秋城過雨鐘由來無定止何
處訪高蹤

尋山僧眞勝上人不遇

松下禪栖所苔滋徑莫分青山春莫見流水夜
深聞不坐看山石應隨出定雲猿猱非可問巖
谷日空曛

邊思

西北黃雲暮聲聲畫角愁陰山一夜雨白艸四
郊秋亂雁鳴寒渡飛沙入廢樓何時番色盡此
地見芳洲

送王錬師歸嵩嶽

飄然綠毛節杳去洛城端隔水見秋嶽兼霜掃
石壇一溪松色古半夜鶴聲寒逈與人寰別勞
生不可觀

送石秀才

正是歎羇遊知音拜楚侯何須辭遠道自可樂
扁舟倚棹江洲雨聞猿島岫秋謝家山水興終
日待詩流

寄南山景禪師

一度林前見遠公静聞眞語世情空至今寂寞
禪心在任起桃花栁絮風

月夜懷劉秀才

獨夜相思但自勞阮生吟罷夢雲濤此時小定

未禪寂古塔月中松聲高

哭劉得仁

爲愛詩名吟至死、風魂雪魄去難招、直須桂子落墳上、生得一枝寃始消、

經廢宫

終日河聲咽暮空、煙愁此地晝濛濛、錦帆東去沙侵苑、玉輦西來樹滿宫、曾客望津天欲雪、朔鴻離㟙草生風、那堪獨立思前事、回首殘陽雉

堞紅、

贈識古法師

重城深寺講初休、却憶家山訪舊遊、對月與君相送夜、聞蛩敎我獨驚秋、雲心杳杳、難爲別、鶴性、蕭蕭、不可、畱、遙想孤舟淸渭上、飄然帆影起離愁、

壽昌節賦得紅雲表夏日　宣宗實錄帝以六月二十二日生歸是日爲壽昌節

景候融融陰氣潛、如、峰雲共火、相、兼、霞光捧日

登天上丹彩乘風入殿簷行逐赤龍千歲出明
當朱夏萬方瞻微臣多幸逢佳節得賦殊祥近
御簾

隱巒四首　隱巒唐末匡廬僧

牧童

牧童見人俱不識盡着芒鞋戴篛笠朝陽未出
衆山晴露濕簑衣猶半濕二月三月時平原艸
初綠三箇五箇騎羸牛前村後村來放牧笛聲

繞一舉、衆稚齊歌舞、看看白日向西斜、各自騎
牛又歸去
蜀中送人遊盧山
君遊正值芳春月、蜀道千山皆秀發、溪邊十里
五里花、雲外三峰兩峰雪、君上匡山我舊居、松
蘿抛擲十年餘、君行試到山前問、山鳥只今相
憶無、
琴

七條絲上寄深意澗水松風生十指自乃知音
猶尚稀欲教更入何人耳

浮橋

横壓驚波防沒溺當初元刱是軍機行人到此
全無滞一片江雲踏欲飛

處默六首

憶廬山舊居

粗衣糲食老煙霞免抱衰顔惜歳華獨鶴秪應

山客伴閒雲常在野僧家叢生嫩蕨粘松粉自
落乾薪帶蘚花明月清風舊相得十年歸恨可
能賒

題棲霞寺僧房

名山不取買山錢任構花宮近碧巔松檜老依
雲裏寺樓臺深鎖洞中天風經險嶂回疎雨石
倚危屏掛落泉欲結茆菴體師住肯饒多少薜
蘿煙

題聖果寺

路自中峰上盤回出薜蘿到江吳地盡隔岸越山多古木叢青靄遥天浸白波下方城郭近鐘磬雜笙歌

送僧遊西域

一盂兼一錫秖此度流沙野性雖爲客禪心即是家寺披雲嶠雪路入曉天霞自說遊諸國回應歲月賒

遠煙

靄靄前山上凝光滿薜蘿高風吹不盡遠樹得偏多翠與晴雲合輕將淑氣和正堪流野目朱閣意如何

山中作

席簾高捲枕高欹門掩垂蘿蘸碧溪閑把史書眠一覺起來山日過松西

唐僧弘秀集卷八

唐僧弘秀集卷九

宋　荷澤李　龏和父編
明　吳興沈春澤雨若校

卿雲四首

卿雲唐末嶺南僧

長安言懷寄沈彬侍郎

黎

故園梨嶺下歸路接天涯生作長安艸勝爲邊地花雁南飛不到書北寄來賒堪羨神仙客青雲早致家

秋日江居閑詠

寄居江島邊，閑詠幾秋殘。艸白牛羊瘦，風高猿鳥寒。檢方醫故疾，挑藥備中餐。時復停書卷，鉏莎種木蘭。

送人遊塞

去去玉關路，省君曾未行。塞深多伏寇，時靜亦屯兵。雪每先秋降，花嘗近夏生。閑陪射鵰將，應到受降城。

舊國里

舊居梨嶺下風景近炎方地煖生春早家貧覺歲長石房雲過濕杉徑雨餘香日夕竟無事詩書聊自強

栖一二首

栖一武昌人与貫休同时

垓下懷古

緬想咸陽事可嗟楚歌哀怨思無涯八千子弟歸何處萬里鴻溝屬漢家弓指陣前爭日月血

流垓下定龍蛇拔山力盡烏江水今古悠悠空浪花

武昌懷古

戰國城池盡悄然昔人遺迹遍山川笙歌罷歇幾多日臺榭荒涼七百年蟬響夕陽風滿樹雁橫秋島雨漫天堪嗟世事如流水空見蘆花一釣船

澹交二首

病後作

未得亡身法，此身終未安。病腸猶可洗，瘦骨不禁寒。藥少心情餌，經無氣力看。悠悠片雲質，獨對夕陽殘。

寫眞

圖形期自見，自見却傷神。已是夢中夢，更逢身外身。水花凝幻質，墨彩聚空塵。堪笑予兼爾，俱爲未了人。

良乂一首　良乂大中時僧

答盧善　秋山鄰

風泉秖向夢中聞身外無餘可寄君當戶一輪惟曉月掛簷數片是秋雲

若虛二首

樂眞觀　仙

樂氏騎龍上碧天東吳遺宅尚依然悟來大道無多事眞後丹經不直錢老樹夜風蟲咬葉古

壇春雨蘚生氊松傾鶴死桑田變華表歸鄉未有年

懷廬山舊隱

九疊嵯峨倚着天悔隨寒瀑下巖煙深秋猿鳥來心上夜靜松杉到眼前書架想遭苔蘚裹石牕應被薜蘿纏一枝筇竹遊江北不見爐峰二十年

雲表一首 雲表峴山觀主

寒食日郊外

寒食悲看郭外春、野田無處不傷神、平原壘壘累累添新塚、半是去年來哭人。

曇域二首

宿鄭諫議山居

堂開星斗邊、大諫採薇還、禽隱石中樹、月生池上山、涼風吹詠思、幽語隔禪關、莫擬歸城計、終妨此地閒、

懷齊己

髩髯秋景兩蒼蒼，靜對茅齋一炷香。病後身心
俱澹泊，老來朋友半凋傷。峨嵋山色侵雲直，巫
峽灘聲入夜長。猶喜深交有支遁，時時音信到
松房。

子蘭十四首 子蘭，昭宗朝文章供奉。

短歌行

日月何忙忙，出沒住不得。使我勇壯心，少年如

頃刻、人生石火光、通時少於塞、四季倏往來寒暑變、爲賊偷人面上花、奪人頭上黑。

飲馬長城窟

游客長城下、飲馬長城窟、馬嘶聞水腥、爲浸征人骨、豈不是流泉、終不成潺湲、洗盡骨上土、不洗骨中冤、骨若比流水、四海有還魂、空流嗚咽聲、聲中疑是言。

夜直

大內隔重牆多聞樂未央燈明宮樹色茶煮禁泉香鳳輦通門靜雞歌入漏長宴榮陪御席話宻近龍章吟步彤庭月眠分玉署凉欲粘朱紱重頻艸白麻忙筆力將羣吏人情在致唐萬方瞻仰處晨夕面吾皇

蟬

獨蟬初唱古槐枝委曲悲凉斷續遲雨後忽聞誰最苦異鄉孤館憶家時

登樓

邊色鴻聲一列秋大波平日遶山流故人千里同明月盡夕無言空倚樓

長安早秋

風舞槐花落御溝終南山色入城秋門門走馬徵兵急公子笙歌醉玉樓

對雪

寂寂無聲墜碧空霏霏有韻舞微風幽人吟望

搜辭處飄入牕來落硯中

太平里坊尋兵部裴郎中故宅

不語淒涼無限情、荒階行盡又重行、昔年住此人何在、空見槐花秋艸生、

寄乾陵楊侍郎

冷落官資不畏貧、司曹且共內官分、步量野色成公案、點檢樵聲入奏聞、陵廟路因朝去掃、御爐香每使來焚、碑寒樹古神門上、管得無窮空

白雲

登樓憶友

物象遠濛濛，周迴極望中。帶煙千井樹，和磬一樓風。月色寒沈地，波聲夜颺空。登臨無限趣，恨不與君同。

華嚴寺望樊川

萬木葉初紅，人家樹色中。疎鐘搖雨腳，秋水浸雲容。雪積回寒雁，村燈促夜舂。舊山歸未得，生

許欲何從

與道侶同於水陸寺會宿

論道窮心少，有朋此時清話昔年曾。柹凋紅葉鋪寒井，鵲墜霜毛着定僧。風遞遠聲秋澗水，竹穿深色夜房燈。出門盡是勞生者，只此長閒幾箇能。

城上吟

古塚密於艸，新墳侵官道。城外無閑地，城中人

又老

襄陽曲

爲憶南遊人移家大堤住千帆萬帆來盡過門前去

僧鸞二首

苦熱行

燭龍銜火飛天地平陸無風海波沸彤雲疊疊聳奇峰焰焰流光熱凝翠煙鳥搏鵬翔雙翅羲

和赫怒強驄鑾飲流夸父斃長途如見當中印
王字明明夜西朝又東古來有道仍再中扶桑
老葉蔽不得輝華直欲凌蒼空行人揮汗翻成
雨尸燥喉乾嗌塵土西郊雲色晝冥冥如何不
救生靈苦何山怪木藏蛟龍縮鱗卷鬣爲乖慵
不發滂澤注天下欲使風雷何所從旱苗原上
枯成焰嶽靈徒祝無神驗豪家簾外喚清風水
紋明角鋪長簟玉扇畫堂凝夜秋歌艷繞梁催

莫愁陽烏落盡洒不醒扶上西園當月樓廢田

䁕死非吾屬庫有黃金倉有粟

贈李粲秀才 字輝用

隴西輝用眞才子摻奇探險無倫比筆下銛磨

巨闕鋒胷中靜灎西江水哀絃古樂淸人耳月

露激寒哭秋鬼苔地無塵到曉吟杉松老葉風

乾起十軸示余三百篇金碧爛光繞蜀牋雄芒

逸氣測不得使我躑躅成狂顚大郊逹闊空無

邊凝明淡綠收餘煙曠懷相對景何限落日亂
峰青倚天又驚大舶帆高懸行濤劈浪夌飛仙
回首瞥見五千仞撲下香爐瀑布泉何事古人
誇八斗焉敢今朝定妍醜颯風驅雷暫不停始
向場中稱大手駿如健鶻鷙與鵰拏雲獵野翻
重霄狐狸竄伏不敢動却下雙鳴當迅飇愁如
湘靈哭湘浦咽咽哀音隔雲霧九嶷深翠轉巍
峨仙骨寒消不知處清同野客敲越甌丁當急

響涵清秋鸞鏘相引叫未定霜結夜闌仍在樓
高若太空露雲物片白激青皆彷彿仙鶴閑從
淨碧飛巨鼇頭戴蓬萊出前輩歌詩惟翰林神
仙老格何高深鞭馳造化繞筆轉燦爛不爲酸
苦吟夢乘明月清沉沉飛到天台天姥岑傾湖
湧海數百字字字不朽長擬金此日多君可儔
侶堆珠疊璣滿玄圃終日金鑾遊崑崙十二樓
中宴王母

懷楚二首

謝友人見訪留詩

軒車誰肯到、泉石自相親、暮雨凋殘寺、秋風帳望人、庭新一片葉、衣上十年塵、賴有瑤華贈、清吟愈病身

送新平故人

常聽倉庚思舊友、又因蝴蝶夢生涯、一千餘里河連郭、三十六峰寒、到家、陰島宜分東虢雁晴

樓高入上陽鴉（𪇆）巢嫄廟非與君別應笑薄寒悲

落花

惠標四首

賦山

靈山蘊麗名秀出寫蓬瀛香爐帶煙上紫蓋入

霞生霧卷蓮峰碧巖開石鏡明定知丘壑裏併

貯白雲情

又

峨眉信重險，天目本仙居，金華抱丹竈，玉笥藴神書。幽人披薜荔，怨妾採蘼蕪，紫岩無暮雨，何時送故夫。

咏水

曾添疎勒井，經湧貳師營，玉津花色亮，銀溪錦積明。冊如空裏泛，人似鏡中行，持將符上善，利物動高情。

又

長川落日照深浦漾清風蒻楞垂江翠新蓮夾岸紅船行疑泛迴（與上第五句犯）月映似沈空願逐琴高戲乘魚入浪中

可朋一首（可朋丹棱人少与盧延讓為風雅之友有詩千餘篇號玉壘集）

桐花鳥

五色毛衣比鳳雛深花叢裏秖如無美人買得偏憐惜移向金釵重幾銖

懷浦二首

贈智舟三藏

壯歲心難伏師心伏豈難尋常獨在院行坐不離壇嶽雪當禪瞑松風入呪寒更因文字外多把史書看

初冬旅舍叅懷

枕上角聲微離情未惜機夢回三楚寺寒入五更衣月沒棲禽動霜晴凍葉飛自慚行役早深與道相違

幕幽四首

酬友人見寄文上人

家國各萬里、同吟六七年、可堪隨北雁、迢遞向南天、水共行人遠、山將落日連、春淮有雙鯉、莫忘尺書傳、

冬日淮上別文上人

勞歌好自看、終久偶齊桓、五字若教易、一名爭得難、侵牕紅樹老、陰砌雪花殘、莫致齊僚屬、東

歸蓑釣竿、

柳

今古憑君一贈行、幾回折盡復重生、五株斜傍淵明宅、千樹低垂太尉營、臨水帶煙藏翡翠、倚風兼雨宿流鶯、隋皇堤畔上依依在、曾惹當時歌吹聲、

三峽聞猿

誰向茲來不恨生、聲聲都是斷腸聲、七千里外

一家住十二峰前獨自行瘴雨曉藏神女廟蠻
煙寒鎖夜郎城憑君且莫哀吟好會待青雲道
路平

善生四首

送王禪師

飄然無走迹迥與律乘違入郭隨緣住思山破
夏歸過夏不終謂之破夏盂擎數家飯衲乞幾人衣洞了
曹溪旨寧輸俗者機

送智光之南值雨

結束衣囊了，炎州定去遊。艸堂方惜別，山雨爲相留。又得一宵話，免生千里愁。莫辭重卜日，後會必經秋。

旅中答喻軍事問客情

一自遊他國，相逢少故人。縱然爲客樂，爭似在家貧。畜恨霜侵鬢，㨗詩病入神。若非憐片善，誰肯問風塵。

贈盧逸人

高眠巖野隙，至藝敵應難。詩苦無多首，藥靈惟一丸。引泉魚落釜，攀果露沾冠。已得嵇康趣，逢迎事每闌。

亞栖二首

對御書後一絕

通神筆法得玄門，親入長安謁至尊。莫怪出來多意氣，草書曾悅聖明君。

題英禪師

將知德行異尋常，每見持經在道場。欲識用心精潔處，一缾秋水一鑪香。

唐僧弘秀集卷九

唐僧弘秀集卷十

宋　荷澤李　龏和父編
明　吳興沈春澤雨若校

尚顏十八二首

尚顏唐末名僧與陸龜蒙方干陳陶倡和

寄華陰司空侍郎

劒佩巳深扃茅齋嶽面亭詩猶少綺美畫肯愛丹青換筆脩僧史焚香閱道經相邀來未得但想鶴儀形

送劉必先

力進憑詩業，心焦闕問安。遠行無處易，孤立本來難。楚月船中沒，秦星馬上殘。明年有公道，更以命推看。

送獨孤處士

萬里去非怯，惟攜貯藥囊。山家消夜景，酒肆過年光。立鶴洲侵浪，喧蛩音邛壁近床。誰人臨上路，乞得變髭方。

紫閣隱者

天高紫閣侵隱者信沈沈道長年兼長雲溪艸復溪如非禪客見即是獵人尋比笑長安道埃塵古到今

匡山居

無才加性拙道理合藏蹤是處非溪遠其山巳萬重經時隣境戰獨夜隔雲春昨日泉中見常魚亦化龍

夷陵即事

不難饒白髮相續是灘波避世嫌身晚思家乞夢多暑衣經雪著凍硯向陽呵豈謂臨歧路還聞聖主過

寄荊門鄭準

傳衣傳鉢理難論綺靡銷磨二雅尊不許姓名畱月觀終擕缾錫去雲門牕閒掛燭通宵在竹上題詩隔歲存珍重荊門鄭從事十年同受景升恩

懷智栖上人

臨水登山自有期、不同遊子暮何之、閉眠默坐身堪賞、已去還來事可知、林鳥隔雲飛一餉、艸蟲和雨叫多、時思君最易令人老、倚檻空吟所寄詩、

將欲再遊荆渚留辭岐下司徒

竹錫銅瓶配衲衣、殷公樓畔偶然離、白蓮幾看從開日、明月長吟到落時、活計本無桑柘潤、疎

應是雲字　正注

慵尋有水雲資今朝回去精神別爲得頭廳宰相詩

峽中酬荆南鄭準

山齋西向蜀江濆四載安居復有羣風雁勢高猶可見雪猿聲苦不堪聞新詩寫出難勝寶破衲披行卻類雲每喜泝流賓客說元瑜刀筆潤雄軍

贈村公

紬衣木突此鄉尊白盡鬚眉眼未昏醉舞神筵
隨鼓笛閑歌聖代和兒孫黍苗一頃垂秋日茅
棟三間映古原也笑長安名利處紅塵半是馬
蹄翻

秋夜吟

梧桐雨畔夜愁吟抖擻衣裾藓色侵枉道一生
無繫着湘南山水别人尋

棲蟾十首　七

短歌行

一作為頌詩

蟬聲催菊笑浮世懶思量身得幾時活眼開終日忙千門無壽藥一鏡有愁霜早晚雲泥外光陰任短長

放歌行

一作為頌詩

諫頻甘得罪一騎入南溪若順吾皇意即無臣子心織花蠻市布擣月象州砧蒙雪知何日凭樓望北吟

宿巴江　一作為穎詩

江聲五千里，瀉碧急于絃。不覺日又夜，爭教人少年。一汀巫峽月，兩岸子規天。山影似相伴，濃遡到曉船。

遊邊　一作為穎詩

邊雲四顧濃，饑馬嗅枯叢。萬里八九月，一身西北風。偷營天正黑，戰地雪多紅。昨夜東歸夢，桃花煖色中。

贈南嶽玄泰禪師　一作尚顏詩

曹溪入室人，終老甚難羣。四十餘年內，青山與白雲。松和巢鶴看，果共野猿分。海外僧來說，名高自小聞。

讀齊已上人集

暑衣經雪着，凍硯向陽呵。豈謂臨岐路，還聞聖主過。

與王嵩隱　唐詩作一作栖蟾詩

一生吟與僻，方見業精微。事若經難得，鄉應不易歸。亂收西日葉，雙掩北風扉。合國諸卿相，皆曾着布衣。

江上秋思 一作爲顏詩

到來江上久，誰念旅遊心。故國無秋信，隣家有夜砧。坐遥翻不睡，愁極却成吟。即恐髭連鬢，還爲白所侵。

冬暮送人 一作爲顏詩

長安冬〻欲盡又送〻一遺賢醉後情渾可言休理不然射衣秦嶺雪搖月漢江船亦過春兼夏回期信有蟬

送徐道人東遊 一作尚颜诗

長安人擾擾獨自有閑心海上山中去風前月下吟引猿秋果熟藏鶴曉雲深易姓更名數難教弟子尋

與陳陶處士 寄 唐诗作 一作栖蟾诗

鍾陵城外住、喻以玉沉泥、道直貧嫌殺、神清語亦低、雲溪加酒債、春盡減詩題、憶昔曾邀宿、山茶獨自攜、

自紀　一作爲頌詩

諸機忘盡未忘詩、似向詩中有所依、違境等閑支枕覔空山、容易杖藜歸、清猿一一居林叫、白鳥雙雙避釣飛、欲畫淨名居士像、維摩居士梵日淨名香願見陸探微、

詩又齊己上人集 唐詩作 一作栖蟾詩

詩爲儒者禪、此格的惟仙、古雅如周頌、清和甚舜絃、冰生聽瀑句、香發早梅篇、想得吟成夜、文星照楚天、

居南嶽懷沈彬 一作尚顏詩

石房開竹扉、茗外獨支頤、萬木還無葉、百年能幾時、隔雲聞狖過、截雨見虹垂、因憶嶽南客、晏眠吟好詩、

寄問政山聶威儀　一作尚顔詩

先生臥碧岑、諸祖是知音、得道無一法、孤雲同寸心、嵐光薰鶴詔、茶味敵人參、若向壺中去、他年許我尋、

南中懷友生　一作尚顔詩

荔枝江下上立、望北幾思量、隔海無書劄、前年在漢陽、瘴村人起早、銅柱象揩光、居此成何事、尋君過碧湘、

除夜　唐詩作一作栖蟾詩

九冬三十夜寒與煖分開坐到四更後身添一歲來魚燈延臘火獸炭化春灰青帝今應老迎新見幾回

理瑩一首

送戴三徵君還谷口舊居

巖穴多遺秀公車屢遠招周王尊渭叟潁客傲唐堯出處天波洽關河地勢遙瞻星吳郡夜作

霧華山朝清論虛重席閑居掛一瓢漁歌思坐酌宸渥寵行軺春爲荷裳煖霜因葛屨瀟層崖懸瀑潘萬壑振清飈谷鳥還遷木塲駒正食苗謝安何日起台鼎佇君調

歸仁六首 歸仁唐末江南僧

自遣

日日爲詩苦誰論春與秋一聯如得意萬事總忘憂雨墮花臨砌風吹竹近樓不吟頭也白任

白此生頭

酬沈顔先輩卷

一百八十首、清泠韻可敲、任從人不愛、終是我難拋、桂魄吟來滿、蒲團坐得凹。先生聲價在、寰宇幾人抄

題賈島吟詩臺

此臺如可廢、此恨有誰平、縱使迷青艸、終難沒舊名、天悲朝雨色、嶽哭夜猿聲、不是心偏苦、應

關自古情

題楚廟

羞容難更返江東誰問從來百戰功天地有心歸道德山河無力爲英雄蘆花尚認霜戈白海日猶思火陣紅也是男兒成敗事不須惆悵對西風

牡丹

三春堪惜牡丹奇半倚朱欄欲綻時天下更無

花勝此人間偏得貴相宜偷香黑蟻斜穿葉覷
蕋黄蜂倒掛枝除却解禪心不動箅應狂殺五
陵兒

悼羅隱

一著謝書未快心幾抽胸臆縱狂吟管中窺豹
我猶在海上釣鼇君也沉歲月盡能消憤懣禀
區那更有知音長安冠蓋皆塗地仍喜先生葬
碧岑

玄寶一首

路

南北東西去、茫茫萬古塵、關河無盡處、風雪有行人、險極山通蜀、平多地入秦、營營名利者、來往豈辭頻、

虚中九首　虚中宜春人游瀟湘山水与齊己尚顏栖蟾為詩友住湘西栗城寺

贈秀才

筠陽多勝致、夫子縱遊遨、鳳鳥瑞不見、鱸魚價

座是地字正注

轉高門開沙觜靜船繫樹根牢誰解伊人趣村
沽對鬱陶

送遷客

倏忽墮鵶行天南去路長片言曾不諂獲罪亦
何傷象戀藏牙浦人貪賣子鄉此心終合雪去
巳莫思量

石城金谷

晉祚一傾摧驕奢去不回只應荆棘地猶作綺

羅灰。狐兎閑生長樵蘇静往來躑躅意無盡寒日又西讚

廋樓

郡樓名甚遠幾換見樓人廋亮魂應在淸風到白蘋晴軒分楚漢夜酒揖星辰何必匡山上獨言無世塵

哭悼朝賢

前昨回私第旋聞寢疾終四隣方響絶二月牡

丹空塚已遷名境碑仍待至公秖應遺愛理長

在楚南風

寄華山司空圖二首

門徑放莎垂往來投刺稀有時開御札特地掛

朝衣獄信僧傳去仙香鶴帶歸他年二南化無

復更衰微

其二

逍遥短褐成一劒動精靈白晝夢仙島清晨禮

道經黍苗侵野徑桑椹污閑庭肯要爲隣者西
南太華青

悼方干處士

先生在世日秖向鏡湖居明主未巡狩白頭閑
釣魚煙莎一徑小洲島四隣疎獨有爲儒者時
來弔舊廬

贈栖蟾上人
屏風巖

巖房高且靜住此幾寒暄鹿嗅安禪口猿啼乞

食村朝陽生樹罅古路透雲根獨我閑相覓凄
涼碧洞門

惠偘一首

聽獨杵擣衣

非是無人助意欲自鳴砧向月憐孤影承風送
迥音疑擣雙絲練似奏一絃琴令君聞獨杵知
妾有專心

法宣一首

和趙王觀妓

桂山留上客、蘭室命妖嬈、城中畫廣黛、宮裏束纖腰、舞袖風前舉、歌聲扇後嬌、周郎不須顧、今日管絃調、

文秀一首 文秀唐末江南僧居長安以文章應制与鄭谷善

端午

節分端午自誰言、萬古傳聞爲屈原、堪笑楚江空渺渺、不能洗得直臣寃、

有

浩浩

僧泚一首 大曆時人

北原别業

野外車騎絶古邨桑柘陰流鸎出谷靜青艸閉門深學稼農爲業忘情道作心因知上皇日鑿開松竹林

清尚二首 与曆已同时人

贈樊川長老 或作可止

瘦顔諸骨現滿面雪毫垂坐石鳥疑死出門人

謂癡照身潭入楚湊影檜生隋太白曾經夏淸
風涼四肢
哭僧
道力自超然身亡同坐禪水流元在海月落不
離天溪白葬時雪風香焚處烟世人頻下淚不
見我師玄
智暹一首
律僧

濾水與龕籠燈長長護有情（衆生謂有情）自從青艸出便不下堦行北闕應無夢南山舊有名將何喻浮世惟指浪漚輕

向從孫㟧（？）白借乃祖唐卿翁舊抄本校過恐忘所自故援筆識之　戊戌四月元日勅先

唐僧弘秀集卷十